耳根 著

时代出版传媒股份有限公司
安徽文艺出版社

图书在版编目（CIP）数据

一念永恒. 15 / 耳根著. -- 合肥 : 安徽文艺出版社, 2024.4

ISBN 978-7-5396-7979-2

Ⅰ. ①一… Ⅱ. ①耳… Ⅲ. ①长篇小说－中国－当代 Ⅳ. ①I247.5

中国国家版本馆CIP数据核字(2024)第026141号

YI NIAN YONGHENG 15

一念永恒 15

耳根 著

出 版 人：姚　巍
责任编辑：王婧婧
装帧设计：周艳芳

出版发行：安徽文艺出版社 www.awpub.com
地　　址：合肥市翡翠路1118号　邮政编码：230071
营 销 部：(0551)63533889
印　　制：湖南天闻新华印务有限公司 电话：(0731)88387856

开本：710mm×1000mm 1/16　印张：18　字数：245千字
版次：2024年4月第1版
印次：2024年4月第1次印刷
定价：32.00元

(如发现印装质量问题，影响阅读，请与出版社联系调换)

版权所有，侵权必究

目录
CONTENTS

第 932 章

你敢激我？

白小纯的面孔在苍穹上浮现的刹那，沼泽内，九天云雷宗的另一个云雷子，正面色阴沉地于半空中飞过。

他猛地抬头，感受到了远处传来的天人波动，眼中寒芒一闪。

他可以说是云雷双子中的哥哥，他们双子原本是一体，虽因修炼造成的意外，化作了两个人，但彼此能用秘法沟通。

白小纯与他弟弟之间的事情，他已全部了解，实际上当时白小纯追杀弟弟时，他在平原地带，中间隔着沼泽，然后才是沙漠。

虽短时间内无法救援，但他还是急速而来，此刻在沼泽内，察觉到白小纯的气息后，他立刻用秘法与弟弟沟通。

“白小纯在沼泽内，你急速赶来，你我二人融合一体，击杀白小纯！”

那位云雷双子中的弟弟，此刻在平原地带，接到兄长的秘法传音后，目光阴冷，猛地转身，向着沼泽行进。

而此刻，白小纯呼啸着，如同一道流星，直奔张大胖所在之地。

他们之间距离不是特别远，白小纯速度又快，人还没到，他的气息以及威压就轰然降临在张大胖的四周。

沼泽内的蜘蛛身体猛地一顿，张大胖给它的感觉似乎很特别。它竟然选择

了无视白小纯的威压，一跃而起，发出尖厉的嘶吼，直奔张大胖而去。

雷元子三人骇然想要后退，可还没等他们退走，那蜘蛛就张开口，一缕缕黑色蛛丝从其口中喷出，将张大胖以及雷元子等人缠绕，拖拽之下，张大胖喷出鲜血，被拖着直奔下方沼泽。

雷元子三人也十分绝望，可任凭他们如何挣扎都无法挣脱，只能与张大胖一起被拽到沼泽上。四人脸上浮现出黑气，好似中了剧毒。此毒诡异，仔细一看，好似一只只黑色的蜘蛛附在众人身上。

张大胖修为最弱，之前还受了重伤，此刻受到毒素影响，直接昏迷，而雷元子三人还能勉强坚持。

与此同时，那蜘蛛也快速沉入沼泽，拉着张大胖等人急速前行。

就在这个时候，天地一声惊雷，白小纯巨大的面孔，蓦然间出现在这片天空，目中露出怒意，口中传出一声低喝。

“你敢！”

这声音好似雷霆，轰鸣间，直接将下方沼泽炸开，露出了正在被急速拽动的张大胖等人。

沼泽下的那只蜘蛛，身体一颤，速度更快。

与此同时，苍穹上白小纯的面孔开始扭曲，化作一道长虹，轰的一声，白小纯整个人直接冲向沼泽。

这一刻，他也顾不得灵力，修为全面展开，肉身之力爆发出来，挥手间，那飞梭散发耀目光芒，疾射而去。

所过之处，沼泽不断爆开，无数水蛭和丝线虫碎灭。哪怕蜘蛛速度极快，白小纯还是看到了沼泽内被蛛丝缠绕的张大胖等人。

他没有犹豫，一把抓住捆绑在张大胖身上的蛛丝，狠狠一拽，沼泽下方的那个巨大蜘蛛，全身一震，根本没办法抵挡这股突然传来的大力。那百丈大小的蜘蛛，竟被白小纯直接从沼泽内拽了出来，抖向半空中。

半空中的蜘蛛眼睛赤红，发出凄厉的嘶吼，知道逃不掉，于是口中喷出大量的黑色的蛛丝，攻击白小纯。

“找死！”白小纯生气了，他之前人虽没到，但也吼了一声，展现了修为，这蜘蛛若是识趣，就该立刻放弃狩猎。

可它居然要强行带走张大胖，这让白小纯很不高兴，尤其是看到张大胖面色都黑了，明显是中毒了，且此毒诡异，好似被一只只虚幻的黑色蜘蛛附身。这种毒素别人还需辨认，白小纯身为药道大师，一眼就看出，这是某种与灵魂相关的毒！解毒的办法只有一个，杀死如宿主般的下毒者！

白小纯眼中掠过寒芒，手中飞梭尖啸，在蛛丝上穿梭了几下，捆绑张大胖的蛛丝立刻就断了。

随后，白小纯抬头，目中露出了弯月的倒影，他知道沼泽内存在不少他不愿招惹的存在，明白这一战要速战速决，此刻一出手，就是日月长空诀！

此诀的第一层，就是养月，此刻苍穹上出现了弯月。

这弯月出现得极为突兀，在幻化出来的瞬间，有月光从天上洒落，照耀八方，天地好似蒙上了银色。

在月光中，蜘蛛吐出的所有蛛丝，好似融化了一般，刹那间消散无影。那蜘蛛目露惊慌与恐惧，立刻就要下沉冲回沼泽，却来不及了，在它的身上，浮现出了与天空之月一模一样的月痕！

“陨月！”白小纯低喝一声，苍穹上的弯月顿时大亮，闪耀间，四周所有的月光瞬间集中在蜘蛛的身上。它身上的月痕越来越大、越来越深，它的惨叫凄厉无比，整个身体都在颤抖，大量绿色的液体从其身上滴落。它带着痛苦想要继续冲入沼泽，可还没等碰触沼泽，身体便爆开了！

形神俱灭！

随着蜘蛛的死亡，张大胖等人身上的黑气也瞬间消失。

雷元子三人之前本就没有昏迷，亲眼看见了这一切，解毒之后面色苍白，

他们没有迟疑，朝着三个方向，疾驰逃遁，心头狂颤。他们怎么也没想到，追杀一个张大胖，居然把星空道极宗的天人老祖给招惹来了，三人内心叫苦，一个个玩命一般疯狂逃跑。

“欺负我大师兄，还想走？”白小纯岂能让三人离去，他一把拉住刚刚苏醒的张大胖，右手抬起一指，飞梭咻的一声，化作一道长虹，从其中一人的体内穿过。

惨叫还在回荡，飞梭再次加速，眨眼间，又穿过第二人的身体，之后，飞梭急速奔向雷元子。

就在这个时候，云层翻滚，云雷子巨大的面孔出现，充满怒意的吼声震天动地。

“白小纯你敢！”

云雷子到来，白小纯没有感到意外，他之前就有所察觉，只不过要救张大胖，无暇多顾，此刻听到对方的话，白小纯眼睛一瞪。

“你敢激我！我最烦别人激我！”白小纯大吼一声，飞梭速度更快！

雷元子哪怕再灵活，也无法闪躲，他目中带着绝望，发出凄厉之音。

“师父救……”可他话还没说完，飞梭便从其眉心穿过，他的话戛然而止。

不是白小纯嗜杀，而是若非他来得及时，张大胖必定陨落在这里，而这一切的罪魁祸首，就是北脉这三人。

“白小纯！”云雷子眼看弟子就这么死在自己面前，眼睛顿时赤红，带着毁天灭地的杀意，直奔白小纯而来！

第 933 章

你一定故意的

如果把通天岛比喻成皇宫，天尊就是帝王，而其麾下四脉源头宗门的半神老祖，就是四大天王。

如此一来，白小纯与云雷子就好似两个天王麾下的有权势的长老，从大方向上看，算是同一方势力，但实际上，彼此之间的矛盾与厮杀从未断过。若是在外界，还有半神老祖干预，两者不会闹得太僵。可在试炼之地，就算真的决出了生死，出去后，外人也无法多说什么。

先是自己的另一个身体被白小纯折磨，而后又亲眼看见自己的爱徒，惨死在白小纯的手中，新仇旧恨一起算，云雷子怒火滔天，半空中他那巨大的面孔好似天神降临。

云雷子好似闪电，直奔白小纯而来，他的四周凝聚出了一道道天雷！

天雷越来越多，眨眼间，这一片区域便充斥了数十万道天雷，好似成了雷池，而这一刻的云雷子，就是雷之主宰！

白小纯瞳孔收缩，立刻就感受到，眼前这个云雷子比他之前遇到的那位强了不少。虽都是天人中期，但之前的云雷子好似初入中期，而如今的这位仿佛处于中期很久了，只差一步就可踏入天人后期。

白小纯瞬间判断出，眼前的云雷子的强悍程度，超出了陈贺天三人中的任

何一位。

至今为止，在通天区域，这是他所遇到的最强敌人！

白小纯来不及思索太多，急速后退，一把抓住昏迷的张大胖，将其扔进储物袋，只不过活人在储物袋内无法坚持太久，但眼下白小纯没有其他选择。就在他后退的刹那，他之前所在的地方，被数十万道天雷劈过。

天地震颤，云雷子带着滔天之怒呼啸临近，右手掐诀，四周的所有天雷都向着他汇聚而来，一把巨大的闪电之弓赫然出现！

“给我死！”云雷子一声咆哮，拉开闪电弓，一道紫黑色的闪电顿时出现，这不是法宝，而是云雷子的神通术法。

随着弓弦松开，嗖的一声，紫黑色的闪电刹那间出现在白小纯的面前。

这一切说来话长，实际上电光石火间便发生了，白小纯神情凛然，丝毫不见慌张。他不后悔之前击杀雷元子，眼看云雷子暴怒，他的目中也闪过一抹厉色。

“还真以为我怕你?!”白小纯大吼一声，他虽怕死，但多年的经历早已让他明白，越是这样的时刻，越是要玩命！

毕竟若自己不玩命，小命就要被别人拿走了……

白小纯不但没有后退，反而向前猛地一步踏出，双手抬起向着四周蓦然一挥，口中吐出三个字：

“人山诀！”

轰轰轰！

白小纯开口的瞬间，四周出现了无数石块，这些石块快速堆积在白小纯身上，眨眼间，一尊百丈大小的石人降临于天地之间。

白小纯轰然而起，一拳轰出，直接与云雷子射出的紫黑色的闪电碰到了一起。

巨响传遍四方，苍穹上，由白小纯的意志化成的面孔，与云雷子的面孔

碰撞在了一起，紫黑色的闪电寸寸崩溃，而白小纯的石人身体也出现了不少裂缝。

最终，那紫黑闪电不是其对手，完全溃散后，白小纯的石身依旧完整，咆哮着冲向云雷子。

云雷子呼吸一促，眼中寒芒闪耀，在白小纯冲来的瞬间，左手抬起，向着身边狠狠一抓，咬牙切齿般吐出几个字。

“云雷人祖第一变！”

云雷子的身体蠕动起来，好似有一条条小蛇在其皮下游走，使得他全身颤抖，表情也狰狞无比，口中发出野兽般的咆哮。

接着，他的身体急速膨胀起来，转眼间，居然化作十丈大小，身体两边的差距也不再悬殊，虽还是一粗一细，但看起来比之前好了一些。整个人给白小纯一种比之前至少强悍了三成的感觉。

在其体外，一道红色的光圈蓦然闪现，那光圈明显具备惊人的防护之力。

吼！

变身之后的云雷子猛地抬头，一大一小两个眼睛赤红无比，散发着野蛮之意，直奔白小纯的石身而去。

白小纯真的被云雷子的变身吓了一跳，眼睛都瞪大了。

“居然会变身！”

“而且还是第一变，这岂不是说，还有第二变、第三变……该死，我最恨与能变身的打了！”白小纯心底发愁，如今来不及多想，目光凶狠起来，迈步冲出。

“我打得你没有机会继续变身！”白小纯大吼，直接发动撼山撞。轰鸣间，速度爆发，好似一座正在被急速扔出的山峰，刹那间就与云雷子撞击到了一起。

天地轰鸣，八方震颤，下方沼泽也被冲击得四溅而起，无数藏在沼泽内的

生物，此刻都急速散开，白小纯与云雷子的威压太强，它们不敢靠近。

白小纯的石身瞬间碎裂了不少，与此同时，云雷子体外的红色光幕崩溃，嘴角溢出鲜血，身体狂震，被白小纯撞得倒退。

“这家伙变身后，居然这么强！”白小纯也是气血翻滚，心底吃惊，可就在他要追上去的刹那，云雷子双手再次掐诀。

“云雷人祖第二变！”

白小纯眼皮狂跳。云雷子的身体再次膨胀起来，瞬间增加了一倍，变成二十多丈，两边身躯也协调了不少，气势之强，超出之前三成！

同时，他的体外，不再仅是赤色光幕，而是又出现了橙色光幕！赤色与橙色的光芒交错，形成护盾。

“还变？”白小纯心惊，一方面觉得云雷子明显比之前强悍太多，另一方面也恼怒，他之前开口，不让对方有机会第二变，可眼下，这云雷子居然又变了。

“你没有第三次变身的机会了！”白小纯低吼，正要出手，可就在这时，云雷子的声音如雷霆般，轰然传开。

“云雷人祖第三变！”

“云雷人祖第四变!!”

“云雷人祖第五变!!!”

第 934 章

这是什么神通

轰轰轰!

也不知道是不是故意的，云雷子连续数次变身，身体直接变成了三十丈大小。

又从三十丈变成了四十丈，最终达到了五十丈，两边身体虽还是大小不对等，但已接近正常。他站在半空中，好似真的人祖，粗壮的身躯、野蛮的气势，还有那让人心神震动的威压，无不说明这一刻的云雷子强悍到了极致。

云雷子的体外出现了五彩光芒护盾，这护盾好似坚不可摧!

白小纯有些傻眼，第一反应就是，这一切都是对方故意的……

“白小纯，给我死！”完成了五变的云雷子，一声低吼，如同开天辟地之雷，轰鸣四方，速度爆发，直奔白小纯而来。

白小纯气得眼睛发红：“云雷子，你欺人太甚，你要变就早变，非这个时候变，你是故意的！”白小纯右手直接抬起，须臾间，展开碎喉锁，同时施展撼山撞，急速冲出，可还是觉得冲击之力不够。白小纯红着眼，又施展了不死禁，速度瞬间爆发到极致，出现在云雷子的面前，碎喉锁骤然发动，按在了云雷子的五彩护盾上。

他感受到了一股抵御之力，好似海浪一般，不断瓦解自己的力量!

最终，他的碎喉锁在第四层时，没有了余力。

与此同时，云雷子出手了。他的双手爆出无数闪电，一挥之下，这些闪电就化作了数十万银蛇，轰击在了白小纯身上。

白小纯的石身，再也无法承受，崩溃爆开，露出了藏在内部的真身。四周的闪电连接起来，直奔白小纯真身而去。

遭遇危机，白小纯心头狂震，双手掐诀，猛地一挥，四周寒气扩散，体外立刻出现了九道寒影，向着四周冲击而去。

白小纯没有后退，完全凭着战斗本能，向前一步走出，不去看四周的闪电，而是右手猛地抬起，一把握住！

他的拳头上出现了一个黑洞，这黑洞刚一幻化，白小纯的所有气息、所有气血刹那间就被吸走，甚至他的身体都扭曲起来，出现了一些枯萎的征兆。

不灭帝拳……再次展开！

一股强烈的压抑感让云雷子面色一变，他感受到了危机，不再恋战，而是急速后退。

就在他刚要退后的时候，白小纯的身后出现了一尊巨大的身影，戴着帝冠，身着帝袍，俯视天地般猛地向他看去。

云雷子内心咯噔一声，体外五彩光芒急闪，后退得更快，只不过还是晚了……

一拳落下！

整个苍穹瞬间被白小纯的面孔取代，一股无上之力涌出，四周所有的闪电好似被撕裂一般，齐齐崩溃！

随后，一个让云雷子面色狂变的拳影骤然而来，一路长驱直入，轰在了云雷子体外的五彩护盾上！五彩护盾完全无法抵抗五倍不灭帝拳，巨响中，五彩护盾层层崩溃，这一拳直接落在了云雷子人祖五变的身躯上，天地震颤。云雷子喷出第一口鲜血，身体如断了线的风筝，急速倒退，同时从五十丈，缩小到四十丈，似乎在用这样的办法，抵消白小纯不灭帝拳的霸道之力！

可显然从五变退到四变并不够，云雷子在倒退中，喷出第二口鲜血，身体从四十丈刹那化作三十丈，再喷第三口鲜血，直至他的身体，缩到二十丈、十丈……最终恢复原身，喷出第五口鲜血，才扛下白小纯的不灭帝拳！

他已退后数百丈，此刻站稳后，猛地抬头，目中露出怨毒之意，嘴角却露出冷笑。

“我等的就是我的分身描述的你的这一拳，的确强悍。这一拳既然杀不了我，那么下一次，我与分身融合后，你就死定了！”云雷子双目一闪，冷哼开口，身体后退。他的身上突然亮起五彩光芒，速度加快，刹那远去。

他期待白小纯听到自己的话后，能冲动地追杀过来，而他也做好了准备，只要白小纯杀来，他有信心让对方后悔，哪怕击杀不了，也必定会让对方受到重创。

“若他不来追我，那么就如我的分身判断，白小纯施展这一拳后，自身损耗极大，如此一来，此番或许不用与分身融合，我就有机会将其斩杀！”云雷子算计着。

白小纯在远处，听到云雷子的话之后，也盘算起来。

这云雷子比他之前遇到的那个强悍太多，可以想象他们一旦融合，战力必定爆发，白小纯将很难应付。

而最好的选择就是趁着这个机会，将此人击杀，如此一来，就可化解一切危机。

“他这么说，莫非是有诈？”白小纯正要追击，心底却迟疑了一下，随后目露果断。

“有诈我也要出手，不能给他双子融合的机会！”白小纯狠狠咬牙，遇到如此劲敌，他哪怕再心痛，也没有迟疑，直接抽出一滴不死血，在体内用不死卷的方式，使其碎裂！

轰的一声，随着那一滴不死血碎开，一股血气从白小纯体内爆发出来，眨眼间他的身体内外赤红一片，雾气扩散，白小纯立刻感受到了自己的速度得到了提升。

他察觉到，这个状态的自己，就连吸收四周的天地之力都比之前快了许多，好似成了一个能吞噬万物的巨大黑洞。

他的气息让原本自信满满的云雷子差点尖叫起来，云雷子身体哆嗦，感受到了生死危机。

“这是什么神通？该死，这白小纯之前的那一拳，不是撒手锏！”云雷子觉得自己全身每一寸血肉都在发出尖叫，来不及多想，速度爆发，连回头都不敢，玩命逃遁！

就在云雷子逃遁的瞬间，雾气内的白小纯缓缓抬头，露出了血色眼睛，仿佛换了一个人。

第 935 章

神杀

苍穹在这一刻，直接成了血色，八方沼泽出现波动，那是因为在沼泽内藏着的无数生物，感受到了白小纯的血气后，开始颤抖。

云雷子心跳加速，呼吸急促起来，面色剧烈变化，脑海中嗡鸣不断，恐惧到了极致。

“该死，白小纯怎么能如此强悍，他只是天人初期啊！”云雷子在心底咆哮，后悔无比，他觉得自己之前有些托大了，为什么要去激怒白小纯？尤其可笑的是在能逃走时不逃走，还想着诱骗对方。

云雷子恨不能狠狠打自己几巴掌，用自己最快的速度，试图拉开与白小纯的距离。

就在这时，抬起头的白小纯，那双邪异的双眼露出血光，因他四周有雾气，外人根本就看不清晰。

他的口中，传出了好似不属于他的声音……

“神、杀！”

接着白小纯整个人直接消失在了原地，只能看到一道血线追到了云雷子的身边。速度太快，以至于云雷子根本就没有反应过来，当云雷子醒悟时，白小纯身体外的雾气已碰到了云雷子。

一声凄厉的惨叫从云雷子口中传出，他的身体哆嗦着，肉眼可见地枯萎了。

“这……这是什么速度？他……他在吸收我的生机！”云雷子痛苦惨叫，全身爆发五彩光芒，想要抵抗，却根本无法对抗白小纯的神杀之法。

没多久，云雷子就已经皮包骨，他面色苍白，危险到了极致，生命之火在急速熄灭。

这一切太快，只是一撞，只是一次吸收，就如此惊人，云雷子颤抖着发出绝望的咆哮。

“不！”

云雷子心中的后悔已经无法形容，就在他认为自己在劫难逃时，忽然发现白小纯有些不对劲，目中没有神采，整个人似乎失去了神志。

云雷子身体一震，似抓住了希望。他来不及多想，身体再次膨胀起来，五彩光芒闪耀，他狠狠咬牙，直奔沼泽而去！

他冲入沼泽，可就在他进入沼泽的瞬间，白小纯猛地低头，一晃之下，速度更快，也追着云雷子踏入沼泽！

成片成片的水蛭死亡，不是被震死，而是被白小纯吸走了一切生机。

不仅仅是水蛭，还有那些线虫，以及沼泽内藏着的其他生物，只要被白小纯碰到，就立刻死亡！

“他果然不对劲，这么恐怖的术法，必定存在缺陷！”云雷子劫后余生般狂喜，立刻看出，白小纯似没有神志，在踏入沼泽后，并没有追击他，而是扩散性地吸收四周的生机。

这就给了他逃命的机会，趁着白小纯吸收生机时，他不惜代价，在沼泽内急速前行。在他看来，沼泽内虽危险，但与白小纯相比，这里实在太安全了。

他明明看出白小纯不对劲，却生不起回头向白小纯出手的念头，他被白小纯的术法吓破了胆，此刻脑海里只有一个念头：在与分身融合前，只要看到白小纯，就必须逃！

一炷香后，云雷子狼狈不堪地从远处的沼泽中冲出，他全身上下有不少水蛭，更有大量线虫，但此刻根本就顾不上。他喘了几大口气后全速远去，等到了很远的地方，他才敢清理身体上的那些水蛭与线虫，同时回过头，心有余悸地看向沼泽。

“白小纯就是一个怪物！此人不死，终究是我北脉未来最大的敌人！”云雷子深吸一口气，再次咬牙，心底憋屈。

“不过只要他没到天人中期，那么我与分身融合就能将其击杀！”想到这里，云雷子立刻联系其分身，飞驰远去。

而此刻的沼泽内，随着白小纯进入，产生了巨变。

沼泽中，无数的水蛭和线虫，一个个如发狂般，用最大的力气逃命。

就连蜘蛛、巨人都颤抖起来，好似发狂。

白小纯所过之处，所有生物都枯萎了，生机灭绝，这种情况一直持续了两炷香……

沼泽内突然传出一声惊天轰鸣，白小纯急速飞出，他身上已经没有了血气，面色红润，眼神惊惧，身体控制不住地颤抖。

飞出后，他神情变幻，根本没想云雷子逃走的事情，而是快速找了一处地方，打坐观察体内。

半晌后，白小纯睁开眼，面带惊恐。

“该死，这是怎么回事？这神杀之法，怎么会让我突然没有了意识……怎么会这样？”白小纯想起方才的事情，吓得心都颤了。

他很确定，刚才没有别的意识操控自己的身体，而是他的身体似乎与意识分离了，完全凭着本能去吸收所有生机，这就让白小纯恐惧了。

“不行，在搞清楚神杀为什么会这样前，这神通不能用啊，太危险了。”白小纯越想越心惊，那种突然无法操控身体的感觉，把他彻底吓到了。

半晌之后，白小纯神色有些愕然，他发现自己体内的不死血原本捏碎了一滴，如今竟恢复了过来!

可以想象，他在沼泽下吸收了多少生机……

“这么好的神通，如果能操控，该多好啊！”白小纯有些纠结，低头看向下方的沼泽，那里已经没有生机……

他走了很远之后，发现沼泽内依旧没有生机。

“我……我吸了多少？”白小纯再次震惊了，眼珠转了转后，他忽然有些兴奋。

“哈哈，没想到我这么厉害，神杀虽然让我失去了意识，可有不少奇效啊！”白小纯有些兴奋，又有些遗憾与纠结。又走了一段，总算发现沼泽重新出现了生机，不过，只要白小纯一靠近，不管沼泽内藏着什么都会立刻消失，好似怕了他，疯狂地避开。

这就让白小纯更振奋了，他立刻拍了下储物袋，将张大胖放出后，一按张大胖的额头，很快，张大胖就睁开了眼，茫然地看着四周。直至看到了白小纯，他愣了一下，身体一下子跳了起来，刚要开口，可白小纯已经背起了手，抬起了下巴，说出一句话。

“大师兄，因为你被沼泽的生灵偷袭，所以师弟我一怒之下，让整个沼泽的生灵都道歉了，从现在开始，它们看到我们，就会立刻避开，不信你可以试试！”

第 936 章

闻风丧胆

张大胖有些蒙，看着白小纯，又看了看四周的沼泽，神色古怪起来，他琢磨着鬼才相信白小纯说的话。他太了解白小纯了，知道这个状态的白小纯，吹嘘的成分太大，不过也正因为了解，张大胖心底不由得迟疑起来。

“小纯虽爱吹嘘，但是不会太夸张，他说沼泽里的那些可怕的虫子会避开，难道真的会？”张大胖迟疑地将神识散开，渐渐睁大了眼睛，他发现四周居然没有半点生机。

二人不断前行，张大胖越来越震撼，到了最后，他目瞪口呆。他们走了一路，前一刻还能察觉前方有无数生机，下一瞬，似在察觉他们的到来后，所有生灵就争先恐后地逃遁，刹那间消失。

张大胖好多次回头诡异地看向白小纯。

“怎么样，大师兄，我都说了，我已经很严肃地警告了它们，哼哼，敢偷袭我大师兄，我不灭了这沼泽就算发善心了。”白小纯越发得意，心底十分振奋，他觉得神杀之法虽有弊端，但效果让人很满意。

他就是这样一个无论遇到什么事情，无论在什么场合，都可以给自己找乐子的白小纯。

就这样，二人在沼泽内，比走在自家宗门还要顺畅，一路前行，十分安静。

有一次，一只水蛭逃遁不及，被张大胖一把抓在手中，那水蛭竟颤抖起来。白小纯靠近后，那水蛭竟发出尖叫，在张大胖呆呆地松手后，那水蛭嗖的一声，刹那没影。

还有一次，张大胖看到了一只与当初偷袭自己的蜘蛛一样的蜘蛛，这蜘蛛一看到白小纯，顿时就哆嗦起来，疯了一样地逃走……

实际上，白小纯也没想到，走了这么远的路，沼泽内的那些奇异的凶物，还是十分惧怕自己。

“莫非我之前没意识时，散出的雾气覆盖范围太大？”白小纯有些诧异，隐隐觉得应该是这样，他也不知道自己吸收了多少生机，只知道凝聚一滴不死血，极为困难。

想到这里，白小纯也吸了一口凉气。好在云雷子被吓破了胆，否则在自己失去意识的情况下，碰上狡猾一点的对手，还是有可能被对方拿下的。

最夸张的是，二人在数日后看到了一群枯瘦的凶残之狼，正围杀一个修士，这修士正是南脉龙腾鬼海宗的孙蜈！

南脉擅长变化，此刻的孙蜈，青色的皮肤已经变成了褐色，身体也时而虚化，而每一次虚化时，他都仿佛化身为一只巨大的蜈蚣，挣扎着想从这群枯狼中逃走。

只是不管他如何拼命，都无法逃出，他四周的枯狼足有上千只之多，将他层层环绕，四周还有不少尸体，显然这种围猎已经进行了一段时间。

远处还有一只狼，那只狼好似骷髅，站在那里，目中带着冷酷与睥睨之色，身上散出的气势堪比天人。

孙蜈已经绝望了，他知道自己这一次在劫难逃，那些枯狼之所以至今还没有灭杀自己，明显是以自己为诱饵，想要引其他人过来。

只是他明白，除非天人到来，否则的话，谁靠近都救不了自己，非但如

此，靠近之人自身也必死无疑。他不是那种为了自己活命，就没有底线的人，此刻早有决断，之所以时常变化出蜈蚣之身，就是为了凭着蜈蚣之身散出的气息，提醒所有路过之人警惕。

场面原本凶险无比，但随着白小纯与张大胖从远处走来，那些枯狼竟一个个颤抖起来，有的甚至发出了哀号。刹那间，上千枯狼好似丧家之犬，直接逃遁，成群地奔跑。

而跑得最快的，就是那只头狼，它是第一个察觉到白小纯的，没有迟疑，在颤抖中，它急速逃走，可还没等逃出多远，白小纯的声音蓦然传来。

“你留下，其他的都散了吧。”随着白小纯的话语传出，那些奔跑中的枯狼，一个个猛地钻入沼泽，一瞬间，上千枯狼只剩下一只。

那只头狼颤抖连连，目中的冷酷被恐惧取代，而且真的不敢逃走，反而瑟瑟发抖地趴伏在那里，努力让自己僵硬的尾巴不断地晃动。

张大胖已经习惯这样的场面，孙蜈却是第一次见到，直接看傻眼了，急促地呼吸着，当他看向白小纯时，立刻就认出了白小纯。

他心底骇惧到了极致，在他看来，天人就算可以让这些枯狼逃遁，却做不到一句话就使得那只头狼不但不敢逃走，反而露出了讨好之意。

他连忙来到白小纯前方，抱拳深深拜倒。

“多谢白前辈救命之恩！”

白小纯干咳一声，这一路他都十分威严，他觉得有些不好意思，如今好不容易看到新人，自然要在对方身上好好地表露一下自己的非凡之处。

于是白小纯右手抬起一招，头狼便用最快的速度跑到了白小纯的面前，任由白小纯拍了拍它的头，甚至还努力地摇晃着尾巴。

这一幕让孙蜈再次张大了嘴巴，他呆呆地看着那只摇尾巴的头狼，实在无法将现在的它与之前对方冷酷傲然的身影重叠在一起，感觉压根不是同一只狼……

“这次就饶你一命！”白小纯轻哼一声，目光从那些尸体上扫过，发现里面没有他们东脉之人，于是淡淡开口。

头狼身体哆嗦着，不知是吓的还是激动的，呜呜了几声，赶紧一晃钻入沼泽，不见踪影。

挥散了头狼，白小纯这才看向孙蜈。被他目光一扫，孙蜈身体有些发抖，却硬着头皮，再次向着白小纯一拜。

张大胖在一旁，也干咳一声，眯眼看了看孙蜈，又看向白小纯。

“南脉的？”白小纯问了一句。

“回前辈的话，晚辈是南脉龙腾鬼海宗的弟子。”

白小纯回忆了一下，想起了千鬼子那个在比眼神上的手下败将，于是点了点头。

“行了，你就跟着我吧，我带你离开这片沼泽。”

孙蜈一听，顿时狂喜，这沼泽在他看来，好似噩梦一般，此刻能被白小纯带在身边，他感到无比安心，他神情恭敬地连连拜下。

“多谢白前辈！”

张大胖也哈哈一笑，上前搂住孙蜈，拍着对方的肩膀，笑着开口。

“相遇就是有缘，来来来，和我说说你们南脉的事情，你们那里环境怎么样啊？”张大胖也很好奇南脉，而孙蜈因为心有感激，除了不能说的部分，其他能说的，都详细道出。

说着说着，他忽然神色一变，急速开口。

“我想起来了，三天前我曾遇到过一个你们东脉的修士，他当时被困在了一处绝地。我本想救他，可我能力低微，不敢靠近，想要救他，至少也要数人……”

“他自称宋缺，让我看到东脉之人，代他求救……”孙蜈连忙开口。

“缺儿？”白小纯一愣。

第 937 章

他还是个孩子

试炼之地，分为沙漠、沼泽、平原以及丛林，这四片区域藏着无尽凶险，至今为止，进入这里的四脉修士近千人，可还活着的，没人知道有多少。

白小纯终于意识到，为何这一次的试炼，对于修士的要求至少也是元婴，这试炼之地，元婴以下的修士不说寸步难行，但也举步维艰，就算是元婴都凶多吉少！

孙蜈本就是南脉元婴大圆满，天之骄子一般，在其宗门内，其他人都认为他成就天人的可能性极大，可就算这样，在方才的群狼围堵中，他依旧命悬一线。可想而知试炼之地的危险程度，此刻听到孙蜈说出宋缺求救之事，白小纯猛地抬头，呼吸急促，哪怕宋缺对他总是有各种小心思以及不服气，但他毕竟是宋君婉的亲侄儿。

对方若是被困在其他地方，白小纯还有心情开开玩笑，可如今在凶险无比的试炼之地，白小纯也着急了，立刻问孙蜈宋缺的具体方向。

孙蜈不敢隐瞒，赶紧告诉了白小纯。白小纯身体一晃，朝着对方所说之处疾驰而去，孙蜈与张大胖紧张起来，急速跟随。

三人在天空中化作三道长虹，轰鸣间冲出。

白小纯的速度堪比挪移，很快就与张大胖以及孙蜈拉开了距离，用了半天

的时间，他终于到达了孙蜈所说的宋缺被困之地。

一到来，他的气息立刻让沼泽内出现了波动，白小纯立刻让神识散开，一扫之后，他松了口气。

“缺儿这孩子命大啊！”随着精神的放松，白小纯下巴微微抬起，感慨宋缺命大。他算是发现了，对方每次在生死危机时，似乎都会遇到自己，然后被顺手救下。

此刻的宋缺也是这样，他被困在一处紫色的沼泽，沼泽中存在无数双眼睛，每一个都有数丈大小。

在这些眼睛里，被封印着数十个修士……

这些修士有男有女，来自四脉，其中绝大多数都已经成了骸骨，能明显看到腐烂了大半……

只有极少数，奄奄一息，还在坚持，其中就有宋缺。

宋缺被封在一个眼睛内，身体外有黑气如小蛇一般，不断地侵蚀其身，似要将其融化。若非他来到试炼之地前，宋家老祖给了他一件宋家的传承之宝，怕是他早就葬身于此了。

那件传承之宝是一件斗篷，这斗篷很玄妙，此刻披在宋缺身上，散出柔和之光，此光形成的防护，一次次地阻止那些黑气入侵。

就算如此，随着时间的流逝，斗篷也很难支撑，如今上面散出的光芒微弱无比。

实际上，以宋缺的修为，哪怕有斗篷，也坚持不了太久。不知为何，四周所有的眼睛在数日前突然失去了大半活力，一个个变得浑浊，就连散出的黑气也弱了很多。

这就让宋缺有了希望，凭着斗篷之力，生生坚持到了现在。

只是他明白，除非有人来救自己，否则的话，他打不开眼睛的封印，逃不出去，就算坚持得再久，也很难幸免于难。

“难道我宋缺要陨落在试炼之地吗？”宋缺内心苦涩，身体都僵硬了，体内灵力近乎枯竭。

“我不甘心，我还没有打败那个该死的白小纯，我还没有将他踩在脚下，还没有好好地蹂躏他，报多年之仇。蛮荒内那么苦的日子我都坚持下来了，我不相信区区试炼之地，能让我宋缺葬身！

“我宋缺是有大气运之人，这些年来经历了一次次生死危机也没有让我屈服，一步步从凝气走到元婴，我绝不会死在这里！”

宋缺低吼，面色青白，想要再次挣扎一下，就在这时，四周所有的眼睛都颤抖起来。

大眼睛急速眨动，明显露出了恐惧之意，刹那间缩回沼泽，好似逃命一般。

这片紫色沼泽区域，原本无数的眼睛在这一瞬间消失了九成九，只剩下数十只还在迟疑，可很快，数十只眼睛纷纷吐出被封印的修士骸骨，接着沉入沼泽。

就连宋缺所在的那只眼睛，也在纠结后自行开启封印。宋缺只感觉一股大力传来，他的身体就被抛出，低头时，那封印了他多日的眼睛明显带着恐惧，沉入沼泽。

宋缺有些蒙，呆呆地站在那里，看着四周，神色有些茫然，这一切发生得太快，以至于他没反应过来。

尤其是沼泽在前一息，还满是狰狞之眼，下一瞬，狰狞之眼就都不见了，若非确定自己的的确确被困在这里多日，宋缺都觉得这一切是幻觉。

“莫非、莫非这些眼睛只能存在一定的时间，超过这个时间，它们就会消失？”宋缺想到这里，不管这个判断是不是正确，都有种劫后余生的狂喜。他十分激动，正要再次查看一下四周，突然，他的眼睛猛地睁大，艰难地抬起头，呆呆地看着远处的天空。

他体内的灵力虽然耗费大半，但看清远处的能力还是有的，此刻他看到的正是站在那里，笑眯眯地望着自己的白小纯。

“嗨，缺儿……”

这声音让宋缺的脸立刻黑了，他看到在白小纯的身后，有两道身影正急速飞来，一个是张大胖，还有一个是孙蜈。

到了这个时候，他若还不明白那些眼睛为何消失，就太愚笨了，可明白归明白，宋缺在下一瞬转身就走了。

眼看宋缺转身就走，白小纯不高兴了。

“缺儿你怎么这么没礼貌啊，看见我，居然都不打招呼。”白小纯说着，右手抬起，向着远处的宋缺一抓，宋缺黑着脸，身体被隔空抓住，瞬间就被带到了白小纯的身前。

“缺儿，作为长辈，作为你的小姑夫，我可要批评你了！”白小纯瞪着眼，心底很不满方才宋缺的行为，尤其是身边还有外人，白小纯觉得有些丢脸。

宋缺心头憋屈，他实在不想面对白小纯，觉得哪怕被困在眼睛里，也比遇到白小纯好，最起码那只是身体上的痛苦，而在白小纯面前，他要承受的是心灵上的折磨。

可宋缺无法开口，也不知道该怎么开口，他之前之所以立刻就转身逃走，那是他的本能反应，根本没有思索正确与否。

眼看白小纯不满，宋缺准备硬着头皮解释一下，可就在这时，张大胖与孙蜈赶来了。孙蜈还好一些，张大胖在看到宋缺后，眼睛亮了，尤其是听到白小纯那不满的训斥后，张大胖只觉得精神抖擞，直接跳了出来。

“小纯，缺儿还是个孩子，这孩子从小就孝顺，方才一定是误会了，你别说孩子了。缺儿，不是大胖伯伯说你啊，你这么做是不对的，你小姑夫来救你，你连个招呼都不打，不过我知道你是个知错能改的好孩子，来来来，先去拜见你小姑夫，再来拜见我。我和你小姑夫是兄弟，也是你的长辈。”张大胖越说越兴奋。

宋缺的脸变得更黑，瞪着张大胖，只觉得一股气血冲入脑海，整个人都要炸了。白小纯占他便宜也就罢了，他只能忍，如今张大胖也来占他便宜，这就让宋缺抓狂了。

尤其是他想到白小纯的那些朋友看到自己以后，人人都自称伯伯、叔叔的画面，他就觉得脑子发昏。

“张大胖！”

第 938 章

月亮花

这一声吼，好似要将宋缺心中的郁闷发泄出来，可张大胖的话语实在太犀利了，哪怕宋缺不愿意去想，脑子还是控制不住地浮现出遇到白小纯的朋友时的画面。

“宝财叔叔、天佑叔叔、小妹姑姑、神算子叔叔……”这一切，对宋缺来说，好似天劫一般，宋缺身体哆嗦，眼珠子都红了。他不敢去瞪白小纯，此刻只能瞪着张大胖，大口喘着粗气，似一言不合就要大打出手。

被宋缺这么一吼，张大胖顿时吓了一跳，也有些紧张。宋缺在血溪宗内积威不小，可想着白小纯在身边，张大胖便鼓起勇气，再次期待地看了过去，心底也很诧异，觉得自己只是小小地占个便宜而已，宋缺怎么反应如此之大。

这一幕落在孙蜈的眼中，孙蜈呆了一下，他不了解情况，而白小纯在他眼里是天人老祖，宋缺是白小纯的晚辈……

“难怪白前辈之前听到此事后，如此焦急，原来白前辈的道侣，是这位宋道友的姑姑。”孙蜈深以为然，觉得宋缺的做法有些不妥。

“白前辈急匆匆而来，将其救下，但这宋缺都不拜见一下，转身就走，也难怪白前辈生气。”孙蜈有了判断，对于张大胖的那些话，虽觉得有些占便宜的嫌疑，但也不是不能理解。

于是孙蜈微微一笑，看了看宋缺，笑着开口。

“终不负宋道友相托，宋道友吉人天相，与白前辈有此关系，能成为白前辈的晚辈，孙某也很羡慕啊！”

宋缺只觉得百口莫辩，张大胖来占自己便宜，孙蜈也如此开口，偏偏他还无法反驳，怎么说，孙蜈也算他的救命恩人。

宋缺心底憋屈到了极点，抓狂的感觉更加强烈，到了最后，他忍不住要再次大吼一声，可这吼声还没发出，白小纯就叹了口气。

“好了，大胖你就别欺负缺儿了，这孩子也挺可怜的。”白小纯眼看宋缺那委屈的样子，心头有些不忍。

“缺儿啊，你就别自己溜达了，跟我走吧，这样也能安全很多。”白小纯的话语传入宋缺耳中，宋缺有种要哭的冲动，白小纯这句话说到他心里了，那种委屈到极限后，突然有人理解的感觉真好。宋缺都感动了，他忽然觉得，白小纯与张大胖比起来，明显对自己好太多了。

只是他才感动了一下，白小纯就说了下一句话，让宋缺再次崩溃。

“别激动，缺儿乖啊，我不让其他人欺负你。”白小纯吓了一跳，赶紧上前安慰，抬手摸了摸宋缺的头。

“啊啊啊啊！”宋缺再也忍不住了，仰天大吼了几声，宣泄心中的委屈，他觉得自己真是倒了八辈子的血霉，不然的话，为何这一生会遇到白小纯。

自从当年遇到白小纯，直至现在，他始终都很憋屈，此刻他大吼数声，情绪失控，喷出一口鲜血，整个人直接昏迷了过去。

“怎么又晕了……”白小纯很头痛，张大胖也傻眼了，心虚的同时，也在费解宋缺怎么如此开不起玩笑……

“大师兄，你看你把他气成什么样子了，唉，你背着他吧。”白小纯一摆手，叹了口气。

张大胖哭丧着脸，满是无奈，只是他依旧有点诧异，在他的记忆里，宋缺

不是这个样子的。张大胖此刻在郁闷中，将宋缺扶起背在身上，眼巴巴地看着白小纯。

“小纯，你刚才为什么说又晕了，他以前晕过？”

“是啊，缺儿这孩子估计在蛮荒伤了心神，所以每次一受刺激，就会晕过去，没事，最多三天他就醒了。”白小纯干咳一声，赶紧结束了这个话题，带着张大胖与神色讶异的孙蜈，直奔远方飞去。

很快过去了十天，几人也快走到这片沼泽之地的尽头了，隐隐可见远处无尽的平原。

天空依旧昏暗，大地沼泽虽平静，可这一路上，白小纯也有收获，他的手中正拿着一颗种子。

种子是翠绿色的，散出阵阵寒气，握在手中，白小纯通体冰寒。

这是他数日前，在沼泽内看到的一朵花的种子。这花的花瓣如同月亮，半枯萎地独自生长在沼泽内，十分显眼，可在白小纯靠近时，这朵花好似有灵智，急速下沉，似要避开。白小纯好奇地靠过去，此花更是散发出阵阵惊人的寒气，这寒气与白小纯修炼的寒门养念诀有些相似。

这就让白小纯更加惊讶了，他最后费了一些力气，抓住了这朵花，它却枯萎了，变成了一颗种子。

研究之下，白小纯发现，这朵花在盛开的时候，可以吸收八方的寒气，只不过沼泽内的寒气不多，此花显然没有发育好。

“以后研究一下，或许能对我的寒气有帮助，就叫它月亮花吧。”白小纯将这颗种子收起，带着张大胖等人继续前行。这一路他们看到了太多的尸体，有的是其他三脉的人，也有的来自星空道极宗。

这一切让张大胖、孙蜈以及白小纯心头有些沉重，宋缺早就醒了，原本一直黑着脸，可当他看到沼泽内的尸体后，神色也几次变化。

“这到底是一个什么样的试炼之地……”这个疑问，一次又一次浮现在众

人的心头，孙蜈等人也非常清楚，若不是有白小纯在，他们断然没有可能独自踏出这片沼泽。

“或许，所谓的试炼之地，重点不是选择天尊的弟子，而是找到出口！”白小纯喃喃，准确地说，他来到试炼之地已经快两个月了。

这段时间，他已经判断出来，寻常的元婴修士很难离开所在的区域，只有那些元婴大圆满的修士，才有可能凭着自己的战力与运气，走出所在区域，进入另一个区域。

如此一来，只要一分析，白小纯就可得到答案，若天尊真的要收取弟子，完全没有必要进行这般危险的试炼，所以答案呼之欲出。

“天尊的目的，是要让人找到这里所谓的出口，如果这个判断成立的话，天尊自己也没有答案，也就是说，这个试炼之地，对于天尊而言都是陌生的！所谓的试炼，根本就是一场阴谋，他要利用众多修士，寻找他想要的出口！天尊欲保密，所以才用了收徒作为幌子，引人前来！”白小纯越想越心惊，面色也难看起来，不过此事只是他的猜想，白小纯也不知道是否正确。

无论如何，这试炼之地十分危险，这一路上，在沙漠、在沼泽中，白小纯看得太多，只感觉触目惊心。

若非他的神杀之法太过凶悍，只怕他们也很难应付那些危险。

白小纯想到这些的时候，试炼之地内一半修士已死亡了。

余下的那一半，一个个都心机深沉，眼看试炼之地的危险程度超出想象，也想到了一些端倪。

只不过，就算是想到，也没有半点用处。很显然，只有找到出口，才有生的希望，否则的话，所有人在这里都将一步步走向死亡。

强悍如白小纯，心头也有些压抑，沼泽之地看似平静，可他知道，这只是表象，好几次，他隐隐感受到沼泽深处藏着几道让他心惊的神识。

这几道神识从他这里扫过，没有露出敌意，白小纯却明白，哪怕自己有神杀之法，在这里也有生死危机。

“这里到底是什么地方？”白小纯在猜测时，终于走出了沼泽之地，踏入无尽平原。

平原内，风声呼啸，发出沙沙之声，只能看到那些青草如同海浪般在风中起伏，偶尔能看到地面上有一些被啃食得干干净净的残骸。

这一切让张大胖、宋缺、孙蜈心惊肉跳，平原的恐怖之处，似乎可以从这些骸骨上看出一点征兆。

又过去了十天，白小纯带着张大胖等人在平原飞行时，忽然面色一变，只感觉一阵杀意骤然升腾，让空气都变得阴寒了许多。他蓦然抬头，身体急速后退，口中急声呼喊：

“大师兄，你们三人立刻离开，不用管我！”

白小纯的话语传出的刹那，远处传来天雷轰鸣之声，两张巨大的面孔同时浮现出来。

正是……云雷双子！

第 939 章

拆散他们

看到云雷双子那巨大的面孔时，白小纯内心咯噔一声，从他进入试炼之地开始，就与云雷双子有过多次摩擦。

眼下云雷双子都在，白小纯有些头痛，退后时，他立刻让孙蜈等人先行离开。

“白小纯，这一次你死定了！”苍穹上，云雷双子传出如天雷般的低吼，那两张面孔瞬间化作两道身影，其中一人直奔白小纯，另一人则杀向张大胖等人。

显然，他们不但要在这里击杀白小纯，还要击杀白小纯身后的张大胖与宋缺等人。

这一切在电光石火间发生，白小纯眼看云雷双子分开，心底焦急，知道张大胖等人无法逃走，于是袖子一甩，直接将三人收入储物袋。

就在白小纯将张大胖三人收走的瞬间，苍穹上的云雷双子目中闪烁寒芒，他们二人与白小纯之间，结怨太深!

白小纯的神杀之法确实震撼了云雷子，可如今二人聚在一起，有无限底气，更有十足的准备，此刻没有迟疑，云雷双子立刻出手。

云雷双子中的弟弟速度极快，一出手整个人好似穿过虚无，直奔白小纯而来。而另一位天人中期巅峰的云雷子，挥手间，无数天雷幻化，在半空中汇聚成一只巨大的闪电手掌，向着白小纯一把抓去！

“死！”二人同时开口，声音传遍八方。

白小纯很头痛，危机感上升，猛地后退，也来不及多想，双手掐诀，在身前一挥。

“水泽！”

此言一出，平原立刻被水汽弥漫，平原之地好似成了沼泽，八方一片混沌，白小纯的声音再次回荡。

“国度！”

轰鸣间，世界好似要被撕开，云雷双子面色一变，二人本以为白小纯已经在之前的交战中动用了全部术法，没想到竟还有陌生术法使出。

他们感受到了一股危机，与此同时，巨响回荡，下方的水泽内突然升起了一根根利刺，这些利刺最后变成了指甲，一只巨足悍然而出，更有咆哮声传出。

轰的一声，巨足直接落下，如同苍穹坍塌，云雷双子彻底色变。那速度极快的云雷子，首当其冲，口喷鲜血，身体猛地倒退，而另一位施展无数闪电的云雷子，低吼一声，全力施法，眨眼间，巨足就与闪电形成的手掌碰触到了一起。

苍穹震颤，大地出现裂缝，闪电手掌层层崩溃的同时，巨足也变得模糊不清，直至消失。

随着水泽国度的消失，白小纯的身影已如闪电一般，急速倒退，刹那远去。他心知肚明，单独的云雷子，自己可战而胜之，但对方二人联手的话，在“神杀”不可控的情况下自己胜算不大。

借助水泽国度，白小纯速度飞快，瞬间人已在天边。

“也让你尝尝被追杀的痛苦！”云雷双子咬牙，目中杀意强烈，二人深吸

一口气，彼此靠近，刹那间好似融合在了一起，由两道长虹化作一道，速度如奔雷，在那尖锐的音浪声中，直奔白小纯追击而去。

仔细一看，二人的融合并非深层次的，而是简单地融在一起，随时可以分开，哪怕这样，也使得他们的速度超出了天人中期的极限，无限接近天人后期！

更让白小纯心头紧张的是云雷双子在追击中，竟还在加深彼此的融合，融合得越深，其速度与气息就越让白小纯头皮发麻。

“欺负人啊！比眼神，这两个家伙就欺负我，单独打不过我，如今就一起来追杀！九天云雷宗，你们欺人太甚啊！”白小纯心都突突了，眼看对方刹那就要追来，他立刻施展不死禁，速度一下子暴增，云雷双子在他身后不断出手。

远远看去，一道道天雷降临白小纯身后，不断地炸开，每一次炸开都形成无数黑气扩散四周。

只要被黑气覆盖，白小纯的速度就会慢不少，与此同时，云雷双子的速度始终如常。

“那个……云雷道友，你们不要太过分啊，我还有专门对付你们的撒手锏，一旦用了，我自己都害怕。”眼看云雷双子不断追击，白小纯赶紧开口。

可云雷双子只是冷哼一声，依旧追杀。白小纯猛地一晃，施展撼山撞，直接避开天雷，又施展不死禁，凭着强悍的肉身，生生逃出天雷的范围。

他有些紧张，他已经看出了，云雷双子在一起后，着实太过强悍，且很明显，两人融合得越深，实力就越惊人。

“这么下去不行啊，要想个办法阻止他们融合……该死，这云雷双子修炼的什么功法，居然一个人变成两个人，能不能阻止融合，拆散他们，嗯？”

危急关头，白小纯眼看对方又拉近了与自己的距离，他绞尽脑汁，忽然眼睛一亮。

“拆散?!”白小纯忽然激动了，他深吸一口气，一边保持速度，偷偷取出一些分手丹，一边拍额头，那把飞梭呼啸而出。他将丹药用秘法藏在飞梭内，猛地一扔，这飞梭直奔云雷双子而去，与此同时，白小纯口中传出声音。

“咦，云雷道友，这把飞梭是你们的吧？哎呀，被我无意中捡到，一看这气息，居然是你们的，我还给你们了啊。”白小纯这番话一出口，哪怕是云雷双子，也愣了一下。

他们怎么也没想到，白小纯之前都是一副睥睨天下的强者姿态，眼下居然能说出这种话。

就在他们愣住的瞬间，白小纯猛地掐诀，低吼一声。

“爆！”

飞梭在靠近云雷双子时，崩溃爆开，分手丹也猛地爆开，形成一片黑雾，将云雷双子笼罩。

白小纯没有犹豫，看都不看一眼，再次加速逃走，就在他加速的刹那，一道紫色的天雷从黑雾弥漫之地冲出。

天雷内，正是云雷双子，他们面色难看，目中煞气更强。

“暗藏毒药？雕虫小技！老夫融合期间，万毒不侵！”二人同时开口，明明是不同的声音，却融合在了一起，很是诡异，似能引起神魂波动。

白小纯面色一变，他感受到云雷双子似乎比以前更强了。只不过云雷双子的融合好像无法瞬间完成，此刻还处于融合过程中，需要一些时间才可彻底合一。

“分手丹没效果？莫非只对男女有用，对他们无效？又或者剂量小了？”白小纯心中郁闷，有心回头一战，可他隐隐有种直觉，对方融合缓慢，这是很明显的破绽，如果真的有问题，换了是他，不会轻易暴露在对手面前。

“一定有诈！”白小纯没有赌，咬牙之下，闷头继续逃遁。

而他身后的云雷双子，此刻都皱起眉头，相互看了看，有些遗憾白小纯没有回头来战。事实的确如白小纯判断的那样，这是他们二人故意露出的破绽，实际上，融合对他们二人而言，只是一瞬间的事情。

只不过，那种深层次的融合，云雷双子无法坚持太久，所以才有了引白小纯来战的策略。

“白小纯就算再精明，今天也必死无疑！”云雷双子同时冷哼，速度再次提升，轰鸣间，逐步拉近与白小纯的距离。

就这样，他们与白小纯一前一后，在平原上呼啸而过……

很快，一天一夜过去了，白小纯肉身之力强悍，恢复力又不俗，始终保持高速逃遁，时而回头扔出一把分手丹，也不管能不能打到云雷双子，直接引爆，形成大片黑雾。

“我就不信了，我的分手丹，对他们一点效果也没有！”白小纯很不甘心，不断地扔着分手丹。

第 940 章

哥哥，我们不适合……

“他这么跑下去，就没有消耗吗？”眼看白小纯还在疾驰，云雷子皱起眉头。

“不能再拖延下去了！”他们深吸一口气，正要彻底融合，但就在这时，二人突然神色一动，望向远处苍穹。

白小纯同样望去，发现苍穹上浮现出了一张巨大的面孔，这面孔模糊，黑气缭绕，唯独眼睛带着阴森，正看向三人。

“千鬼子！”云雷双子眉头一皱，依旧保持速度，向白小纯靠近。

出现在战场上的天人，的确是千鬼子，他原本就在平原上寻找南脉的修士，察觉到此地的波动后，神识一扫，立刻收回，苍穹上的面孔也要远去。

在他看来，星空道极宗与九天云雷宗之间的摩擦，与他无关，他没必要帮助任何一方。眼看千鬼子要离去，云雷双子松了口气，他们的目标是白小纯，若千鬼子出手，今天他们就无法击杀白小纯了。

白小纯在看到千鬼子后，眼睛一亮，立刻高呼：“千鬼道友留步，你们南脉有个天骄叫孙蜈是不是……”

千鬼子原本已要离去，听到这句话后，脚步一顿，苍穹上的面孔更显阴森，立刻看向白小纯。

在他看过来的时候，白小纯立刻一拍储物袋，将孙蜈以及张大胖，还有宋缺三人都放了出来。

“千鬼子道友，贵宗的孙蜈当初遭遇危机，是我出手救下，这个人情，你们龙腾鬼海宗认不认？”

千鬼子一愣，目中有些迟疑，孙蜈是南脉的天骄，白小纯将其救下，对南脉而言，的确是人情。

若是换了其他时候，千鬼子可以点头，只是现在明显云雷双子随时可以融合，而白小纯处于弱势。千鬼子琢磨着，就算加上自己，怕也不是融合后的云雷双子的对手。

这就让他迟疑起来。

云雷双子听到白小纯的话，面色一变，二人几乎同时开口。

“千鬼子，这是我们与白小纯的私怨，还请你不要参与，事后我会准备一份厚礼相送！”

在云雷双子开口的瞬间，千鬼子已有了决断，他右手抬起，一把抓向孙蜈以及张大胖、宋缺三人，口中说道：“白道友，你救下我宗孙蜈一个人，今天，我救下你宗两个人，不但救下，我还保他们在试炼之地的安全，就当还你救人的情分了。”

听着千鬼子的话，白小纯苦笑起来，知道千鬼子不可能平白无故帮自己。不过张大胖与宋缺总不能始终在储物袋内，眼下能被千鬼子庇护，白小纯放心了一些，袖子一甩的同时，白小纯传话给张大胖与宋缺，做了交代。

在白小纯的配合下，孙蜈三人被千鬼子隔空带走。

没有停留，千鬼子卷着孙蜈三人，疾驰远去。

就在千鬼子离开的瞬间，云雷双子目中寒芒一闪，二人原本就处于融合中，此刻心念相通，身体在半空中进行着最后的融合！

他们的身体，原本是一人左侧粗大，右侧枯萎；另一个右侧粗大，左侧枯

萎，眼下二人融合，竟从两个人化作了一个人！

一股惊天动地的气势震荡而起，横扫四周，形成了一股似要连接天地的风暴。

这风暴足有千丈大小，磅礴无尽，可以看到风暴的中心位置，站着一位身体无比魁梧，好似仙魔的大汉！

这大汉身体高大威猛，目中炯炯有神，不怒自威，一头漆黑的长发随风飘摇，全身上下散发出一股无法形容的邪魅之气！白小纯的意志瞬间被驱散了。

强！

非常强!!

在白小纯看来，融合之后的云雷子，修为超越了天人中期，达到了天人后期，甚至无限接近天人大圆满！

对方身上的威压让白小纯全身震动，呼吸急促，身体后退。就在他退后的瞬间，云雷子嘴角露出一丝讥讽。

他一步走出，赫然到了白小纯的身旁，右手抬起，猛地一挥。

随意一挥，立刻有一股滔天的灭绝之力，化作一道道黑色的电弧，直奔白小纯而去，白小纯头皮都要炸开，掐诀全力阻挡。

碰撞之声顿时回荡，白小纯嘴角溢出鲜血，身体如断了线的风筝，被云雷子轰出千丈。

“这家伙融合后，竟强悍到了如此程度！”白小纯心底一颤，方才那一击，若非他肉身强悍无比，怕是早就灭亡了，心中也在庆幸自己方才只用了分手丹，没用雄香丹，不然就真的危险了。

没等他站稳，云雷子的声音就回荡在八方天地间。

“白小纯，我说你今天死，你绝对活不过明日！”这声音好似隆冬之雪，降临四周。云雷子再次走出一步，追上白小纯，正要出手。

忽然，云雷子面色一变，他的口中居然传出了第二个声音！

“哥哥，我们两个不适合，勉强在一起，不会幸福的！”

这莫名其妙的话语从云雷子口中说出后，他的身体竟颤动了几下，原本完美融合的身躯，居然出现了重叠之影，可以看到，云雷双子中的弟弟，想要从融合中分离出来。

云雷子的表情也在这一瞬急速变化，先是愣怔，而后厌恶，随后则是骇然，到了最终，他的表情甚至有些难以置信。

“这是怎么回事?!”云雷子彻底蒙了，他这辈子都没遇到过这种事情，身体内的两个意志彼此之间似乎十分排斥……他的气息不稳定，似乎随时可能崩溃，给人一种混乱之感，甚至左右手开始相互攻击。

白小纯眼看如此，顿时狂喜，激动无比，若非处于对峙中怕是要手舞足蹈了。

“分手丹有效了！”

他没有迟疑，眼见云雷子的身体出现分裂的征兆，白小纯大吼一声，体后幻化出了一尊高大无比的身影，穿着帝袍，戴着帝冠，一股无上霸道之意散出。他的右手上出现了一个巨大的黑洞，这黑洞眨眼间将白小纯的一切生机都吸走了，使得他整个人好似寂灭了一般，就连目光都变得空洞了。

其右手拳头上散发出越来越强的波动，好似要灭世一般，掀起无尽波纹，撼动整个平原，使得四周青草急速倒伏！

五倍！

不灭帝拳！

一拳落，天地轰，这一拳如同星辰降临，直奔云雷子而去！

危急关头，云雷子心神狂震，内有两个意志在剧烈挣扎，外有白小纯拼尽全力的一击，云雷子的优势刹那间消失。这一切来得太快，云雷子根本没有反应过来。

不过他终究是老资格的天人，此刻全身咔的一声，好似燃烧一般，头发瞬间花白，竟以燃烧寿元的方式，短时间内全面压制分手丹的药效。

“云雷人祖第六变！”

“云雷人祖第七变！”

“云雷人祖第八变!!”云雷子低吼，气势惊天动地，身体膨胀到了八十丈，全身散发出野蛮至极的气息，好似人祖降临世间!

粗壮的身体，充满了野性，还有那披散的头发，以及目中的疯狂，整个苍穹都开始颤抖，平原震动。

“灭！”天雷之声回荡。

第 941 章

那一声呼唤……

好似天与地的碰撞，白小纯的不灭帝拳席卷八方，以肉身之力为根基，凭着无上霸道之法，生生激发出五倍之力，发出如星辰陨落般的灭世一击！

云雷子的人祖变，同样是顶级的神通术法，通过改变自身结构，形成人祖之体！

人祖，那是传说中，通天世界的一切源头。哪怕他变化的人祖，根本就无法与真正的人祖相比，可只要具备一丝人祖之力，就可以让云雷子横扫八方。

星辰与雷霆，在这一刹那直接碰撞到了一起！

一时间，天地轰鸣，巨响传遍整个平原，掀起一股冲击波，半个平原被风暴横扫，无数草木直接化为飞灰！不少藏身平原的危险生物也被波及。

这引起了试炼之地内不少修士的注意。

“怎么回事?!”

“天啊，这波动……这莫非是天人在战?!可就算是天人战，也无法影响这么远啊！”

其他修士心惊，千鬼子在半空中疾驰，猛地停顿，转头看向战场所在之地，双目微微收缩。

“云雷子强悍，这是众人皆知之事，白小纯居然能对抗这种波动……”千鬼子深吸一口气，陷入沉思。

在这个时候，平原的边缘，靠近丛林的地带，杜凌菲与古怪青年一行人，也在前行。

他们已经去过了沙漠、沼泽、丛林，如今正要去平原。

冲击波传来时，杜凌菲有所察觉，看了过去。

“不用理会。”杜凌菲看去的瞬间，古怪青年淡淡开口，就算这种程度的波动，也无法引起他的注意。

杜凌菲闻言点头，她只能感受到波动的方向距离自己这里不是很远，却无法清晰地察觉属于谁，此刻也没多想，走入平原。

而云雷子与白小纯之战的中心区域，大地碎裂，直接凹陷下去的同时，白小纯狂喷鲜血，身体被一股强悍的力量抛出。

在半空时，他控制不住地喷出鲜血，眼前发黑，身体酸软无力，好似连抬起手臂的力气都没了。

好在肉身之力虽然消耗了不少，但他的灵力还在，此刻灵力散出，勉强操控自己的身体，化作一道长虹，急速远去。

他的气息不稳，心神颤抖，方才那一击的反噬太大，而云雷子的神通更是惊人，不灭帝拳首次承受不住外界之力，崩溃开来。

同样崩溃的，还有云雷子的人祖之身，白小纯的不灭帝拳可以碾压天人中期强者，即便是天人后期强者，也不得不为之变色！

对于云雷子来说，若没有内忧，他将占据极大的优势，虽谈不上碾压，但也足以化解白小纯这一击，只是眼下的他，状态比白小纯还要恶劣。

他的身体在颤抖，口中更是传出莫名其妙的话。

“哥哥，我们分开吧，从此你是你，我是我！”

“弟弟，你不能这样，我们是一体。”

这一切让云雷子抓狂，他很难维持融合的状态，他的神魂是完整的，偏偏身体想要分成两份，相互排斥，他觉得自己真的要疯了。

到了最后，云雷子仰天咆哮，竟再次展开秘法，生生将体内另一个意志压下，身体也无法保持完整的融合状态，气息锐减，眼睛赤红，猛地抬头，疯狂地大吼。

“白小纯，我要杀了你！”他呼吸粗重，速度飞快，向着白小纯追击。

眼看云雷子吸收了分手丹后，还这么强悍，白小纯吸了口气，他很庆幸自己有分手丹，否则的话，完全融合状态的云雷子太可怕了。

云雷子融合后太强了，强到白小纯觉得自己根本就无法匹敌。

“不灭帝拳都没用了，难道真的要施展神杀？”白小纯十分纠结，一想到神杀之法的弊端，他就头痛无比。

“欺人太甚，当初比眼神他就是二打一，如今也是这样，有本事和我一对一！”白小纯不服气，却有些无奈，郁闷无比。

“该死，看来分手丹的量还是小了，我给他加量！”白小纯脑子急速转动，快速寻找自救的办法。他身后传来轰鸣声，一道道天雷，蓦然来临。

白小纯只觉得头皮一麻，勉强避开后，直接扔出一把分手丹。这丹药一出，云雷子内心咯噔一下，急速避开，他真的怕白小纯的丹药。

“这家伙使用丹药这招太过阴损！”云雷子咬牙切齿，他如今也琢磨出来了，自己之所以如此憋屈，正是因为之前吸收了白小纯的丹药。

一想到白小纯的丹药居然可以影响自己，云雷子就心头震颤，杀意更强，他们已经到了平原的边缘，远处隐隐可见丛林。

眼看云雷子追击不休，白小纯逐渐疯狂，就要不顾一切，施展神杀之法，这是他最后的拼命手段了。

就在白小纯要将体内的一滴不死血碎裂时，他忽然看到远处的平原边缘，出现了一群人。

这群人，白小纯熟悉，正是杜凌菲与那古怪青年，还有几个侍卫，他们曾经在沙漠与自己偶遇，如今过去了数月，竟出现在了丛林中。

白小纯看到杜凌菲等人的瞬间，杜凌菲也看到了白小纯，愣了一下，她看到了白小纯身后气势滔天的云雷子。

云雷子同样注意到了杜凌菲一行人。

身为九天云雷宗踏入天人多年的老祖，他知道杜凌菲的身份，哪怕他再强悍，也不敢在杜凌菲面前造次，所以追击白小纯的脚步不由得缓了一下，但依旧没有停止追击。

在他看来，这是他与白小纯之间的私仇，通天岛从来都不插手这种私人恩怨，所以他虽敬畏，但没放弃追杀，只是想要解释一下。

“杜仙子，此事是云某与白小纯……”云雷子追击时，不忘抱拳，向着杜凌菲客气地开口。

只是他话还没说完，白小纯的一句话险些让云雷子从半空中掉下来。

“媳妇儿救我，救我啊媳妇儿！”没等杜凌菲有所反应，白小纯就狂喜，好似绝处逢生一般，直奔杜凌菲而去，同时口中高呼。

白小纯的声音传遍八方，听起来热情洋溢，感人肺腑。

杜凌菲愣住了，那些侍卫也一个个睁大了眼，呆呆地看着狂奔而来的白小纯。

杜凌菲身边的那个青年目光一闪，冷冷地看向白小纯。

所有人的震撼加在一起，也远远不如云雷子。他整个人都傻了，感觉无比荒诞，他身体哆嗦，双眼睁得老大，甚至觉得自己出现了幻觉。

“你、你称呼杜仙子什么？”云雷子呼吸急促，话都说不利索了。

第 942 章

憋屈的云雷子

眼看自己一句话，就把之前还不可一世，强悍追杀自己的云雷子给吓成这个样子，白小纯也激动无比，更加得意，快走几步后，直接到了杜凌菲面前，向着云雷子，大声开口。

“你没听到我刚才说的吗？这是我媳妇儿啊，哼哼，你知道我岳父是谁吗？我告诉你云雷子，我之前不说，是因为我白小纯做人一向低调，可你欺人太甚，没办法，我只能让我媳妇儿来救我了。现在，你应该也意识到了，我岳父的身份，没错，我岳父就是通天岛之主，天尊大人！”白小纯的声音很大，传遍四周，这一句句话使得云雷子面色大变，呼吸凝滞，眼珠子都差点掉下来。

他做梦也没想到，自己追杀了这么久的白小纯，居然有如此背景，一想到自己追杀的是天尊的女婿，他就觉得天塌了一般。

他不甘心。

“明明就要追杀到了，明明今天就可将此人斩杀……为什么，为什么会这样?!”云雷子觉得自己脑袋都要爆了。

他不相信听到的这一切。

杜凌菲站在那里，虽呆了一下，但自始至终都没有反驳一句，最让云雷子心颤的是，杜凌菲双颊微红，娇嗔地瞪了白小纯一眼。

这神情让云雷子内心的最后一丝侥幸都没了，以至于他没有注意到，白小纯说出天尊是他岳父时，杜凌菲身边的那个青年，神色一时变得古怪了。

白小纯更亢奋了，他看到云雷子被吓傻的样子，内心得意无比，要是再告诉云雷子，自己还有一个岳父是半神，一个弟子是冥皇，不知道今天会不会把云雷子吓死。

“哼，敢惹我？”

白小纯意气风发，之前被追杀的郁闷与憋屈宣泄而出，只觉得全身上下都愉悦无比。

他之前被云雷子追杀得太惨了，用尽办法也无法逃出，险些被拍死。此刻劫后余生，又华丽转身，白小纯觉得自己已经走到了人生巅峰。

“云雷子，今天的事，咱们没完！”白小纯袖子一甩，傲然开口，“若非我不想暴露身份，早就可以将你灭杀，可你欺人太甚，这件事我记住了，你给我等着！”

白小纯越说声音越大，云雷子则面色苍白，眼睛无神，直至现在，他都觉得这一切如同做梦。

“我、我得罪了天尊的女婿……”云雷子一想到这里，都快要哭了，他怕啊，不能不怕。天尊在通天大陆，就如帝王一般，天尊的女婿就是驸马，直接一点说，就是与半神一个辈分，而他只是天人，生死在别人一念之间。

“我……”

云雷子内心忐忑，身体也无法保持融合状态，瞬间就恢复成了双子，神情苦涩，向着白小纯抱拳一拜，想要解释。

就在这时，杜凌菲身边的青年咳嗽了一声，看都不看白小纯，向前走去。杜凌菲也回过神来，似笑非笑地扫了白小纯一眼后，略一沉吟，抬头看向云雷子时，不再面带笑容，而是高高在上，淡淡开口。

“云雷子道友，小纯喜欢胡闹，所说之事不得当真，不过你们之间如有什么矛盾，能化解还是化解的好。”

这番话说得很正式，似告诉云雷子，白小纯之前的话只不过是玩笑。

云雷子却不这么认为，他从杜凌菲对二人的称呼上已经看出了不同，杜凌菲称呼自己为云雷子道友，而称呼白小纯为小纯。

这个称呼足以说明一切，云雷子内心再次一颤。杜凌菲担心云雷子误解，于是走到白小纯面前，当着云雷子的面，为白小纯整理了一下衣角，轻声说了几句，接着，看都不看云雷子，就与那青年以及侍卫一起远去。

云雷子顿时吸了口气，眼前有些发黑。

白小纯眨了眨眼，杜凌菲临走前轻声说的几句话都很寻常，只是让自己注意安全，她还有事情要处理。

可这姿态，白小纯很满意，于是他抱着手臂，抬着下巴，傲然看向云雷子。

云雷双子满心苦涩，站在那里相互看了看，不知该如何处理。此事太过突然，让他们措手不及，前一刻还要喊打喊杀，下一瞬，对方的身份就逆转了。

他们心中在哀号，对白小纯极为不满，暗道白小纯一定是故意的，否则的话，早一点说出实情，自己也不会这么被动。

“这姓白的，他最大的撒手锏不是那一拳，也不是那让人失去神志的雾气，更不是那诡异的丹药，而是他与天尊的关系啊！这怎么办？”云雷双子十分纠结。

白小纯也不着急，抱着膀子，抬着下巴，不时冷哼几声，虽没有开口，但这姿态，让云雷双子越发觉得压抑。

如果换了别人这样，他们大不了一走了之，只是他们之前把白小纯得罪得太深了，如今白小纯身份暴露，他们不能不为宗门考虑。

“那个……白老弟，之前的事是误会……”

“没错没错，哈哈，我们九天云雷宗与你们星空道极宗，可是世交啊……”

云雷双子感觉有些尴尬，连忙开口，只是他们二人这一生很少拍马屁，眼下无论是话语还是神情，都很生涩。

白小纯一瞪眼，觉得云雷双子太没诚意了，不过他也知道分寸，明白自己打不过对方，虽有些不甘，但还是打算见好就收，于是咳嗽一声。

“行了，既然是误会，我也不计较了，不过，这一路上我被你们追杀得很是狼狈，丢了一个天人魂，还丢了一套叫作云雷人祖一百变的神通，唉。”白小纯说完眨着眼看向云雷双子。

云雷双子有些崩溃，暗骂白小纯无耻，那神通是北脉秘法，不可能给白小纯，只能委婉地拒绝。云雷双子也明白，此事若不给白小纯一个交代，怕是很难化解，于是其中一位狠狠咬牙，从储物袋内取出一个水晶，里面封印的正是一缕天人魂。

“咦？我的天人魂居然在你这里？”白小纯感到惊喜，暗道李显道的这个办法的确管用，赶紧伸手一把拿了过来，看了看后，白小纯皱起眉头。

“云雷双子道友，你们有些过分了啊，我记得和天人魂一起丢的，还有大量灵石，七八十件至宝，以及无数丹药！”白小纯说完，眼巴巴地看着云雷双子。

云雷双子闻言，都要奓毛了，却不得不压下怒意，他们觉得白小纯要的赔偿实在太多了。

“该死，这家伙怎么不去死，居然无耻地说自己丢了这么多东西，这都可以堆积一个仓库了，他怎么丢的？”

二人感到憋屈，却很无奈，只能咬牙拼凑，勉强给了白小纯，脸色都黑了。

白小纯眼看如此，心头得意，也不再继续刁难，正要开口，就在这时，大

地猛地震动起来，好似地龙翻身。

震动的不仅仅是这片平原，还有丛林、沼泽、沙漠，可以说这一瞬，整个试炼之地都在震动!

异变，突起!

第 943 章

一枚铜钱！

整个试炼之地，无论是沙漠、沼泽、平原还是丛林，全都在震动，大地翻滚，苍穹变色！

如今在试炼之地，还存在的元婴修士只有几百人，能够在凶险之地活下来的，要么具备惊人的运气，要么自身心智和修为极高。

只是此刻，任凭他们如何自信，也被突如其来的天地巨变震住了。不单他们如此，连试炼之地内的那些生灵也瑟瑟发抖，似有大难降临，一时之间，无数凄厉的尖叫在试炼之地响起。

“出了什么事情?!”

“大地颤抖，苍穹云雾翻滚，这是怎么了？”那些熬到了现在还活着的几百修士，他们中绝大多数不是单独前行，而是三五成群地聚集在一起。

彼此之间的联系更加频繁，在这么危险的地方，如果对于外界之事一头雾水，自身更容易遭遇危机。

此刻所有人都取出玉简，开始传音。

渐渐地，一个惊人的消息传开。

“有人在沙漠发现了试炼之地的出口，将其开启后，出口形成了壁障，需集众人之力，轰开壁障，才可离开此地！”

原本不少人想要放弃，此刻一听这个消息，顿时激动起来。无论是想要去争一争的人，还是打算离开此地的修士，在这一瞬，都看向了沙漠。

同一时间，但凡知道这个消息的人，无论在哪个区域，都全速朝着沙漠而去。

白鳞、赵天骄，还有各脉的强者，都是如此。

沼泽内，千鬼子双目一闪，刹那化作一片鬼雾，带着孙蜈与张大胖等人，冲向沙漠。

丛林内，撼山泰斗宗的那位仙风道骨的天人老者，此刻也目光一闪，整个人化作一道流星，直接消失。

平原中，杜凌菲一行人也在这一刻纷纷看向沙漠，尤其是那位青年，似在压抑着心中的激动。

“终于……找到了！”他先是喃喃低语，然后仰天大笑，身上的气势在这一刻好似要爆发，却被他压下，袖子一甩，直接卷着众人，以比天人还要快的速度，刹那远去。

在这一刻，沙漠内，有一个女子，脸上带着让人琢磨不透的笑容，坐在一条巨大的沙虫身上，右手随意一指，立刻就有一条沙虫化作黑气，被她吸入手指，而她的四周还有数万沙虫。这些平日里狰狞无比的沙虫，此刻一个个都瑟瑟发抖。

“你们这些小蚯蚓，当初只是用来喂三鬼的，没想到这么多年没见，一个个都长这么大了。”女子轻笑，转头时，露出了那张吹弹可破、动人无比的俏脸。

正是……侯小妹！

如果白小纯亲眼看到此刻的侯小妹，也很难将这气息诡异的身影，与侯小妹联系在一起！

“不过，总算是回来了。”侯小妹掩口一笑，目中出现了诡异的双瞳！笑

着笑着，她身体一晃，直奔出口。

这一刻，整个试炼之地风起云涌，而在平原边缘的白小纯与云雷双子，也通过自己的玉简，知道了事情的缘由。

“发现了出口！”

云雷双子眼睛猛地睁大，再也顾不得白小纯，转身化作两道长虹呼啸远去。

白小纯也愣住了，给他传音的是张大胖，在千鬼子的帮助下，张大胖传音的范围更广泛了。

白小纯看着张大胖的信息，心头也在震动。

“出口原来在沙漠？可我就是从沙漠出来的，居然没发现！”白小纯顿时有些后悔，自己怎么不在沙漠中好好找找。

“现在说什么都晚了。”白小纯长叹一声，他明白，出口出现，声势这么大，所有人都将赶过去。

他距离又远，可以说没有什么机会了，只是白小纯有些不甘心，若那出口在其他区域还好，偏偏在沙漠中。

“不行，就算来不及，我也要去看一眼！”白小纯狠狠一咬牙，长叹一声，同样向着沙漠之地疾驰而去。

还没等白小纯接近，天地异变再次出现，一股惊天的气息从沙漠所在的方向传向四方。

远处的天边都成了黄色，隐隐可见沙漠所在的地方出现了一个巨大的光罩，如同防护罩。

白小纯顿时心惊起来。

“出口到底是什么地方，竟还有防护罩！”

就在白小纯吃惊时，沼泽、平原与丛林这三处区域，竟然开始枯萎了。

仅仅是白小纯所在的平原区域，就有无尽的青草瞬间枯死，露出了漆黑

的大地。所有在平原的本土生灵，身体都枯萎了，眨眼间，整个平原成了一片死域！

黑色的泥土似乎也失去了所有的养分，变得干裂……这一幕让白小纯心头震颤，头皮发麻。

不仅仅是平原，还有沼泽，那里的生灵全部死亡，沼泽干枯，露出大地，轰鸣声中，一片龟裂……还有白小纯没有去过的丛林，此刻也是如此。

几个呼吸的时间，整个试炼之地，除了沙漠外，其他三个区域都成了死地！

不仅仅白小纯震骇，此刻所有赶去沙漠的修士都身体颤抖，看着大地枯萎，看着地面上那一道道巨大的裂缝，有种不祥之感。

“这里……到底是个什么地方！”

一股浓浓的死气也在这一瞬轰然扩散，气息越来越浓郁，使得整个世界都阴暗了下来，如同鬼境！

这变化太突然，抬眼望去，看不到云层，只能看到浑浊的天空，天空中好似藏着一只只厉鬼，正贪婪地俯视大地！

随着三大区域的枯竭，沙漠上的光罩更为明显。

因此地十分诡异，所有飞向沙漠之人速度很快，绝大多数已经不想要天尊弟子的身份了，他们脑海里最强烈的念头，就是立刻离开此地！

白小纯立时紧张起来，呼吸急促地看着四周，此地阴冷的气息，让他觉得有些熟悉，却来不及多想，急速前行。数个时辰后，当白小纯走出沼泽，正要冲向沙漠时，忽然，他猛地看向远方大地！

在远处的地面上，赫然有一道白光。

“什么东西？”

白小纯一愣，改变方向，一晃之下，就到了白光的上空。他右手抬起一挥，地面震动，碎石被掀起，露出了埋在那里的一样法器！

那是一枚铜钱!!

看到这铜钱的瞬间，白小纯眼睛都睁大了。

“不可能！”

第 944 章

我走错路了……

白小纯呼吸急促，脑海内天雷阵阵，之前的种种，都不如此刻带给他的震撼强烈。

实在是……他被那出现在面前的铜钱，彻彻底底地震慑住了。

半晌之后，白小纯依旧不能平静，他右手抬起，拿起面前的铜钱，仔仔细细地看了一番，面色不断变化。

“这怎么可能……”白小纯喃喃低语，这铜钱正是神算子之物！

那上面甚至还刻着“神算子”三个字！

白小纯立刻想起，当初神算子丢铜钱时，曾哀号说那是他的宝物，上面还有他的名字……

拿着铜钱，白小纯身体控制不住地哆嗦起来。他还记得，当初自己与宋缺，还有神算子三人在生命禁区那艘诡异的骨舟上，在自己的建议下，神算子取出这枚铜钱，准备算一下怎么才能离开那艘骨舟，铜钱却因意外从他手中脱落，滚到了甲板的缝隙中。在骨舟的第一层、第二层乃至第三层，白小纯都没有看到那枚铜钱，它好似凭空消失了。

如今，他居然在试炼之地发现了这枚铜钱！

白小纯心头颤抖，猛地抬头看向天空，他只觉得头皮发麻，全身从内到外，一片冰寒。

“这到底是什么地方？”白小纯咽下一口唾沫，看着昏暗无比的苍穹，他的脑海里有一个惊人的念头，这念头越来越强烈，以至于白小纯的面色都苍白了。

“莫非试炼之地是那艘骨舟?!”白小纯心头狂震，他想告诉自己这是不可能的事情，毕竟一个在通天岛，一个在生命禁区；一个是试炼之地，一个是骨舟。

无论怎么看，无论怎么猜测，也无法将这两个地方联系在一起，更不用说将骨舟与试炼之地合一了。

只是这铜钱的出现，打破了其他猜想。

“如果这里真的是骨舟，那么天尊把四脉修士送入这里的目的，似乎也能知道了。”白小纯越想越心惊，他已经感受到了，在试炼之地，一定藏着一个惊天的秘密。

这个秘密……到底是什么？

白小纯不想了解这个秘密，他记忆犹新的是，骨舟的第三层里，在那梳妆台上，在那镜子面前坐着的那个长发披肩却没有五官、断了一只手臂的女鬼的身影！

“还好……守陵老爷爷给我的护身玉佩还在！”白小纯吓得赶紧摸了摸储物袋，确定玉佩还在后，才松了口气，可一想到那女鬼，他依旧汗毛竖立。

“或许是我搞错了……”白小纯哭丧着脸，宽慰自己，忍不住回忆那骨舟，记得当初最后一眼看去，庞大的骨舟不像是只有三层的样子。

这么一想，白小纯就更害怕了，他抬着头，看着天空，莫名有些惊恐。

“难道上面就是第三层？”白小纯愁眉苦脸，有心不去思索这些，只想赶紧离开，可心中七上八下的，极为不安。

“一定是巧合，如果这里真的是骨舟，那么铜钱掉下来的地方，就一

定会有裂缝……我来找一找，如果找不到出口，那就说明我是在自己吓唬自己……”白小纯连续吸了几口气后，迟疑了一下，还是小心翼翼地升空。

他要是不试探一下，心里过不去。他身影一晃，直接飞上天空，似要飞到苍穹的尽头。

这一路直飞，他速度不快，神识全面散开，双眼也不断扫向四周，飞了很久，他都没有从四周看到哪怕一丝裂缝。

整个苍穹浑浊无比，却很是完整，白小纯的心慢慢放了下来。

“哈哈，一定是巧合。”白小纯干笑着眨眼，又找了很久，最终什么都没发现，他虽松了口气，但新的疑问又出现了。

“这是另外一枚铜钱，还是有人把铜钱扔到了这里？”这两种可能，白小纯都觉得有些不对劲，却没有其他线索。此刻在迟疑中，他琢磨着去沙漠看看情况，单打独斗之事，还是留给其他人吧。

带着这样的想法，白小纯深吸一口气，向前飞去，可还没等他飞多久，突然，白小纯身体猛地一顿，眼睛睁大，身体又开始哆嗦了。

他神色骤然变化，眼睛死死地盯着前方!!

在他的前方，看似如常的虚无里，出现了一道若隐若现的缝隙!

这缝隙不大，时而出现，时而消失，若非白小纯距离很近，又神识敏锐，他根本就无法察觉，换了其他元婴，更是如此。

除非有天人强者在这四周仔细寻找，否则的话，很难察觉这里有一条缝隙。

“真的有裂缝……”白小纯心脏都快跳出来了，头皮都要炸开了。他看了看缝隙，又低头看了看自己发现铜钱的地方，迟疑着将铜钱取出，模仿了一下铜钱掉下去的轨迹，铜钱直奔地面而去，最终落下的地方，与其原本所在的位置距离不到三丈……

白小纯脑海中轰的一声。

“真的是骨舟!!”白小纯尖叫一声，身体猛地退后，那缝隙对他来说极其凶恶。实际上的确如此，生命禁区的那艘骨舟十分诡异，留给白小纯极为深刻而恐怖的印象。

不说留下了阴影，也差不了多少，骨舟无论是甲板上的三面哭笑鬼脸旗帜，还是第一层的画面，以及第二层的骸骨、摇椅，都让白小纯心肝儿都直打战。

尤其是宋缺与神算子当初的失神，让白小纯紧张无比，最重要的是，鬼母好似在第三层。

白小纯确信，若非有守陵人给的玉佩，当初踏入骨舟时，自己必死无疑，绝无生还的可能。

“天尊以收徒为幌，目的就是要让四脉修士帮他寻找出口，他应该有隐情，一方面是无法从生命禁区踏上骨舟，另一方面则是不敢在这里亲自寻找。他的目的应该就是在找到出口后进入骨舟，这么来看，天尊或许就在我们之中！”一想到这里，白小纯脑海中第一个浮现的就是杜凌菲身边的那个青年。

“我之前就感受到了，拍他脑袋时的手感，与拍半神时不一样……”白小纯一想到这里，额头就开始冒汗。

“我居然拍了天尊，而天尊在的地方，公孙婉儿一定也在！”与天尊相比，白小纯最怕的，反而是公孙婉儿，此刻的他，再也不想去找什么出口，也不想去沙漠了，他只想尽快找到张大胖等人，然后拉着所有人一起藏起来，等待一切尘埃落定，再想办法出去。

就在白小纯后退的刹那，突然，一个幽幽的声音，阴冷无比，非常诡异地从裂缝内传出，回荡在白小纯耳边。

“既然来了，怎么不进来看看？你又不是第一次来这里。”

“误会，这是误会。那个，我走错路啦……”白小纯差点吓哭，尖叫中全力加速，想要逃出这里。

第 945 章

第一次吗?

可就在白小纯尖叫着想要逃出这片范围的瞬间，一股巨大的吸力从裂缝内传来。

这吸力对外界没有一丝一毫影响，更不用说产生什么波动，这就使得外人无法察觉在这里发生的一切事情。

对白小纯而言，这吸力无可抵挡，刹那间就像要将他的灵魂乃至修为都吸走!

若白小纯强行挣扎，那么他的身体或许能逃走，可他的灵魂还是要被吸出身体，收入裂缝!

更让白小纯恐惧的是，他发现不仅仅自己的神魂如此，就连修为，乃至体内的血液也都这般，如果强行挣扎，只怕鲜血会从毛孔内喷出，被吸入裂缝。

仅仅如此就足以让人肝胆欲裂，可偏偏，那女子还在绘声绘色地向白小纯描绘一幅在她看来很美好的画面。

“一定不要放弃抵抗，这样的话，才可以先吸来你的神魂，然后是鲜血……慢慢地，直至剩下骨头，也省得我处理了，你自己就把自己变成一盘美食了。”

听到女子的话，白小纯不由得想象出了这样的画面，画面里的自己，先是神魂被吸走，而后修为、鲜血、血肉、五脏六腑乃至大脑都被吸走，最后只剩下一具骷髅，然后砰的一声砸在地面上，或许因自己有不死骨，所以不会摔得四分五裂。

若干年后，有人路过这里，如获至宝般，将自己的骨头拿走，要么炼成丹药，要么炼成法宝，要么炼成骷髅傀儡。

“不！”白小纯也不想琢磨这些，可他控制不住自己的思绪，到了最后，眼看自己的想象似要成为现实，白小纯在绝望中放弃了抵抗，瞬间化作一道长虹，被那吸力卷走，吞入裂缝，消失不见。

随着白小纯被吸走，裂缝快速弥合，慢慢隐藏起来，自始至终，这里发生的事情没有旁人察觉。

唯独在光罩附近，目中带着期待的侯小妹，秀眉微微一皱，有些狐疑地看向沼泽所在的方向，但很快，随着沙漠光罩的扭曲，侯小妹的目光也收了回来，瞳孔内的期待越来越多，更有激动之色。

“终于要回来了，若非万不得已，鬼母，我也不想再回来啊！不过我很期待，你看到我时的表情。”

就在沙漠的光幕随时可能崩溃时，白小纯眼前一花，等到视线清晰时，他已经出现在一个很熟悉的地方，不大的房间，好似闺房。

一张落满尘埃、结着蛛网、残破的床，一张梳妆台，还有一面破碎的镜子……

白小纯呆呆地看着四周这一切，尖叫起来，身体快速后退，想要寻找出口，但很快他就想起来了，这里没有出口。

此刻的他所在的位置，也不知是不是巧合，正是他第一次来这里时站的位置。

在他前方的梳妆台上，一个穿着红色长裙的女子，正背对着他，一边梳头，一边照镜子，还有那让白小纯熟悉的毛骨悚然的歌声，在幽静的闺房内

回荡。

白小纯的眼泪已经在眼圈里打转儿了，他实在害怕。

“怎么办，怎么办啊？”白小纯头皮发麻，他恨不得立刻想办法离开这里，可是，他没有办法。他只能飞速从储物袋内取出守陵人给他的玉佩，死死地抓住，颤声开口。

“姐姐，我不好吃。姐姐，你认识守陵人吗？他是我师父，我们应该是自己人才对。还有啊，姐姐，外面有人对你不怀好意，你要不要先去看看？不用理我。姐姐，我也不想再来啊，你……是你把我抓来的……”白小纯不知道自己在说什么，此刻声音越发颤抖，尤其是看到那女子的肩膀微动，似要回头，白小纯顿时尖叫起来，“别回头，你、你别回头，有话好说……”

在白小纯开口的刹那，歌声突然停了下来，那女子依旧梳着头，却有幽幽之声四处回荡。

“这是你第一次来。”

“啊？姐姐你说第一次那就是第一次……”白小纯赶紧认同，如小鸡啄米一般，不断点头。

“来了之后，你站在那里不知想些什么……”女子依旧幽幽开口，声音有些诡异。白小纯刚要点头，可忽然一愣。

“我第一次来？不对啊，这是我第二次来啊，是你把我抓来的啊！”

“没有人抓你，你的两个同伴还在上面呢。”女子一指那破碎的镜子，顿时镜子中出现了一幅画面，骨舟第二层，宋缺与神算子正茫然地站在椅子旁，一动不动。

这一幕让白小纯脑子仿佛要炸开，呼吸也变得急促。

“不可能，这怎么可能呢？我之前已经逃走了，我回了逆河宗，回了星空道极宗，我这一次是为了进试炼之地才来的……”白小纯觉得脑子有些乱，他不想相信对方的话语，更不愿相信自己从来就没离开过骨舟，无论是逆河宗发生的事情，还是星空道极宗发生的事情，一切都是他的幻觉。

不知为何，在听到女子的声音后，他的思绪好似不受控制，竟自然而然地回忆起来。

他自己也没察觉，他紧紧抓着玉佩的手，正慢慢松开。

“你从来都没有离开过。”女子的声音再次幽幽传出，她的肩膀缓缓移动，她的头颅也缓缓转动，只是梳头的动作，非但没有停止，反而越来越快。

这一幕，白小纯原本会觉得骇然至极，可现在他目中迷茫，竟没有警觉。

“任何人，看到我的样子，都会在心中虚幻出一个关于自己的故事，你的确是第一次来，却不是第一次看到我的面孔。”女子声音飘忽不定，在闺房内回荡。她的肩膀转动过来，她的头颅也从直面破碎的镜子，转向了直面白小纯！

就在这个时候，目露迷茫的白小纯身体颤抖，记忆明显错乱起来，他拿着玉佩的手已经松开！

在玉佩从其手中落下的刹那，女子瞬间转头，露出了一张没有五官、白纸一样的脸孔！

在她转头的那一刻，她的面孔上突然撕裂一道缝隙，好似森森大口，身体更是诡异地扭曲，猛地向着白小纯吞噬而来。

眼看她就要吞噬白小纯，白小纯右手突然下沉，一把抓住那枚刚刚脱落的玉佩，抬头时，目中哪里还有半点迷茫，而是一片清醒，右手更是刹那抬起，连带着玉佩一起，直接轰向女子吞噬而来的大口！

“你既然怕它，我看你敢不敢吞下去！”白小纯大吼一声，之前的一切都是他刻意装出来的，等的就是这个机会，眼下他已豁出去了！

第 946 章

你不是侯小妹!

这一切在电光石火间发生，快速无比，长发女子显然也没想到自己的神通竟然对白小纯无效。

可她并非寻常之辈，轻笑一声，身体刹那模糊，隐隐有岁月之力散出。白小纯拿着玉佩与其碰触的瞬间，她的身体已经消失不见。

再出现时，赫然还是在那梳妆台上，依旧梳着头发，仿佛方才的一切都是虚幻。白小纯面色苍白，心脏咚咚地跳动着，好像要爆裂。

对方的神通，之前并非没有作用，白小纯刚开始的确不自觉地陷入了那种奇异的幻觉中，可也只是一瞬，消失的念力不知从什么地方冒了出来，在他脑海一闪之后又刹那消失。

虽只是一闪，但是白小纯立刻恢复了清醒，他当时就决定将计就计，把握住这个机会，准备绝地反击。

哪怕他做了准备，却依旧无法撼动这女子丝毫，对方模糊的一幕，让白小纯大为震撼。

“不是极致的速度造成的模糊，而是时光在其身上退后了几息！”白小纯一想到对方居然拥有这种不可思议的术法，更惶恐了，哭丧着脸，想要开口解释一下，化解方才的敌意。

可还没等他开口，那背对着他，正在梳头的女子，忽然笑了起来。

“有意思，难怪这个世界的守陵人选择了你。你的念果然与其他人不大一样。算上你在内，这艘船上如今已经有两个人，让我很感兴趣了……”女子说到这里，白小纯愣了一下，对于女子所说的话，他有些懵懂，就在这时，女子蓦然转头。

不是看向白小纯，而是看向二人中间的地面！

那地面由木头制成，很是寻常，一片空旷，可在那女子看去的时候，地面突然变得模糊。

“终于来了吗？”女子的脸扭曲起来，好似一张满是褶皱的白纸。白小纯也吸了口气，紧张无比。

轰轰轰！

好似有人在木板下大力轰击，试图冲出一般。突然，整个房间的地面都震动起来，最终直接崩溃！

白小纯脑海嗡鸣，他竟然听到了女子口中传出狰狞的笑声，一道道长虹从地板缺口处猛地冲出！

说是长虹，实际上都是丝线，每一道丝线里都有一个修士，他们仿佛被缩小了无数倍，此刻冲出后，刹那间就恢复了正常大小。

冲出之人足有七八个，一个个激动无比，更有人发出兴奋的吼声。

“我是第一个！”

“哈哈，千年寿元丹，有我一份！”

只是，等他们看清周围之后，女子直接转头，朝着他们吞了过去。

眨眼间，七八人的吼声戛然而止，他们甚至来不及害怕，就被那突然出现的大口直接吞了下去。

咀嚼之声传出，白小纯看到这一幕后，身体颤抖，面色苍白。

这一切还没有结束，下一瞬，地面窟窿内再次冲出了数十道身影，在看到

第二批冲出的人时，白小纯呼吸一促，赶忙开口。

“这里危险！”

第二批人已经冲出，而白小纯目光一扫之下，就看到了侯小妹。他整个人焦急无比，身影一晃靠近，狂吼起来。

“小妹，快回去！”

此刻的侯小妹，身上散发出惊人的气息，诡异无比，目中的双瞳格外明显，还有那熟悉的笑声，也从其口中回荡开来。

“我终于……回来了！”

听到这句话以及笑声之后，白小纯眼睛猛地瞪大，停下脚步，额头沁出冷汗，心中狂跳。

“这个声音、这个笑声，你、你不是侯小妹，你是公孙婉儿！你把侯小妹怎么样了？”白小纯眼睛立刻就红了。

此刻的侯小妹，正是公孙婉儿，她目露邪异之光，娇笑起来。

“小哥哥，你还记得我啊，你放心，我不会害你的小妹呢，一会儿我再替她和你玩哦。”公孙婉儿说着，转头看向那依旧坐在梳妆台前，不断梳着头发的女子。

“我最讨厌别人用我的梳妆台了。”公孙婉儿皱起眉头，在她开口的瞬间，那坐在梳妆台上的女子，也沙哑地一笑。

“梳妆台是我的，连你也是我的，你以为你找了一具尸体藏魂，隐藏气息，我就无法察觉你来了吗？”女子话语一出，大口一张，朝着公孙婉儿吞噬而去。

公孙婉儿娇笑一声，全身爆发黑气，同样张开大口，也朝那女子吞噬而去。

二人之战直接爆发！

整个房间都剧烈摇晃起来，冲击之力向着四周横扫。四周那些刚刚冲出的

修士，一个个不由自主地倒退开来，神色茫然。

他们实在无法理解，明明是试炼之地，可为何找到出口后，进的居然是闺房？而此地的阴森诡异，也让他们身心俱寒。

白小纯气息波动，事情变化太快，他来不及思索太多，不过他能感受到，侯小妹的体内存在两缕魂，一缕是那小女孩的，还有一缕被压制却没有被抹去，正是侯小妹的！

“小妹！”白小纯焦急无比，却没有办法，此刻在冲击中他的身体被推动后退，直接撞在了身后的墙壁上。与此同时，咔咔声中，周围的墙壁上出现了一道道巨大的裂缝，这些裂缝不断地蔓延，最后因白小纯的撞击，墙壁直接爆开！

在爆开的瞬间，露出了墙壁后方一条似能通往上层的腐朽的楼梯！

在楼梯显露出来的刹那，房间的地面窟窿中赫然冲出了第三批人，这批人里有杜凌菲，以及杜凌菲身边的那个青年。

青年出现的瞬间，气势滔天而起。他的身体自行撕裂，好似附着一层人皮，露出的身影，还有那不怒自威的面孔，正是……

“天尊！”白小纯脑海轰的一声，内心忐忑，尽管他之前就有所猜测，可亲眼看到后，还是会不由自主地想到自己之前拍过去的那一巴掌。

“我……我真的拍了天尊的脑袋?!”

第 947 章

缘由

此刻的白小纯，心情复杂到了极点，一方面是担心侯小妹，另一方面天尊的出现让他觉得自己的手似乎痛了。

天尊的气势爆发，整个人化作一道残影，直奔坐在梳妆台上的女子而去，口中冷哼一声。

“鬼母，以为躲在生命禁区，有那老不死的家伙护着你，本天尊就拿你没办法了吗？”天尊一出手，赫然有整个通天世界的气息爆发出来，在他的前方，隐隐出现了通天世界的缩影，呼啸间，直奔鬼母！

公孙婉儿也是如此，一晃之下，与天尊联手，杀向鬼母！

这一切太快，梳妆台瞬间崩溃爆开，风暴横扫，一些闪躲不及的修士，连惨叫都来不及发出便形神俱灭了。

只是鬼母在天尊杀来的刹那，直接模糊，再次出现时，人已在另一侧。

“通天道人，你只不过是个准天尊而已，真正的天尊之力是你想象不到的。你居然牺牲族人来探路，自己藏身其中，这种行为，本身就不配成为庇护一族的天尊，守陵人在这一点上，没选择你是正确的。不过我倒真的很感谢你，把我的这个被古天君一剑斩下的手臂化作的分身送到了我的面前！我为了找它，不惜追到这里，又被守陵人困在生命禁区，无法与外界沟通，无法离开。不过总算结束了，如今，你们在等我，而我又何尝不是在等你们！”鬼母发出尖锐刺耳的笑声，身体一晃，竟绕开天尊，直奔公孙婉儿，虽看不到表情，但众人都能感觉到她十分兴奋。

“你才是分身，我们的目标都是离开这片世界，都要回家，这一次，我要吞噬了你，成为新一代鬼母！”公孙婉儿面孔扭曲，声音也尖锐起来，没有闪躲，而是冲向鬼母。

二人直接厮杀起来，一旁的天尊冷哼，对于鬼母的讥讽无动于衷，再次出手，三人碰撞，轰鸣震天。这骨舟不断颤抖，其他踏入之人都难逃身死道消的结局。

三人之间的争斗，对于外人而言，实在太凶险。白小纯虽已是天人，但也面色惨白，神色骇惧，急速后退，就要冲向楼梯。

这是他唯一能想到的出路，四周那些残存的修士，颤抖着拼命赶来，想要逃出这里。

其中就有云雷双子以及泰斗撼月宗的那位仙风道骨的老者，只不过此刻的他们都披头散发，狼狈无比。

就在他们争先恐后想要冲入楼梯时，天尊、公孙婉儿以及鬼母三人打得越发激烈，甚至有通天海水凝聚在一起，化作拳头大小的水球，在鬼母身上爆开。

这一战似对公孙婉儿极为重要，她竟张开口，口中吐出了一把满是铁锈的长剑，此剑一出，威压惊天，带着某种无上威严，刺向鬼母。

这把剑，白小纯看到过三次，第二次是对方与守陵人一战时，第三次是现在，而第一次……则是他还没筑基之时，这就是陨剑深渊的那把大剑!!

“古天君的剑居然被你炼化，有点意思。”鬼母笑声依旧，双手一挥，顿时她的四周鬼气漫天，形成了一个巨大的黑洞，直接将天尊与公孙婉儿笼罩在内。

轰鸣中，白小纯呼吸急促，神色惶恐，速度也提升到了极致，第一个踏上楼梯，直奔上方而去。

此刻他的心中，对于这件事情已经有了充分的认识与判断。

“所谓的天尊收徒，根本就不是为了收弟子，也不是为了恢复天尊的修为，更不是有什么针对四脉的计划，这完全就是一个专门针对骨舟酝酿的阴谋！骨舟在生命禁区，天尊无法到来，所以才需要四脉修士寻找出口，这一切，都是因为天尊想要在不引起注意的前提下，踏上此舟！”

至于这艘骨舟的来历，白小纯也大概明白了，他之前在蛮荒时就知道，这片天地外，存在一个更加庞大的世界！

应该是在多年前，在那个大世界，靠近通天世界的边缘，鬼母乘坐着这艘骨舟，与一位叫作古天君的强敌厮杀，最终她被古天君的飞剑斩下了一条手臂！

那把剑与手臂，因一些特殊的情况，坠落到了通天世界，这也是当初陨剑的由来。

失去一条手臂，修为大减的鬼母，侥幸逃出升天，却不甘心自己的手臂消失，于是在付出了惊人的代价后，追入通天世界，想要寻找手臂。

没想到，她刚一降临，就被守陵人察觉。凭着天地意志，守陵人生生将凶悍无比的鬼母限制在了生命禁区，使其无法与外界沟通，更无法寻找她的手臂。她就这样被困在生命禁区内很久很久，甚至很有可能，生命禁区本身也是守陵人在巅峰状态下为了封印鬼母而创造的。

而那把从天而降，带着一丝天道气息的大剑，落在了通天东脉下游修真界，从此之后，成了下游修真界的筑基之地！

此剑曾经斩杀的亡魂，也因这场意外，诞生出了煞魂，在众多的煞魂中，有一缕魂就是鬼母的手臂所化！

正是夺舍了公孙婉儿的小女孩！

鬼母手臂所化之魂，缠绕此剑，融入其中，原本浑浑噩噩不知何时才能恢复的记忆，因白小纯的丹药，提前恢复并苏醒。

她恢复记忆后，虽想要离开这里，但是不愿意靠近其本体所在的生命禁区，于是才有了与天尊的第一次合作，有了蛮荒大战，其目的就是想要在本体被限制的情况下，离开这片世界，回归家园！

只是计划虽好，但守陵人不惜展开五脏秘法，从天而降，使得小女孩的计划彻底失败，重伤逃走。

当初守陵人之所以放过小女孩，很显然，这是守陵人与鬼母的约定，因为他们已经算定了，无路可走的小女孩，必然会选择第二条路！

这第二条路是与天尊进行第二次合作，她来找出避开生命禁区，进入骨舟的方法，从而打开大门，使人进入，从其内部寻找通往第三层的路！目的就是反客为主，吞噬鬼母，化作主意识，成为新的鬼母，而报答天尊的方式，只有一个，那就是在身体完整，修为也恢复到巅峰后，带着天尊，乘坐此舟，离开这片世界！

显然，天尊对于公孙婉儿也有防备，自身另有打算，所以，才有了这一次的试炼。他一方面需要大量修士去寻找出口，另一方面也需四脉修士探路，而他藏身在众人之中，才最安全！

侯小妹之所以会被通天岛选中，也是因其体质适合公孙婉儿，能将公孙婉儿的气息全部隐藏起来，不被鬼母察觉。

第 948 章

生命禁区

这一切虽都是白小纯整合之前听到的和经历过的联想出来的，但他有种感觉，哪怕自己分析得不是完全正确，也至少对了七成……

他心中震动的同时，不由得想到了守陵人。他无法不把这件事情与守陵人联系在一起，仔细回忆起来，怕是当初蛮荒绝世之战时，守陵人就算到了这一点，算到了每一步！

“这是守陵人计划的补充！”白小纯心念一动，他知道当初的蛮荒绝世之战，守陵人打算击杀天尊，可惜最终没有成功，眼下，白小纯有种强烈的预感，这是守陵人的第二个计划。

若是绝世之战成功也就罢了，一旦失败，那么这艘骨舟，就是专门为天尊准备的。

“所以他给了我那枚玉佩，除了是想让我安全通过生命禁区外，还有另一个目的，就是让我不会因为这个计划而送命！”

白小纯越想越心惊，他实在无法想象，到底是一个什么样的脑袋，才可以一而再，再而三地借助一切能用的手段，这样算计天尊。

“天尊这一次，怕是又要失败！”白小纯将一切捋顺后不由得吸了口气，心头很是不安。他不在意天尊，杜凌菲因其父亲，也会无碍，此刻他心中在意的，唯有侯小妹。

“通天岛上，我第一次看到侯小妹，她那个时候应该还没有被小女孩占据身体，第二天，我那种阴冷的感觉，不是我的错觉！而方才，侯小妹体内的魂的波动还在，她没有被吞噬，想要救下她，唯一的办法就是将侯小妹体内的小女孩，直接轰出！”白小纯嘴里泛苦，这个办法他知道，可以他的修为，真的可以做到吗？

就在他焦急时，他被卷入了楼梯口，眼前一花，离开了第三层，来到了第二层！

白小纯不甘心，想要回头，可第三层的冲击波扩散，他无法进入，于是只能压下焦虑，另想办法。云雷双子，还有泰斗撼月宗的那位灵仙上人紧随其后，也被卷了出来。

杜凌菲等人在天尊出手间，已经被收入储物袋，如今很安全。

第二层的格局与当初白小纯到来时一样，摇椅依旧在摇晃，面前那两具融合了一半的骸骨，依旧保持着诡异的融合姿态，四周充满了森然的寒气。

这一次，白小纯与之前不一样，他不再是元婴，而是踏入了天人境界。此刻刚出现，他呼吸急促，神识猛地散开，形成威压，笼罩摇椅。

趁着摇椅一顿，白小纯刹那靠近，他第一次来这里时，对这两具骸骨兴趣极大，这上面的不死卷与长生卷的气息，对他有致命的吸引力。

那个时候他的修为还不是天人，感受到了强烈的生死危机，所以只能放弃取走骸骨的想法，以逃命为主。

可现在不同了，白小纯明白，自己或许永远没有第三次来到这里的机会，一旦错过，就会留下遗憾。

所以他没有犹豫，刹那间就冲了过去。在他冲过去的时候，楼梯处，云雷双子以及泰斗撼月宗的老者相继飞出，他们与白小纯不一样，踏人这里后，明显被第二层震动了一下。

等他们注意到白小纯的举动后，白小纯已一把抓住那两具骸骨，正要拿走，可他的面色猛地一变。

在他抓住这两具骸骨的刹那，他感受到自己体内的不死血居然自行沸腾起来。那具金色的不死卷骸骨内，涌现出磅礴的气血，顺着白小纯的手掌，直接钻入其体内，只是一个呼吸的时间，就让他的不死血多出了一滴!

白小纯深受震撼，眼下实在不是他去吸收修炼的时候，白小纯呼吸一凝，压下心中的震动，一把将这两具骸骨收入储物袋。

“白小纯，你拿的是什么！”泰斗撼月宗的老者立刻开口，目光炯炯，哪怕在危急关头，他也有贪婪之心。

若是换了以前，云雷双子必定也是如此，可眼下，天尊就在下面，他们就算胆子再大，也不敢啊。

白小纯根本没理会泰斗撼月宗的老者，收了骸骨后，直奔楼梯而去，想去第一层。

就在白小纯要过去的瞬间，那泰斗撼月宗的老者出手阻止。

“白小纯，我等都是天人，同时到来，此地的宝物见者有份，你想独吞?!”

“滚开！”白小纯本就因侯小妹的事情心烦，又因知道了其他人所不知道的隐秘，心神不稳，如今老者来纠缠，他顿时就爆发了。

此话一出，白小纯直接展开撼山撞，向着老者撞去。那老者神色变化，迟疑后立刻避开。

就在他避开的一瞬，白小纯横冲而过，直接踏入楼梯口，没有迟疑，一步走出，顺着楼梯直奔上方。

云雷双子紧随其后，那老者面色阴晴不定，冷哼着，同样飞出。

就在白小纯等人顺着楼梯踏入第一层的刹那，突然，第二层的地面直接爆开，无数碎木向着四周激射，天尊、公孙婉儿以及鬼母从第三层杀到了第

二层。

他们刚一上来，神通就化作风暴，横扫第二层，无数建筑被摧毁，白小纯也一步之下，踏出了楼梯，到了第一层。

第一层与当初一模一样，没有变化，四周的壁画栩栩如生，白小纯当初看过，此刻一眼不扫，直奔楼梯，就要踏上甲板。

云雷双子与那老者踏入这里后，立刻就被四周的壁画吸引，三人身体狂震，看着画面，眼中露出迷茫。

没有理会三人，白小纯神色焦急，顺着楼梯疾驰，眨眼间，直接冲出骨舟的阁层，出现在甲板上！

远处天空昏暗，甲板上的旗杆上，三面鬼旗狰狞，无风自动……看到这一切，还感受到生命禁区内特有的气息，白小纯的最后一丝怀疑也消失了。

“真的回到了这里……”白小纯喃喃，身下的甲板突然爆开，云雷双子与泰斗撼月宗的老者面色苍白地急速冲出，在他们的身后，三道身影冲天而起！

“鬼母，今天你在劫难逃，我要吞了你！”公孙婉儿发出凄厉之音，冲向鬼母，天尊面无表情，速度却极快，逼得鬼母节节败退！

随着甲板与第三层的地面被打通，很快，试炼之地幸存的修士陆续飞出，一个个直接出现在甲板上。看清周围的情况后，所有人都呆在那里，身体颤抖，无法控制地吸气，心头更是骇然到了极点。

“天啊，那是天尊！”

“这里、这里是什么地方！”

“居然是一艘船，这怎么可能?!我们在哪儿，还在通天大陆上吗？”人群内，白鳞与赵天骄受了重伤，被张大胖扶着，三人呆呆地看着四周。

宋缺身体颤抖地站在人群中，看着白小纯。

“这里是生命禁区。”白小纯有些低落，声音也很低沉。

第 949 章

骄傲如他

“生命禁区！”

“环绕在通天区域与蛮荒之间的生命禁区！”

“天啊，我们居然出现在了这里！”

那些修士听到这句话后，面色狂变，他们都是元婴修士，先经历了试炼之地的凶险，随后又亲眼看见了天尊之战，眼下听到白小纯的话，顿时就有些崩溃。

这一次出行，凶险程度超出了他们所有人的想象，十分诡异。

在这之前，没有人知晓，所谓的试炼之地，居然是一艘骨舟，也没有人能猜到，所谓的天尊收徒，根本就是一个骗局！

或许用“骗局”来形容有些夸张，天尊大可在此事之后，随意找一人收为弟子，可对于其他人来说，看到自己被彻头彻尾地利用，还是心寒的，只是不敢表露出来。

听到这里居然就是传说中有来无回的生命禁区后，众人岂能不崩溃？

天空中，天尊以及公孙婉儿，他们二人与鬼母的一战，也是惊天动地。

轰鸣之声不断回荡，生命禁区的骨海开始波动，无数骨头直接粉碎，苍穹好似要被撕裂，那是天尊的道法，引来通天海之力形成的惊人压迫。

而公孙婉儿已经拼尽了一切，比之前面对守陵人时还要狂暴，一直想要吞噬鬼母。

白小纯很紧张，抬头望着天空中的这一战。他不关心天尊与鬼母，他只在意侯小妹，哪怕他是天人，也没有资格参与这种程度的斗法。

就在白小纯看去时，忽然，天尊目露精芒，低吼一声。

“不要忘记我们的约定，这一次，我全力助你完成融合！”他深吸一口气，双手掐诀，通天世界的缩影幻化，通天海环绕四周，好似要形成封印，朝着鬼母镇压而去。

这是天尊出手以来最强的一招，他与守陵人那一战伤势不轻，他虽占了上风，但战力多少受到了影响。

眼下，他不惜代价，全力出手。

天地剧变，风云卷动，生命禁区也震动起来，鬼母身体一顿，似被牵住，没有五官的面孔变得扭曲。

同时，天尊右手抬起，一指鬼母。

“我的世界内，你必虚弱！”

这句话传出的瞬间，世界缩影光芒闪耀，笼罩四方，鬼母如被压制，气势弱了大半。

“鬼母，你是我的！”公孙婉儿发出尖锐之音，趁着这个机会，整个人化作一道残影，刹那间出现在了鬼母面前，张开大口，七窍内钻出大量黑气，形成了小女孩的面孔，目中带着贪婪与激动，向着鬼母狠狠一吞。

“通天道人，你那句话，是对我说呢，还是对她说呢？”危急关头，鬼母的声音幽幽传出。她急速后退，双手掐诀，身上顿时爆出无穷黑雾，这些雾气化作一头头厉鬼，咆哮着向四方冲击，试图破开天尊的世界缩影。

公孙婉儿目光一闪，天尊也皱起眉头，冷哼一声。

“雕虫小技。”天尊向前一步走出，右手抬起，天空中出现了一个巨大的

手掌，这手掌带着无上之力，从天而降，直奔鬼母而来。

有世界缩影压制，天尊之手拍来，自身气息又被削弱，鬼母停顿下来，有凄鸣之音从其体内蓦然爆发。

“天鬼屠世！”此话一出，身体轰的一声，自行溃散，化作一圈黑雾，再次扩散，直至形成了九圈黑雾，才从这些雾气中钻出众多厉鬼。

这些厉鬼环绕所在之圈，不断地奔跑，速度飞快，眨眼间就使得黑雾变成了风暴！

一共九层风暴，此刻重叠在一起，散发出一股恐怖的气息，这气息似能压制天地法则，不断崛起。众人看到，风暴的尽头似与苍穹连接，不断地扩散，仿佛要撑爆天尊的世界缩影。

正在这个时候，天尊的手掌以及世界缩影已然落下，与风暴碰撞在了一起。

世界似乎颤抖起来，鬼母神通化作的风暴无法抵抗天尊的全力一击，直接崩溃开来，黑气扩散四方，而后勉强汇聚在一起，凝聚成鬼母的样子。

鬼母的身体模糊了不少，正在急速后退。

“竟能凝聚世界之力，通天道人，我小看你了！”鬼母声音凄厉，此刻正要后退，而公孙婉儿速度太快，刹那间直奔鬼母而来，雾气化作的头颅张开大口，猛地吞噬过去。

瞬间，被天尊出手削弱的鬼母就与公孙婉儿纠缠在了一起，这一幕让包括白小纯在内的所有人都呼吸凝滞，目露骇惧之意。

白小纯还好一些，其他人是首次看到天尊出手，那种世界缩影之力，让他们有了一生都无法与其匹敌的感觉。

在天尊的压制下，公孙婉儿占据了极大的优势，气息越来越强！

原本的她根本就不是鬼母的对手，如果说魂分十成，那么公孙婉儿占据的只是两成，有八成都在鬼母这里。

可是，随着吞噬的加快，公孙婉儿的魂已从之前的两成，达到了三成、四成，眼看就要达到五成！

鬼母似乎焦急无比，但在世界缩影的压制下，她也没有办法，任凭她如何挣扎，也难逃此劫。

天尊站在半空中，冷冷地看着这一幕，全力操控世界缩影。他镇压不了守陵人，因为守陵人与他，都是这世界之人，可面对外来者，凭着世界之力，他占据极大的优势。

白小纯神情变幻，连呼吸都透着紧张与焦躁，他也不知道这一战该偏向谁，他只担心侯小妹的安全。

很快，公孙婉儿的魂已突破五成，占到了六成，甚至向着七成不断扩展，完全占据了优势，可就在这一瞬，天尊嘴角露出一抹笑容。

“看来，鬼母的确是虚弱了，若真有诈，我就算是输，也认了。”天尊低语，又等了一会儿，在公孙婉儿的魂占据七成的刹那，他双手抬起，口中传出巨响！

“奴印，封！”他此话一出，四周的世界缩影顿时扭曲，眨眼间化作一个巨大的封印，向着公孙婉儿过去！

封印之力滔天，带着明显的强制性，其中甚至还有岁月之力，显然是很久之前就已经在酝酿，此刻才爆发！

白小纯心神狂震，他虽没有认出封印的来历，但是看得出，一旦此封印落下，公孙婉儿从此之后便会成为天尊之奴！

这正是天尊的计划，骄傲如他，岂能甘心去赌一个不确定的未来？与其赌公孙婉儿会实现诺言，带他离开，不如在对方即将成功的一刻，将其封印成自己的奴仆，这样才符合他的行事作风以及最终需求！

而这封印威力太大，需要时间去准备，实际上，第一次与公孙婉儿相遇后，天尊就已经有了此意，开始着手准备！

第 950 章

各显神通

封印之力轰然爆发，世界缩影成了一个巨大的圆形，将公孙婉儿笼罩在内，不断地收缩。

可以想象，一旦完全收缩，那么公孙婉儿将成为天尊之奴！

只是公孙婉儿丝毫不感到意外，反倒目露幽芒。

“准备了这么久，通天老贼，你等的就是我吞噬主体的这一刻吧？

“不过，难道你以为我就没有准备吗？你太可笑了，记住，这一次你的失败，源自你对我所在的世界，根本就不了解，也不知道这艘骨舟真正的威力！”公孙婉儿笑声尖锐，目中光芒一闪，顿时，白小纯等人所在的骨舟就震动起来。

一道道黑芒亮起，最终整艘骨舟好似一个黑色的发光体，光芒齐齐向着骨舟上那面古朴的八卦镜汇聚而去。

“通天老贼，在这之前，我不用准备什么，因为有守陵人挡在前面，你不敢强行封印我。而如今，当你认为有把握时，你却不知，我的后手就是骨舟，我是鬼母当年的左手幻化，而鬼母的左手掌握的就是骨舟的封印之法！我等的其实也正是你向我出手这一刻！镇魔镜，给我出来！”公孙婉儿笑声诡异，飘忽不定，骨舟的黑芒又一次爆发，八卦镜竟然强烈震动起来，陡然间化作一道强光，直接轰向天尊！

天尊面色阴沉，右手抬起一挥，强光竟然没有崩溃，只是倒退开来，于半空中凝聚成了一尊巨大的身影！

这身影穿着黑色铠甲，通体漆黑，唯独双目内跳跃着绿色的火焰，身上爆发出不属于这个世界的波动。

这黑甲身影一晃之下，直奔天尊而去，口中传出闷闷低语。

“临兵斗者……”这四个字传出，黑甲身影气势再次攀升，好似一片黑色的海水，向着天尊的世界缩影封印，直接撞击而去。

八方震动，白小纯等人心神巨震，世界封印之力竟出现了松动，似无法烙印下去！

天尊面色有些难看，他知道对方必定也有准备，却没想到，她的后手居然是这艘骨舟！

他若没有在蛮荒受伤，便有很多办法可以化解，眼下他修为不稳，战力受损严重，他的躁怒之意随之而起。

“不过，就算如此，你也逃不脱！”天尊目光一闪，右手抬起一挥，他的一根手指竟自行与手掌脱离，在半空中化作了一块巨大的山石！

这山石通体紫黑，看起来毫不起眼，可随着天尊左手一指，山石就爆发出一股让所有人呼吸凝重的气息！

这气息似能镇压一切邪魔，此刻幻化后，直接融入了世界缩影封印，使得世界缩影封印更加强悍。黑甲身影无法抵抗，倒退开来。

“天魔石！该死，你怎么会有哪怕在外界也很罕见的天魔石？”公孙婉儿神色一变，在她的记忆里，这天魔石就算是在外界也不多，每一次使用后都会消散，属于易耗品，其对同族之人没有作用，可对外族修士作用很大。

公孙婉儿顾不得继续融合，保持着魂已融合七成的程度，发出一声尖锐嘶吼，右手掐诀一指，将外界强者古天君的铁剑幻化出来，一把握在手中，向着四周收缩而来的封印，一剑斩去！

与此同时，那黑甲身影也好似要燃烧一般，目中绿焰闪动，口中传出低吼。

“皆阵列在前！”黑甲身影的气息一下子变得狂暴无比，身体逐渐碎裂，仿佛他要用自己的身体换来惊天一击！

天空中，出现了一个巨大的旋涡，旋涡外，似乎正是外界的天地，隐隐地，好似有通天世界外的法则，以黑甲身影为引，急速降临！

两个世界的规则碰撞，其威力之大，完全有可能破开世界缩影封印。

战况太激烈，骨舟上的白小纯等人目不暇接，天尊与公孙婉儿之间从联手到内斗，变化太快，各自的后手又极多。

如今，一切似乎明朗起来，鬼母虚弱，仿佛已无力回天，而公孙婉儿能操控八卦镜，不惜让黑甲身影崩溃，换来惊天之力，配合手中的铁剑，要去轰开封印！

至于天尊，他虽在蛮荒被重创，但他的准备更充分，先是世界缩影、奴之封印，随后又是天魔石，一切的一切，都是专门克制公孙婉儿的，尤其是他选择的时机，是公孙婉儿无法移动的关键时刻。

乍一看，分不清谁更有优势，可就在黑甲身影全身彻底碎裂，外界的世界规则即将降临的刹那……

局势再变！

天尊忽然笑了，那笑容里带着从容和轻蔑，淡淡开口。

“这么一把剑落在我的世界里，你真的认为它已经被你掌控？只不过是我让你觉得，你已经将其掌握而已！”天尊话语一出，左手抬起，向着公孙婉儿手中的铁剑，倏地一指！

这句话传出的一瞬，公孙婉儿面色陡然变化，可还没等她做出什么举动，她手中的铁剑竟不受控制，脱手而出，一转之下，剑锋一晃，穿透封印，直奔

苍穹上的旋涡！

白小纯眼睛一直瞪得大大的，很多时候甚至忘记了呼吸。这一战实在逆转得太快，每个人都有心机与手段，难以看清结局，尤其是这一刻，铁剑居然在很多年前，就被天尊暗中操控了。

这一切让白小纯不寒而粟，内心更加害怕天尊。

“他到底谋划了多少年？莫非他很早之前，就知道公孙婉儿会苏醒？”

“不！”公孙婉儿有些绝望，那把铁剑速度之快，好似一道破天而去的箭矢，一瞬就到了苍穹尽头，在碰触旋涡的瞬间，轰然自爆！

自爆形成的灭绝之力，直接将旋涡淹没，使得外界世界的规则被强行抹去！

黑甲碎裂的身体剧烈摇摆，目中的光芒也暗淡下来，似有遗憾，全身一下子碎裂了。

这一切逆转得太快，眨眼间，公孙婉儿的手段全部被天尊化解，而那世界缩影封印，此刻也急速收缩，向着公孙婉儿烙印过去！

“成为我的法奴，借助你的操控之力，我就可以用这艘骨舟，被外界的规则接引，离开这里！如今，冥皇新任，力所不及，守陵老鬼虚弱无比，谁还能阻我？”天尊激动的声音回荡四方，他看着那急速缩小的世界缩影封印，似乎成功近在眼前！

偏偏在这一刹那……

绝望中的公孙婉儿，意识里突然传来了鬼母那飘忽不定的声音！

“我的左手，现在，你的选择呢？是成为通天老道的法奴，还是选择与我融合在一起，我来带你回家！”

第 951 章

白小纯的誓言

“你……”突如其来出现在脑海中的声音，让公孙婉儿明白了一切，她的表情慢慢变得苦涩，心中已明悟。

“你如此去赌，不像是我们的性格。”最终，公孙婉儿在脑海里苦涩地开口。

“的确不是我们的性格，不过，我赌赢了！”鬼母幽幽开口，心底对当年与她约定后，又给她出了此计的守陵人有了深深的敬畏。

“不愧是远古的那位存在的遗留之念。”鬼母深吸一口气，实际上从最开始，她就在赌！

失去了左手后，她不但修为跌落，操控骨舟也很勉强。最重要的是她没有左手的封印之力，就无法打开镇魔镜，召唤出她这一生最强的神通，也就是那三面鬼幡！

她之所以能成为鬼母，那三面幡是关键，当初在外界时，她付出了极大的代价，不惜请来强者相助，这才将与她近乎同一个时代，丝毫不弱于她的三个天尊级别的厉鬼，封印在旗幡中。

那是她最大的法宝以及最强的手段，尤其是其中一面哭笑鬼脸，当初只差一步她就能突破天尊，虽还不是太古，可也能被称为半步太古！

那三个厉鬼被她封印后，修为虽然各自削弱了不少，但三幡同出，依旧能让她的战力增强不少。

只是这三个厉鬼并不稳定，所以她才请动一位太古，为她炼制了一面镇魔镜，平日里镇压三大厉鬼。可就算是这样，她也很难完美操控，于是用秘法在身体永恒烙印符文，左手烙下镇魔镜封印之力，右手烙下召唤厉鬼之力，在她需要时，凭着左手的封印解开镇魔镜封印，凭着右手召唤三大厉鬼。

失去左手，鬼母立刻就陷入了低谷，空有召唤之力，却无法破开镇魔镜的封印，所以，在天尊与左手到来前，鬼母只能去赌！

她赌天尊必定不会相信别人，必定会在认为无碍的情况下，对公孙婉儿出手，因为这是守陵人告诉她的，也是守陵人的判断。

同样的，她也在赌自己的左手幻化出的公孙婉儿，必定有所准备，而当天尊与公孙婉儿内斗时，她就会重新崛起。

所以，与其说她无力反抗，被公孙婉儿吞噬，不如说，这是她主动营造的机会，是她主动让公孙婉儿吞噬的。

“你赢了，带我回家。”

没有别的选择，不想成为天尊之奴，就只能消散自己的意识，公孙婉儿沉默着闭上眼。

在她双眼闭合的瞬间，四周弥漫的黑气突然翻滚起来，刹那间凝聚成了鬼母的样子。在鬼母出现的一瞬，天尊猛地色变。

“你……”天尊呼吸一促，全力催动封印，眼看世界缩影就要彻底烙印下来，就在这时，出现在公孙婉儿身边的鬼母传出尖锐之音。

“三鬼何在?!”

在她话语传出的瞬间，骨舟上的三面旗帜中的一面直接爆发，有怒吼传遍苍穹。只见那旗幡上幻化出来一个巨大的狰狞哭笑鬼脸，其身上散出的气势，超越半神，无限接近天尊，其头顶有三根角，全身紫黑一片，如同恶煞！

哭笑鬼脸咆哮，朝着世界缩影封印而去，天尊面色再变，一步走出，立刻阻挡，可就在他阻挡这哭笑鬼脸的刹那……

第二面旗幡直接爆开，第二个哭笑鬼脸也猛地冲出！这第二个哭笑鬼脸通体青色，脸上长满了眼睛，张开大口时，就连它的口中，也有大量眼睛在不断地眨动。

其气息同样无限接近天尊，可准确地说，第二个哭笑鬼脸比第一个哭笑鬼脸还要强悍！好似脱困的恶魔，第二个哭笑鬼脸直接冲向世界缩影封印！

天尊神情焦躁，凭着一人之力，再次阻挡，只是他能阻挡两个哭笑鬼脸，却无法阻挡……第三个！

在这两个哭笑鬼脸冲出的时候，第三面旗幡一样爆开，一股狂暴肆虐的波动传出，带着狰狞的笑声，回荡天地。

“鬼母，你终于把老夫放出来了！”这声音一出，好似天上地下有无数厉鬼在嘶吼。

而它的身影也在这一刻骤然幻化出来，那竟是一个半脸黑色、半脸白色的诡异哭笑鬼脸，明明在笑，看起来却似在哭，给人一种错乱的感觉。

骨舟上的那些元婴修士的生机被吸收，他们想要采取手段阻止，却于事无补。

白小纯神色凛然，他认出了最强的哭笑鬼脸，正是自己首次来到骨舟上时，冲着自己狞笑的那面旗帜！

而这哭笑鬼脸身上的威压之强，和天尊竟然没什么区别！

不单白小纯色变，天尊也呼吸急促，只见第三个哭笑鬼脸呼啸间，朝着世界缩影封印撞击而去。

速度之快，让天尊明白自己已无法阻止封印被破解！

轰的一声，世界缩影封印出现了裂缝，最终崩溃，四分五裂……

更让白小纯心惊的是那哭笑鬼脸竟在破解了世界缩影封印后，目露贪婪，

张开大口，不断地吞噬世界缩影的碎片。

“如此美味……哈哈，好久好久没有品尝这种味道了。我闻到了，这片世界有太多可口之物，我要吃了所有！”

“孽畜你敢！”眼看自己的术法封印被这哭笑鬼脸吞噬，天尊低吼，正要冲出，那哭笑鬼脸猛地转头，看向天尊。

“居然还有一个准天尊……吃了你！”它大笑着，直奔天尊而来，至于另外两个哭笑鬼脸，则配合这个哭笑鬼脸，杀向天尊。

这一切逆转得太快，骨舟上的人的生机被不断吸收，面色苍白，目中满是骇惧与绝望。白小纯等几个天人还可支撑，相比于云雷双子等人，白小纯没有丝毫生机被吸走。

只是他的眼睛赤红，望着鬼母，身体颤抖，整个人似要爆发！

如今的鬼母，在三大哭笑鬼脸牵制天尊时，身体再次模糊，整个人化作了一张森森大口，向着被公孙婉儿附身的侯小妹吞噬过去。

这一吞之下，侯小妹身体颤抖，七窍中有黑气散出，化作了小女孩的模样。小女孩恋恋不舍地看了眼世界，又看了看身后的侯小妹，轻声呢喃。

“不要伤害她。”她说完，闭上了眼，魂体瞬间被鬼母吸入口中！

就在这个时候，侯小妹的七窍内再次出现了魂体，侯小妹的魂竟然也被吸出，眼看就要被鬼母吞噬。

白小纯额头青筋鼓起，目中充满血丝，口中发出一声巨吼！

“鬼母！你吞噬公孙婉儿那是你的事，可你若伤害了侯小妹，我白小纯今天发誓，此生一定杀你！”

第 952 章

骨舟起航

白小纯声音坚定，好似引动了冥冥中存在的天地规则，居然形成了风暴，在四周回荡开来。

此刻的鬼母，出现了双目、鼻子、嘴巴，很快化作了一个曼妙的女子！

她看起来年纪并不大，肤色动人，眼波中更有异彩，堪称绝色！之前断去的左臂，眼下也在急速生长，刹那间恢复如常，一股诡异无比的气息，从她身上爆发出来！

“你威胁我？”鬼母缓缓开口，看向白小纯时，目光深幽，好似星空一般，足以让人迷失。

可白小纯没有迷失，他的目中唯有血色，整个人死死地盯着鬼母，一字一顿地开口。

“我不是在威胁你，而是在……警告你！”白小纯说这句话时，根本就没经过大脑思考，否则的话，按照他的性格，绝对不敢对着鬼母说出这种话，这就是白小纯性格中矛盾的地方。

他虽怕死，但若看到自己的亲人朋友处于危机之中，他不会因害怕而逃走，更不会因害怕而变得懦弱！

这一刻，白小纯已经不知道什么是害怕了，他只知道，侯小妹的生死就在

一线之间，而他也想好了，哪怕呼唤自己徒儿，召唤守陵人，也要阻止鬼母！

他的想法彻底表现了出来，鬼母看到他的眼神后，也心神一震，她立刻感受到这片世界的意志在这一瞬偏向了白小纯一点，隐隐地，好似在见证这一刻白小纯发出的誓言！

没来由的，鬼母心跳明显加速了一些，哪怕在她的眼中，区区天人修为的白小纯，若没有守陵人的玉佩，她想要将其捏死易如反掌，可她的直觉告诉自己，一旦她真的将侯小妹的魂吞噬，必定会为自己树立一个不必要的未来强敌！

这感觉来得突然，鬼母闭上大口，放弃了顺便吞噬侯小妹的魂的想法，右手一挥，直接将侯小妹的魂打回其身体。

"她看上去倒是不错，又和这小子有瓜葛，也是一个上好的弟子人选。"鬼母念头一转，顿时将魂魄刚刚归体，还处于昏迷状态的侯小妹收入袖口，一晃之下，直奔骨舟。

看到这一幕，白小纯喘息着。正在与那三个哭笑鬼脸厮杀的天尊，此刻猛地后退，抬头时，望着鬼母，急声开口。

"鬼母，你我之间也可合作，我们……"

"和你合作？"还没等天尊说完，鬼母的笑声传出，毫不客气地将其打断！

"可笑！"她轻蔑地看了眼天尊，之前的她还需伪装自己，如今她自身完整，在这片世界，除了守陵人外，她已不在乎任何人。

哪怕是眼前的准天尊，她也不在意，若非对方有世界之力辅助，她甚至不介意将天尊斩杀，炼成厉鬼，成为自己的第四幡！

"可惜，他有世界之力辅助。在这方世界，想要杀此人，除非我能突破天尊境界，踏入太古境，否则的话太难。"

当着如此多的修士的面，被鬼母轻蔑的目光扫过，天尊的面色明显难看了

一些，目中在这一刹那更有精芒闪过。

他心头极为不甘，明明之前差点就可成功，却又一次失败，不但没有奴役成功，反倒被鬼母逆袭。

“守陵老鬼，你一次次阻止我，在蛮荒如是，在这里更有你的痕迹……我不甘心，我一定要冲出这片世界！我才是世界之主！”天尊有些发狂，可惜他伤势太重，否则的话，今日之事，在他看来，将是另一个结果。

鬼母一晃之下，已踏入骨舟，绝美的俏脸抬起，全身上下顿时散出一股睥睨之意。

“现在该离开这片世界，回家了。邪尊骨舟，起！”她右手抬起，向着下方骨舟隔空一按！

这一按之下，骨舟惊天而起，大地震动，四周的骨海化为飞灰。

与此同时，生命禁区的地面出现了一道道巨大的裂缝，这些裂缝以骨舟为中心，向着四周不断扩散。

巨大的骨刺缓缓钻出，尤其是其中一条最大的裂缝，直接爆开，露出了一条骨尾，好似有一个庞然大物，要从地底冲出一般。

骨舟上的修士受到这股震动之力影响，一个个喷出鲜血，被震出了骨舟！

白小纯也是如此，面色苍白，身体倒退，被震出骨舟。

就在这个时候，大地好似裂开一般，那本就庞大的骨舟缓缓升空。骨舟下，从地底钻出了一个庞大的船体！

“这、这……”

“天啊，这骨舟居然只是一部分而已，加上地底埋葬的才是全部！”众人惊呼。白小纯也心神震动。

准确地说，之前露在外面的，只不过是骨舟的一部分而已，如今随着骨海碎裂，生命禁区崩溃，完整的骨舟才出现。

那是一条巨大的白骨蜥蜴！

这蜥蜴庞大无比，一眼看不到尽头，只能看到其轮廓，而露在外面的骨舟，实际上，是这白骨蜥蜴的头顶！

这一幕，震撼了所有人，也超出了所有人的预料，他们都没有想到，骨舟居然是这个样子！

与此同时，还有修士被不断地震出，白麟、赵天骄等人此刻都被震向了四方。

天地轰鸣，苍穹扭曲，随着鬼母的双臂伸开，一个巨大的旋涡，蓦然间出现在苍穹的尽头！

白小纯看向那旋涡，隐隐看到了另一个世界。

“回家！”

鬼母声音尖锐，传遍四方。白骨蜥蜴拔地而起，直奔旋涡而去！

远远看去，如蜥龙破天！

就在这个时候，白小纯发现，除了侯小妹之外，至少还有数十人被留在了骨舟内，而张大胖就是其中之一！

此刻的张大胖，颤抖地站在骨舟上，茫然地看着越来越近的旋涡，脑海里忽然浮现出了……自己来之前做的那个梦。

“新的世界吗？”

第 953 章

女婴初醒!

骨舟升空的同时，天尊身边的那三张哭笑鬼脸，哪怕再不甘心，也要飞向旋涡。

“这片世界……我不甘心啊，我想要留下，我不想出去！”最强的哭笑鬼脸心中发狂，却于事无补，无论它如何挣扎，也难逃操控，距离骨舟越来越近。

天尊的呼吸也急促起来，他看着苍穹上的旋涡，目中带着无法形容的渴望。

他的心态与哭笑鬼脸截然相反，那是他梦寐以求要去的地方，他在这片世界已经走到了巅峰，对他来说，这里就如同一个巨大的牢狱！

他不愿留在这里，他想要离开，他知道，或许因自己的离开，这片世界会崩溃，但他还是会如此选择！

对于张大胖等人而言，出去，无疑险境重重，可对天尊来说，那是崭新的未来。

他猛地冲出，化作一道长虹，似也想通过旋涡的接引，离开这个世界！

只是，在他靠近的刹那，一股只有他能感受到的威压骤然降临，大地上更是传出无尽的吸力，使得他被困在那里，根本无法冲出！原本凝聚在他身上的世界意志，也因他的这个举动，出现了要崩溃的征兆。

天尊发出满是不甘的怒吼：“守陵老鬼，终有一天……我会出去！”天尊的声音化作天雷，带着世界之力，使得四周出现了无数的闪电。

这些闪电密密麻麻连成一片，好似闪电大手，向着白骨蜥蜴狠狠一抓，似要做最后的努力，尝试将对方留下！

这闪电大手凝聚成形的刹那，如被通天河染成了金色，远远看去，这金色闪电大手，带着无上之力，一把抓向白骨蜥蜴。

就在碰触的瞬间，鬼母冷笑，双手掐诀，猛地一挥，一股黑气从这白骨蜥蜴体内释放出来，刹那间黑雾漫天，向着挥来的金色闪电大手罩去。

那闪电大手竟无法破开这雾气，自身也崩溃了小半，眼看就要消散，忽然，那个正要回归骨舟的哭笑鬼脸咆哮一声，不知用了什么办法，突然改变了被牵扯的轨迹，直接冲向了天尊的闪电大手。

这一幕让鬼母目中煞气弥漫，天尊明显也愣了一下，却没有迟疑，金色闪电大手一把抓住哭笑鬼脸，狠狠一拽！

惊天巨响顿时爆发，那哭笑鬼脸竟被天尊一把抓了下来！

可是，当闪电大手缩小到天尊面前时，那原本应该被抓在手中的哭笑鬼脸，不知什么时候消失了，不见踪影。

天尊目光一闪，若有所思。

鬼母看着这一切，目中的煞气越来越浓，却没有多说什么，只是深深地看了眼这片世界，便不再理会，白骨蜥蜴距离旋涡越来越近。

就在这时，哪怕天尊也没想到，一道身影拔地而起，刹那间升空而去！

正是……白小纯！

“鬼母，把侯小妹和我大师兄还给我！”白小纯红着眼，他彻底豁出去了，他不能眼睁睁看着侯小妹和张大胖被带入旋涡。

他的速度达到了极致，掀起破空之声。

下方的所有修士看到他都大吃一惊。

天尊眯起双眼看去，此番骨舟之事，处处都有守陵人算计之影，天尊心中也一直有些警惕，可自始至终，对方居然真的没有出现，他的心中不仅憋屈，更有疑惑。

“那老鬼的心机太深，我不信他这一次只是为了阻止我，必定有我所不了解的其他目的！”

白骨蜥蜴上，鬼母低头望着正急速而来的白小纯，她看到了白小纯通红的双眼，看到了白小纯此刻的疯狂。只是，哪怕白小纯的速度再快，也无法追上白骨蜥蜴。

白骨蜥蜴已经靠近旋涡，开始融合，先是骨舟，随后白骨蜥蜴的头颅、身躯，最终……彻底消失！

在消失前的瞬间，鬼母双唇微动，向白小纯传出一句话。

“看在守陵人与我的约定上，你大可放心，这女孩的体质特殊，与我功法相通，我将收其为弟子，至于骨舟上的修士，各安天命吧。”

望着已彻底消失的白骨蜥蜴，白小纯身子停在半空中，徒劳地探手，怔怔地看着旋涡慢慢散去。

“小妹……大师兄……”白小纯喃喃，有些无能为力。

他想起了张大胖对自己说过的梦，显然，大师兄对这一幕早有预感。

他只能相信鬼母所说的一切是真实的。

随着长大，以及修为一步步提高，寿元积累得越来越多，白小纯已经认识到了成长的代价。

这代价，他已不是首次体会，只是每一次体会，他都有种深深的无力感，他不知道是自己错了，还是这个世界错了。

他只是想快乐地修行下去，他只是想永远一路笑着走下去。

沉默中，白小纯的心头泛起苦涩，他不知道自己这一辈子是否还能再看到

张大胖与侯小妹。

“应该能的……”白小纯没有注意到，随着旋涡的消失，存在于生命禁区的禁制之力也消散了。或许多年之后，禁制之力会恢复，但如今这段时间，此地畅通无阻!

天尊也不知何时离去，没有带走任何人，他要去追拿哭笑鬼脸。杜凌菲没有走，她留了下来，默默地站在大地上，抬头看着天空中的白小纯。她的表情有些复杂，身影有些萧瑟，可她还是深吸一口气后，起身飞到了白小纯的身边，拉住白小纯的手，轻轻地开口。

“小纯，不要难过，我相信终有一天，还能相见的。”

白小纯默默地转过头，望着杜凌菲，被她拉住的手也感受到了温暖与信心，许久之后，白小纯深深地点了点头。

碎裂的骨海上，当初的上千四脉修士，如今还活着的不到两百人。这些人一个个都有伤在身，哪怕是杜凌菲，也在冲入第三层时，受了一点伤。

虽不严重，但需要疗伤，其他人也是如此，于是很快，一行人都向着出口的方向疾驰。

一方面他们要离开生命禁区后找地方疗伤，另一方面也需确认方向，搞清楚这里到底是哪一脉的生命禁区，找到附近的源头宗门后，利用那里的传送阵离开。

一路上众人大都沉默，心情压抑。云雷双子、灵仙上人、千鬼子作为三脉的天人，也有伤在身，此刻内心思绪繁多，这一次试炼超出所有人的想象。

众人渐渐到达这个方向的生命禁区的尽头，看着尽头的冰雪大地，感受着四周的寒气，云雷双子明显愣了一下，不单他二人如此，其他北脉修士也都目露惊喜。

“北脉，这里是北脉！”

“我感受到了北脉的寒灵气息！”

这片生命禁区靠近北脉！

白小纯原本情绪有些低落，显得无精打采，就在这一瞬，他忽然神色一变，低头看向自己的储物袋。

“怎么了？”杜凌菲好奇地问道。

“没什么……”白小纯深吸一口气，避开这个话题，心中却已掀起大浪。方才那一瞬，他感受到储物袋内有波动，灵溪老祖给他的那口棺椁内，沉睡的女婴居然传来了一丝喃喃之音！

“家的气息……”

第 954 章

不善北脉

白小纯不认为自己听错了，无论是之前呢喃的声音，还是来自储物袋的波动，都表明自己的感受没有错。

“她居然醒了！”白小纯内心一动，分出一缕神识融入储物袋，直接向着棺椁看去。只是无论他怎么看，棺椁内的女婴，依旧在闭目沉睡，没有丝毫生机传出。

如今四周人太多，白小纯也不好将其取出仔细查看，只能忍下内心的疑惑，抬头时，向着满眼关切的杜凌菲摇了摇头。

“我没事。”

“你当然没事，怎么，来到我们北脉，脸色都变了，莫非你怕了不成？”杜凌菲还没说话，一旁的云雷双子就冷笑起来。

云雷双子已经忍了好久了，白小纯杀了他的爱徒，这本就是生死大仇，他却因白小纯的身份不得报仇，甚至还担心对方报复，只能忍着羞辱，送出大礼。

可随着后面一系列事情发生，云雷双子也看出了天尊的态度！

“天尊根本就没有把此人看成女婿，此人虽然与杜凌菲关系不一般，但只要天尊不认可，他就只不过是一个天人修士。换了其他区域，我还要对他有一

些顾忌，如今在我们北脉，此人是龙也要给我变成虫！”

听到云雷双子的话，四脉修士神色变化，南脉修士与西脉修士目光闪动，没有开口，也不愿参与，北脉修士却不是这样。

几乎所有北脉修士此刻都精神抖擞，在寒气的刺激下，灵力运转速度都加快了不少，看向白小纯等人的目光也变得不善起来。

东脉众修一个个虽有心相助，但先前经历了那么凶险的事情，现在又身处北脉，他们也不得不小心。

面对云雷双子的讥讽，以及北脉修士目中的不善，若是换了其他时候，白小纯必定不干，可如今他已没有心情去计较这些，他因侯小妹与张大胖的离开而伤感，因之前女婴突然苏醒说的一句话而震撼。

他现在想的，只是通过九天云雷宗的传送阵，尽快离开这里，回到东脉。他甚至不想去星空道极宗，只想回到逆河宗，让自己慢慢地平静下来。

所以，这一刻的白小纯罕见地没有回应，而是沉默不语，任由云雷双子继续讥讽，任由北脉修士越发不善，沉默中，随着众人一路向前走去。

他本想独自离去，他自有办法回东脉，但他能走，东脉的其他人却没有这个本事，一旦白小纯走了，其他人怕是更煎熬，甚至很有可能受连累。

眼看白小纯不回应，云雷双子冷笑，倒也没有继续出言讽刺。他们也明白，这些人只不过是路过此地，很快就都会各自离去。

“算他走运！”云雷双子目中有杀意一闪，方才，只要白小纯反驳一句，他们就会找机会出手，不说将白小纯斩杀，至少也要让白小纯受重伤。

杜凌菲自始至终都没有说话，不过她在看向北脉众人时，眼神冰冷。云雷双子自然也看到了，这也是他们最终没有选择出手的原因之一。

就这样，众人一路走出了生命禁区，走进北脉，放眼看去，大地被冰雪覆盖，天寒地冻，更有呼啸的寒风卷着风雪吹过。

苍穹一片昏暗，寒风咆哮，似乎成了这片世界唯一的声响。

随处可见的一处处冰山，散出锋利与寒冷之意，还有那随风落下的雪花，落在他们的头发上，身体上，久久不融。

若是换了凡人在这里，怕是瞬间就会被冻僵，可众人修为最弱的也是元婴，在寒风中倒也无碍。

在漫天的风雪、遍地的冰寒中，能看到远方有一条金色的大川，正汹涌流淌，正是北脉的通天河水！

即便是在北脉，这条通天河水也在流淌，没有被冰封。

“北脉。”白小纯低语，看着四周的一切，他想到了灵溪宗的来历，想到了寒门。

时间流逝，一路上，众人速度不慢，化作百余道长虹，在呼啸间横穿冰寒大地，距离九天云雷宗越来越近。

不多时，一幕浩瀚无比的景象，就出现在所有人面前。

白小纯抬头时，一眼就看到了，前方的天地间有一道惊人的大瀑布！

与星空道极宗一样，这瀑布连接了海与河，海水轰鸣落下，汇入河中，成了流淌而去的通天河水。

只不过相比于星空道极宗的瀑布四周的青葱翠绿，九天云雷宗的瀑布四周白茫茫一片，冰雪覆盖。而在瀑布的两侧，有两尊巨大的冰雕！

这两尊冰雕散发出惊人的气势，白小纯只是看了一眼，就能感受到扑面而来的压迫之力。

踏着冰川大地，左侧的冰雕是一个中年男子，很是儒雅，此刻昂首遥望苍穹的同时，右手伸出，似要去触摸虚空！

他的右手上，并非空无一物，而是托着一片白云，这白云极大，远远一看，如同一片小陆地。

白云上阁楼无数，更有一道道长虹在其中进进出出，都是修士！

白小纯深吸一口气，回忆起九天云雷宗的信息，立刻认出这左侧雕像右手

托着的白云，正是九天云雷宗的云宗！

“那么右侧的，就应该是雷宗了。”白小纯目光一扫，看向右侧雕像，这雕像同样是个中年男子，却没有那种儒雅之感，而是充满了霸道之气，不怒自威的同时，仿佛全身上下都有闪电游走。抬起的左手上，也托着一片云层，这云层是黑色的，与白云大小差不多，上面同样阁楼林立，修士众多。

黑云中的闪电数之不尽，发出雷鸣之音。

正是雷宗！

“九天云雷宗，弟子按照修为不同划分，一重天最低，九重天最高；而其宗门，则分成两部分，分别是云宗与雷宗。”白小纯从雷宗雕像上收回目光，看向更上方，飘浮在苍穹尽头的，一大一小两口好似宗门之巅的棺椁！

那口大的棺椁，通体漆黑，散发出岁月之力，似乎存在了太久的时光，在其中，白小纯感受到了天人的波动。

“应该和星空道极宗的蓝色彩虹一样，属于天人之地，那么上面的小一些的棺椁，就是半神所在了。”白小纯想到这里，看向九天云雷宗的巅峰之处。

那是一口水晶棺椁，只有黑色大棺的三成大小，却屹立在最高处，散发出笼罩整个北脉的惊人气息。

“欢迎来到，九天云雷宗。”云雷双子眼看众人露出吃惊的表情，傲然一笑，淡淡开口。

北脉修士一个个振奋无比，劫后余生，回到家园，所有人都激动起来。也正是在这个时候，九天云雷宗内，传出破空的嗖嗖声，一道道身影，瞬间从白云与黑云，以及黑棺中，急速而来。

更有天人波动，不断地降临，一道，两道，三道，四道!!

四道天人波动传出，天空中浮现出了四张巨大的面孔，冰冷地看向众人！

“你就是杀了我北脉弟子的白小纯！”四张面孔中的一位开口问道，声音轰鸣，他们四人的目光瞬间落在了白小纯身上！

来者不善，嚣张无比！

白小纯眼皮狂跳。

第 955 章

咄咄逼人

这四个北脉天人，三男一女，女子是个少妇，俏脸带煞，其他三人有两位是老者，还有一位是中年人，看起来十分俊朗，剑眉星目，有其独特的魅力。白小纯见过不少长得漂亮的男修士，可与此人相比，都差了一点。

单纯看长相，白小纯心里觉得酸酸的，这中年男子太过俊朗，修为又高，目中炯炯有神，足以让一切女修士被吸引。

这一刻，西脉与南脉的众人纷纷退后，哪怕千鬼子与灵仙上人也是如此，带着麾下修士远离白小纯。

赵天骄与白麟有些紧张，宋缺心情复杂，一方面他也紧张，可一方面他又忍不住想要看看白小纯如何化解此事。

在他看来，这件事根本就无法化解，北脉天人估计也不敢斩杀白小纯，但将其暴打一顿，显然不可避免。

宋缺判断得没错，云雷双子在回来的路上就已经传音了，所以才有了白小纯刚到来，北脉所有天人就齐刷刷降临的一幕。

“哼，我一个人不好出手，大家一起的话，就没事了！”云雷双子冷笑，目中寒芒闪现。

白小纯压力顿时大了起来，看到这一幕，他吸了口气，心跳加速，这九天云雷宗不算云雷双子，就有四位天人，加上云雷双子的话……

白小纯也不知道该算六位还是五位，可不管怎么算，他都只有被虐的分，更不用说天空中那水晶棺椁里还有一位半神。

此刻白小纯呼吸微凝，眼看那四张面孔都看着自己，他心头叫苦。如果云雷双子不在这里，他一定会一脸茫然地看着四周，假装自己不是白小纯。

可如今，白小纯只能深吸一口气，眼睛发红。

“我堂堂天人，头可断，血可流，但气势绝对不能丢！”白小纯在内心狂吼，猛地踏出一步，抬起头，一把搂住了旁边杜凌菲的腰。

杜凌菲原本在一旁，也在考虑该如何帮白小纯化解此事，她心中已经有了想法，可还没等她开口，白小纯就上前将她搂住了。

接着，白小纯好似睥睨天下般，当着北脉所有修士的面，在杜凌菲的脸蛋儿上“吧唧”亲了一口。

这一幕让宋缺等人傻眼，云雷双子皱起眉头，其他几个北脉天人也很诧异，尤其是那位相貌俊朗的中年男子，更是呼吸急促起来，目中似有怒意，就要爆发。

“媳妇，咱爹天尊大人已经走了，他让我们在这里巡查，我记得北脉这里有我们的师兄吧？快帮我引荐一下，我们都来到北脉了，怎么说也要拜见一下咱们的师兄啊！”白小纯咳嗽一声，清了清嗓子，大声开口。

他话语一出，宋缺直接就吸了口气，赵天骄与白麟眼睛睁大，而千鬼子与灵仙上人也一脸不可思议。

云雷双子虽知道此事，但是没想到白小纯居然如此无耻，要与自己宗门的半神老祖攀关系。

其他北脉天人也都有些迟疑，杜凌菲的身份让他们有些忌惮，心中更觉白小纯无耻！

“堂堂天人，居然靠女人，算什么本事！”

“白小纯果然如传闻那样，阴险狡诈，太不要脸了！”

面对众人的目光，白小纯哼了一声，毫不在意，还有些得意，琢磨着傻子才会明知道不是对手，还要硬着头皮去打，等待被打得半死。

杜凌菲神色有些不自然，脸一下子就红了，看了白小纯一眼，正要开口，就在这时，忽然，一声怒吼，从苍穹上传出。

“白小纯，松开你的脏手！”相貌俊朗的中年男子怒发冲冠，居然化作一道长虹，直奔白小纯而来，其天人中期巅峰的修为，在这一刻毫不保留，全部爆发，好似一道要灭世的流星，刹那间就到了白小纯的近前。

面对突然爆发的中年男子，白小纯也有些诧异，来不及多想，他左手抬起，向着来临的中年男子，一拳隔空落下。

巨响惊天动地，白小纯退后数步，那中年男子也面色变化，同样退后，与此同时，杜凌菲脸上也出现了煞气，蓦然开口。

“冯尘，你要干什么？”

“凌菲，这小贼居然敢当着我的面亵渎你，今日我必杀他！”那叫作冯尘的中年男子怒火燃烧，指着白小纯，充满杀意。

白小纯有些蒙，听到此人对杜凌菲的称呼后，他眨了眨眼，看向杜凌菲。

“你们认识？”

杜凌菲正要解释，冯尘已再次一晃，冲向白小纯，这一次不单他出手，其他几位天人也同时走出，直奔白小纯而来。

白小纯呼吸一凝，他感受到了这几位对自己的杀意。四人同时出手，封锁了他的四周，使得他无法闪躲，危急关头，他低吼一声，直接施展人山诀！

撼山撞骤然发动，不死禁也随之展开，轰鸣中，五倍不灭帝拳，被他施展出来。

那惊天动地的一拳，让北脉四位天人为之色变，却没有后退，而是全力出手，硬生生地挡住了五倍不灭帝拳。

轰隆声中，白小纯后退，就在这个时候，云雷双子突然临近，这一次竟是六大天人联手镇压。

眼看情势危急，白小纯咆哮一声，体内的一滴不死血随时准备碎裂。他没有别的办法了，这些人欺人太甚，他只能施展那不受控制的神杀之法！

“你等三脉之人，立刻退后！”白小纯大吼一声，就要展开神杀之法。

杜凌菲神情焦急，猛地看向水晶棺椁，高声开口：

“周师兄，小妹带人到来，你就这样招待吗？试炼之地生死有命，这是我父尊的规定，莫非你北脉要公报私仇？”

杜凌菲开口的瞬间，那水晶棺椁内突然就传出了笑声。一个少年无声无息地出现在天地间，他右手抬起一挥，看似无力，却在白小纯与北脉六人中间爆发！

北脉六人被直接压下所有神通，身体更是被一股柔和之力推动，倒退开来。白小纯却不是这样，他的神通被强行压下，推动之力更是狂暴，在他身上直接炸开。

白小纯闷哼一声，喷出一大口鲜血，身体蹬蹬蹬地退后，气息粗重，红着眼抬头时，看到天空中的少年那一身半神波动，撼人心魂。

白小纯面色阴沉，方才那一击，若非他肉身强悍，怕是会身受重创。

苍穹中的少年，看了白小纯一眼，收回目光，笑着对杜凌菲缓缓开口：

“小师妹，怎么如此和四师兄说话呢？罢了罢了，我也不去计较这些，来人，开启传送大阵，送三脉修士，回其宗门！”

少年摇了摇头，很快就有九天云雷宗的长老开启了传送大阵。千鬼子与灵仙上人恭敬地拜见少年后，带着麾下修士走入大阵，很快消失了。

白小纯也深吸一口气，压下心头的怒火，带着宋缺等人，在四周修士的讥讽与冷笑中，准备走入大阵离去。

就在这时，突然，一股超强波动直接降临九天云雷宗，半空中的少年一

愣，杜凌菲也怔住了。白小纯等人立刻抬头，发现一个巨大的符文凭空降落，接着，符文破碎，却有撼动天地的威严之声，回荡八方！

“封白小纯为使者侍卫，辅助通天使者杜凌菲，于北脉巡查！”

第 956 章

约法三章

这是天尊法旨！

法旨一下，在场所有人都愣住了，杜凌菲与那位半神少年若有所思。

四周安静下来，半晌之后，白小纯才缓过神来，他的额头流下汗水。他知道北脉上上下下都看自己很不顺眼，本以为可以走了，没想到居然被留下了！

“那个，我不适合啊，咱们一起回东脉吧。”白小纯都快哭了，赶紧一晃就要踏入阵法。

可他刚一动，半空中的半神少年冷哼一声，右手抬起一指，一股束缚之力直接落在白小纯身上，让他寸步难行。

白小纯紧张无比，只能眼巴巴地看着宋缺等人踏入阵法，眨眼间，东脉众人，都已离去。

眼下北脉宗门内，只剩下白小纯一个外宗之人，孤零零站在阵法旁，他的四周，都是虎视眈眈的九天云雷宗修士。

尤其是云雷双子等天人，此刻一个个嘴角带着戏谑与冷笑。至于白小纯的身份，若他被封为使者的话还好，可他只是被封为侍卫，那么九天云雷宗在处理白小纯的时候，就有了许多可操作的空间。

“没想到，你居然被留下了。白小纯，好好享受你在我九天云雷宗的日子吧。”

“不管你在东脉如何嚣张，在我北脉，你都要低头！”云雷双子等人淡淡开口，他们已经想好了，虽然不可能杀了白小纯，但在自己家里，他们有优势，有太多的办法折磨白小纯。

四周的北脉修士都哄然大笑，这么嘲讽一个天人，对很多人来说，都是从未有过的经历。

白小纯在试炼之地杀了雷元子，又与云雷双子结仇太深，使得整个北脉对他都敌意满满。

这一点白小纯也知道，眼下心底哀号。

“我不想留在这里啊。”

杜凌菲苦笑一声，她也想不通父尊为何要如此，实际上她之所以来北脉，是因父尊有事情交代，可她没想到白小纯居然也被留下了，此事她没办法改变，只能用目光安慰白小纯。

就在这时，北脉天人中的冯尘，冷冷地看了白小纯一眼后，一步走出，向着半空中的半神少年以及杜凌菲，各自一拜，抬头时，声音朗朗。

“老祖，白小纯既被册封为通天使者侍卫，留在我北脉自然可以，不过，鉴于此人有些危险，我建议，从这一刻开始，限制此人出行！”

白小纯想要反驳，却被半神束缚住了身体，动都不能动，更不用说开口了，只能在心中大骂。

“有道理，这么一个外来的天人，哪怕身份是侍卫，也不能任由其在我宗内横行！”

“没错，老祖，这白小纯一看就心怀不轨，还是限制一下为好。”其他几位天人，尤其是云雷双子，立刻赞同。

白小纯着急了，杜凌菲也皱起眉头。

冯尘眼看半神老祖虽没有同意，但也没打断自己的话，内心立刻有了想法，微微一笑，抱拳再次一拜。

“老祖，我有一个提议，白小纯在我九天云雷宗内，要与我们约法三章！其一，他没有资格居住在黑棺中，只能在云宗居住，且不能离开云宗半步，违者关入雷宗雷牢！”

这句话一出，白小纯气血上涌，内心不断咒骂。

至于冯尘，显然能猜到白小纯有多憋屈，他转头盯着白小纯的眼睛，淡淡开口。

“其二，他不能在我北脉炼丹，此人的丹道诡异，能灭一个源头宗门，所以必须限制他，一旦他违反，就不是关入雷牢那么简单了，我建议，直接斩杀！”

这句话一出，顿时有一股肃杀之意笼罩四方，白小纯心头震动，感觉委屈。经历了星空道极宗的事情后，他已经不打算炼丹了。

“其三，哼，我北脉的天地灵气，属于我北脉修士，岂能让其他脉的人吸收？所以白小纯在我九天云雷宗，只要敢吸一口我们的灵气，就要被关入雷牢！”

这三条，残酷无比，苛刻至极。北脉修士都觉得这三条几乎封死了白小纯的路，云雷双子也很吃惊，看了看冯尘，心中自然也是同意的。

冯尘的话有理有据，更是一副为北脉考虑的样子，就算是最不合理的第三条，也让北脉修士觉得就该如此。

北脉之人，吸收北脉天地灵气，你一个东脉天人，来也就罢了，凭什么抢夺我们的灵气！

白小纯彻底抓狂，他呼吸急促，身体颤抖，目中出现了血丝。

“欺人太甚，欺人太甚!!”

可他没办法啊，白小纯不知道杜凌菲在北脉有什么任务，只知道天尊这么做，一定是报复自己在试炼之地拍了他脑袋的事情。

杜凌菲冷冷地看着冯尘，毫不掩饰自己的怒气，她淡淡开口：

“此事荒谬，身为通天侍卫，却被如此约束，可笑至极！”

冯尘迟疑了一下，没有说话，半空中的半神少年却笑了起来。

“我倒觉得还不错，就这样吧。”

“四师兄你……”杜凌菲顿时着急。

“小师妹，我不知道你与这白小纯什么关系，不过有一点你可以放心，他身为侍卫，除非他杀了我北脉弟子，否则的话，是不会死在这里的。另外，有一点，我要提醒你，这里是北脉。”半神少年含笑，缓缓开口后，转身一晃，消失在天地间。

随着他的离去，白小纯身上的束缚也彻底消失，他气呼呼的同时，也看到了杜凌菲的维护、半神少年的冷淡，心底升起无奈之意。

“罢了罢了，我就老老实实地在这里待一段时间，希望小肚肚的巡查快点结束。”白小纯长叹一声。

杜凌菲神情忧虑，她知道，因这一次试炼，心中不满的，恐怕不仅仅是北脉半神一个人……

就这样，白小纯哭丧着脸，被“送”去了左侧雕像托起的白云上。九天云雷宗给他准备的居所，竟只是一重弟子的屋舍，简陋至极，四周更是偏僻，白小纯看到后，长叹一声，愁眉苦脸地住了进去。

时间流逝，很快数日过去，白小纯要抓狂了，他发现自己无论走到哪里，都有人盯着自己。

那些修为低弱的北脉修士，居然也目光嘲讽，如看阶下囚一般看着自己。这种违背强者为尊法则的事情，在北脉，处处可见。

而一旦自己到了云宗的边缘，天人神识就被瞬间锁定，似乎只要他踏出一步，惩罚就会降临。

他甚至不能修炼，一旦修炼吸收天地灵气，就触犯了第三条。

这种限制白小纯从来没体会过，他内心憋屈得不行。

“偏偏这些家伙还限制了我炼丹！”

第 957 章

天尊首徒

“还让不让人活了啊！”白小纯眼看如此，有种被困在了绝地的感觉，对这九天云雷宗怒极。

可他没办法，六位天人联手，他打不过，对方还有半神老祖，他只能忍。

“我忍！”白小纯狠狠地抓了一把头发，他这辈子都没这么难受过，此刻长叹一声，坐在那里，看着远处的天空，整天发呆。

日月长空诀无法修炼，不死血也没有足够的生机。

白小纯每天除了发呆，就是发呆。杜凌菲到来后，看着白小纯披头散发，一直发呆的样子，很是不忍。

“小纯，你再等等，在这里千万不要惹事。我这一次外出完成父尊交代的任务后，会想办法尽快回来，然后我们就可以离开了。”杜凌菲轻声开口。

白小纯无精打采地点了点头，没理会杜凌菲，继续看着远处的天空发呆。

杜凌菲轻叹一声，看了看白小纯，沉默了许久，才转身离去，飞出宗门。

时间流逝，又过去了数天，白小纯依旧天天发呆，北脉那几个天人看到白小纯如此老实，只能冷哼几声。

白小纯无法不发呆，他不知道该做什么，他甚至不断地召唤小乌龟，小乌龟却杳无音讯。

至于棺椁中的女婴，白小纯也不敢取出，他每天都被人监视，很不方便。

一天，天色已近黄昏，看着远处暗红色的天际，白小纯习惯性地呆呆地坐着，看着太阳落下，正准备去看月亮升起。

可就在这时，忽然，他的脑海中，有一声轻微的叹息幽幽而起，储物袋内再次有波动散出。

“家的气息。”

白小纯呼吸一滞，脑海中激起千层浪。

“是你在说话吗？真灵！”白小纯没有迟疑，立刻散出自己的意识。

可等了许久，也不见回应，白小纯焦急，琢磨着要不要冒险取出棺椁看一看，可就在这时，他的脑海里，幽幽之声再一次传来。

“是我……谢谢你，让我再次感受到了家的气息。”

白小纯精神一振，这段时间无聊到了极致，眼下突然发现真灵女婴居然苏醒了，激动之余，赶紧传出意识。

“没有百息丹，你也能苏醒？”

“苏醒的不是我的身体，而是我的意识。北脉，我曾经的家，这里的气息对我的帮助很大，长久待下来，甚至可以代替一枚百息丹的药效……不过，我的意识也无法苏醒太久。”女婴的声音断断续续，在白小纯脑海里回荡。

“家的气息？我听灵溪老祖说过，灵溪宗曾经是北脉的源头宗门，叫作寒门。”白小纯生怕对方又沉睡了，赶紧没话找话。

“寒门……”女婴笑了起来，只是那笑声里带着苦涩，更有追忆。

“是啊，寒门……曾经的我，身为天尊的第一个弟子，为他征战魁皇朝，斩杀数位天王，直至将魁皇朝赶出通天河。随后，我又为他镇守北脉通天区域，创建了北脉源头……寒门！”

白小纯原本只是有些无聊，而女婴苏醒，他原本只想彼此沟通一下，并没有探索以前事情的想法，却没想到女婴道出了这么隐秘的事！

“啊？”白小纯一愣，他怎么也没想到，女婴居然是天尊的第一个弟子。白小纯心头震动，联系四大源头宗门的半神，都是天尊的弟子之事，白小纯立刻就觉得，女婴所说十有八九是真的。

“那你……”白小纯迟疑了一下，没有说完。

“你是想问，我既然身份尊贵，寒门又为何会被九天云雷宗取代吗？那自然是天尊之意，否则的话，周道一当时虽为半神，但又岂是我的对手？”

白小纯睁大了眼，呼吸急促，女婴说的消息太让他震惊了，他想知道，女婴到底做了什么事情，居然会让天尊无视师徒之情，将其斩杀，而明明被斩杀，为何还将女婴留下！

白小纯的想法，似被女婴察觉，她沉默半晌，忽然开口：

“小子，给你一场绝世造化，你敢不敢要？”

“有危险吗？”白小纯迟疑了一下，试探地问道。

这句话一出，那女婴竟半炷香都没回应，许久之后，她的话回荡在白小纯的脑海里。

“我很不解，灵溪宗怎么会把我所在的棺椁交给你？”

白小纯有些尴尬，赶紧解释了一下。

“这个……可能是因为我做事情比较稳妥吧，哈哈……”白小纯干笑几声。

“当年天尊欲杀我，而我也早有准备，所以本尊虽死，但是有分魂留下，夺舍真灵之体，才抹去了一切气息，使得天尊没有察觉。”女婴没理会白小纯的回答，淡淡开口。

“而我当年的准备，也并非只有一具真灵之体，还有一件世界之宝！可惜当年这件世界之宝还没有蕴化完成，否则的话，或许当时与天尊的一战，胜负未知！”

“世界之宝？”白小纯没忍住，问了一句。

"以整个北脉大地为基础，在寒冰深处，将北脉大地炼化，可以说，整个北脉无限辽阔的大地，就是此宝的本体……这样的宝物，我称呼它为世界之宝，你能理解吗？"女婴缓缓传出的声音带着一股霸道，更有无上威严！

白小纯眼珠子都快掉下来了。

"把北脉大地炼制成一件宝物？北脉那么大……"白小纯彻底蒙了，他知道北脉很大，与东脉一样，可以说是一片大陆。

而如今，女婴说当年要把北脉炼成法宝，虽还没有完成，但完成了大半……

哪怕白小纯是天人，也觉得好似天方夜谭。

"天啊，我只是无聊找人解闷而已，没想到探听到这么大的消息啊！"白小纯觉得匪夷所思，不由得低头看向大地。

"我能感受到，在经历了这么多年后，这件法宝已经成形。我需要你的帮助，让我与这件法宝进行最后的融合，我将成为此宝的器灵，而作为报答，这件法宝将属于你，认你为主！我的要求只有一个——杀了天尊！此宝威力无穷，可将北脉从通天世界分割出来，拔地而起，化作一把冰寒大剑！而北脉所有修士也不会死亡，而是会活在法宝的世界内，你成了此宝的主人，就等于成了他们的主人！同时，在我融合此世界之宝的过程中，此宝体内的天地灵气可被你吸收，能让你的修为在短时间内爆发，成为半神也不是不可能！这就是我给你的两大造化。现在，你告诉我，这造化，你敢不敢要！"女婴说得斩钉截铁，似乎她本身就是极为果断之人！

第 958 章

我卖药！

白小纯呼吸急促，眼睛放光。

一听到两大造化，白小纯脑海里顿时就幻想出自己手握北脉大地化作的大剑，横扫天下，无数修为比自己弱的强者，都充满敬畏地看着自己的场面。

那简直就是人生巅峰，白小纯相信那个时候的自己，一定会仰天大笑，小袖一甩，抬起下巴，淡淡地说一句："我白小纯甩袖间，天地间一切灰飞烟灭。"

随后，他的脑海里画面再变，变成自己成了北脉世界之宝的主人后，脚踏云雷双子，怒指冯尘，同时北脉半神少年在自己身边，双手插入袖口，低眉顺眼的一幕。

白小纯越想越激动，不过，他还是迟疑了一下。不问清楚的话，这种天上掉馅饼的事情，他总觉得不稳妥，另外白小纯觉得，这种事情不能太急切，应该矜持一下。

于是他轻咳一声，在脑海里传出意识。

"此事嘛，白某……"白小纯刚说到这里，女婴直接将他的话打断。

"我无法苏醒太久，需沉睡一段时间才可再次苏醒，在我下次苏醒时，告诉我你的选择。"说着，女婴的声音逐渐微弱，很快消失。

“啊？”白小纯一愣，又在脑海里呼唤了几声，始终不见女婴回应，他挠了挠头，确定女婴的确又昏迷了。

“这昏迷得也太快了，我还没说完啊！”白小纯心里痒痒的，之前女婴所说的造化，让他心动得不得了。

如今没办法，女婴虚弱，只能等她再次苏醒，才可继续沟通，白小纯叹了口气，琢磨着女婴是不是故意的？同时也在分析此事，思索下一次对方苏醒后，自己该如何开口。

接下来的日子，白小纯看似发呆，实际上一直在分析这件事情的利弊。

时间流逝，很快过去了十天，白小纯等啊等啊，直至现在，女婴还是没苏醒，这让他心里好似有蚂蚁在爬，有些着急。

这段时间，他在北脉的云宗内十分安分守己，一没有离开云宗半步，二没有炼丹，三没有吸收天地灵气。

这么老实，北脉众人再看他不顺眼，一时之间也找不到发作的地方，不过该有的监视，依旧没少。

北脉六位天人时而锁定白小纯，还有云宗上的无数弟子，都将目光投向白小纯所在之地。

“不管在外面这白小纯如何嚣张，到了我北脉也要低头！欺负天人的感觉，还真不错。”

“天人又如何，在我北脉，还不是要被限制一切行动！你们没看到那白小纯委屈的样子，笑死我了。”

“这白小纯我以前也听说过，都在传他身上有劫力，走到哪里就会让哪里有浩劫，我还以为他有什么三头六臂或者非凡之处，如今看来，不过如此！”

这些言论，白小纯来到北脉后，始终没有停止。白小纯有心不去听，可他用天人神识一扫，这些言辞就不断涌现。

“太过分了，我都这么老实了，居然还在讽刺我！”白小纯越听越生气，再加上女婴始终没苏醒，白小纯觉得在北脉简直度日如年。

“不行啊，在这里没自由也就罢了，可我要修炼啊。”白小纯以前没觉得自己这么喜欢修炼，如今被限制在北脉，他很怀念修炼。

每次一闭关，就好似睡觉一样，时间过得特别快。

“不死血需要生机，这里也没有资源，金色骸骨又不能暴露，日月长空诀需要天地之力，北脉的人又不允许我吸收……”白小纯有些抓耳挠腮，他觉得这是一个死循环，怎么也无法破开，渐渐地，他的眼睛有些发红，呼吸急促，脑海急速转动，不断琢磨如何在不违反三条约定的情况下让自己修炼。

数日后，白小纯猛地抬头，一拍大腿，大笑起来。

“我白小纯真是个天才！哈哈，不让我离开云宗，我就不离开，不让我吸收天地灵气，我就不吸收，哼哼，不让我炼丹，那么我也不炼丹了，我卖丹药总行了吧！”这是他想到的办法，他准备卖丹药，换灵石。

如此一来，就可通过灵石修炼日月长空诀，至于修炼的速度快慢，这要看他换来的灵石有多少了。

“寻常的丹药不好卖，不过有两种丹药一定有销路！”白小纯神情激动，一拍储物袋，取出了两个丹瓶。

看着面前的两个丹瓶，白小纯心头火热，满是自豪。

“雄香丹，人人都需要！置换丹，只要吃上一粒，保管离不开！”白小纯琢磨着，好在自己在星空道极宗时，炼了不少丹药，这两种丹药存量足够，否则的话，在北脉，他还真的没有出路了。

至于如何卖，白小纯也想好了，不能只卖这两种，还要加入一些其他的物品一起去卖，想到这里，白小纯忽然又迟疑了一下。想到北脉这些天过分的做法，那些弟子对自己的讥讽，还有寒门与九天云雷宗的血仇，白小纯就狠狠一咬牙！

“这都是你们逼我的！”他冲出屋舍。

刚一走出门，白小纯就被北脉修士的目光锁定了，那些目光里嘲弄居多，冷笑不少，这种欺负天人的机会，不可多得。尤其是在半神的纵容之下，这些弟子毫不畏惧，白小纯不在意，他反倒觉得，关注自己的人越多越好。

他专门去一些人多的地方，大摇大摆地来到了云宗平日里人数最多的试炼广场。

此地有九扇大门，通往云宗开辟的九处秘境，供弟子修炼，与星空道极宗一样，九处秘境都有排名，门内弟子可以相互竞争。

找了一处区域，白小纯带着期待盘膝坐了下来，面前铺开一张白布，上面放着一些储物袋内的法宝、丹药，却没有雄香丹与置换丹，随后就开始等待顾客上门。

白小纯这一番行为，立刻吸引了北脉弟子的注意，他们都愣了一下，随后有不少人哄堂大笑起来。

“居然在摆摊？堂堂天人，居然摆摊，哈哈。”

“看来是我们把他逼急了，无法离开，无法炼丹，无法修炼，他只能卖东西。”

黑棺内的云雷双子等人，也在这一刻，神识降临。

第 959 章

约法四章

他们也没有那个时间整天关注白小纯，在他们看来，白小纯就算是有翻天之力，也要在北脉收敛着。

时间流逝，又过去了半个月，白小纯每天一早，都来到这里摆摊，半个月，他几乎没卖出什么，但他依旧兴致勃勃地坐在那里，很热情地向每一个来他摊前的北脉弟子介绍他的法宝以及丹药。

直至有一天，他察觉到北脉的天人神识没有注意自己后，白小纯才对站在自己摊位前翻看丹药的一个魁梧的大汉低声开口。

“小兄弟，我这里有些特殊的丹药，你要不要看看？”白小纯眨了眨眼，这大汉已来了三次，白小纯也观察了许久，确定此人没问题后，才低声说道。

“什么丹药？”大汉立刻警惕起来。

白小纯右手抬起，他的手中出现了一枚置换丹。

置换丹一出，那股特殊的气息立刻让大汉愣了一下。他呼吸急促，目光一闪，一把从白小纯手中将丹药拿走，也不问价格，扔给了白小纯一块灵石，转身就走。

一块灵石买一枚置换丹，连成本都不够，这大汉显然是认为白小纯被北脉镇压，他能买就算不错了。实际上，整个北脉的人现在都是这种心态。

白小纯笑眯眯地将灵石收起，也没在意，继续坐在那里，时而吆喝几声，只要找到机会，就在没人注意的情况下，向被他观察过，认为没问题的北脉弟子贩卖雄香丹与置换丹。

“这北脉虽对我敌意满满，但我还是很有道德的，雄香丹卖女不卖男，置换丹卖男不卖女。”

他对面前一个身材健壮、满脸肉的女修低声开口。

“有心仪的男修吗？一枚雄香丹，帮你打造美好姻缘……”

那满脸肉的女修狐疑地看着手中的雄香丹，粗大的手指似轻轻一捏就能把丹药捏碎，吓得白小纯赶紧阻止，低声说道。

“别在这里捏啊，算了，我不卖给你了。”

白小纯此话一出，那女修赶紧退后，飞速扔给白小纯一口袋灵石，目中带着激动，转身就跑。

白小纯有些傻眼，迟疑了一下后，又在自己卖的丹药里加上了绝情丹，如此一来，在贩卖时，他的介绍词又多了一套。

“听说过我的雄香丹吧，不要害怕，我这里有解药，一枚绝情丹，保证你可以不受雄香丹的影响！我和你说，云宗几乎所有强悍的女修都来买过雄香丹了，你自己小心啊！”

这三枚丹药卖出时，白小纯很小心，选择的买家都是他观察了许久的人，所以这三种丹药流入云宗，一开始也算是悄无声息，之后才渐渐在云宗流传开。

几乎所有买了置换丹之人，都会在数日后再次找到白小纯购买置换丹。而价格也是一次比一次高，不过白小纯每次卖出丹药，都会提醒对方丹药的后患，这是他身为丹师的德行。

“我炼丹出问题，是因为冥冥中有我不知晓的变化，可成品的丹药，我有必要在卖出时，告知对方需要注意的事情。”白小纯深以为然。

雄香丹和绝情丹也水涨船高，在云宗暗暗传播开，这两种丹药对于修士的吸引力太大。

雄香丹是满足本能的需求，置换丹则是满足精神上的需求，而绝情丹，不但能解雄香丹，从某种程度上，也能解置换丹，这就让此丹的销量一样高了起来。

除了绝情丹外，其他两种丹药的来历也慢慢被云宗之人知晓，明明知道那置换丹不是什么好丹，可还是有不少人偷偷来买。

还有几位云宗的丹道大师，通过一些方法弄来了丹药，开始研究。其中一位云宗的丹道泰斗，名为欧阳德，身为云宗第一丹师，他对置换丹与雄香丹的了解超出其他人。

“白小纯来北脉时，我就想亲自研究一下此人的丹药了，如今正是机会！”欧阳德冷笑，看着手中的一枚置换丹。

“我倒要看看，区区一枚置换丹，到底有什么惊人之处！”这欧阳德很是自信，开始研究。只是他用了自己掌握的所有丹药知识，都无法看出端倪，这让他很不甘心。

“想要知道原理，只能亲自尝试一下。”欧阳德沉吟许久，将一枚置换丹吞入口中。

在丹药融化的刹那，欧阳德全身震动，整个人恍惚起来，手中拿着的解药绝情丹，也无意中松开，滚到了地上。三天后，汗水浸透全身，他慢慢睁开眼睛，如同傻了一样，在那里发呆许久，口中才喃喃说出了四个字：

“得道成仙。”

如欧阳德这样的人，在云宗有很多，绝大多数云宗弟子吃下置换丹后，都不愿吃解药来放弃幻想中的美好。

渐渐地，雄香丹卖出的数量远远不如置换丹，置换丹似引起了一股风暴。越来越多的弟子来买，尤其是那位欧阳德，在感受到置换丹的妙用后，居然一口气来白小纯这里买了大把，珍藏起来。

而白小纯的收入也与日俱增，可以重新修炼日月长空诀了。

可他也知道，此事只能瞒一时，估计很快，这件事就会引起北脉天人的注意。

实际上的确如此，只不过爆发的时间，比白小纯预计的早了不少。置换丹扩散的速度太快了，吃一枚就上瘾，也就是半个月，云宗弟子有一大半都对置换丹迷恋无比。

有那么几位弟子，吃下置换丹后，没有控制住自己，冲出了洞府，在云宗内四下狂吼。

“飞啊飞啊飞……我是一只大鸟。”

“哈哈，哈哈，我终于成了半神！”

“打我，快来打我！”

这一幕幕，引起了天人的注意。经过北脉天人的调查，发现才短短半个月，云宗居然有大半弟子都吃过置换丹！

北脉天人心中升起滔天怒火！他们立刻下令，将置换丹列为禁药，但凡有人继续吃置换丹，将被赶出宗门。这条禁令一出，云宗弟子人心惶惶，也不知谁开的头，他们居然联合起来，去找白小纯。

“白小纯，你无耻，骗我们吃下置换丹！”

“没错，这一切都是因为白小纯，该死，你把我的灵石还给我！”

“是他让我吃的，若不是他，我根本就不可能吃这该死的置换丹！”

有的人是因为害怕，有的人是后悔这段时间花出的灵石，种种原因，使得他们立刻将矛头对准了白小纯。

浩浩荡荡，一群人杀向白小纯，而北脉的几个天人也怒气冲天，云雷双子、冯尘等人直接降临云宗。

“白小纯，你违背约定，找死不成！”冯尘低吼。

白小纯的居所瞬间爆炸，他狼狈地跑了出来。看着众人，他也怒了。

“我违背约定？冯尘，你告诉我，我白小纯触犯了哪一条?!我离开云宗半步了吗？我炼丹了吗？我吸收你北脉的天地灵气了吗？我违背了哪一条约定，来来来，你告诉我！”

白小纯理直气壮，他心底也憋屈得很，此刻抓住机会，大吼起来。

“你……”冯尘一指白小纯，想要开口，却憋在那里，半晌说不出话。那三条里，确实没规定白小纯不能卖丹药。

云雷双子同样心底有火，却发不出来。

白小纯眼看这几个天人被自己质问得说不出话，立刻精神抖擞，猛地看向四周那些愤怒的云宗弟子。

“还有你们，我问你们，我白小纯逼着你们买丹药了吗？我没有告诉你们丹药的后患吗？我没有卖给你们解药吗？我没提醒你们吃丹药时要注意的地方吗？你们是欺负我习惯了是不是，忘记了我白小纯也是天人是不是？北脉，你们欺人太甚!!”白小纯将压抑了一个月的怒意宣泄而出，声音如天雷，轰鸣整个苍穹，天空中更是浮现出白小纯那巨大的面孔，使得所有北脉弟子一句话也说不出来。

就在双方僵持时，忽然，苍穹上那水晶棺椁内，传出了半神少年冰冷的声音。

“从现在开始，不是约法三章，而是约法四章！不允许你在北脉贩卖任何物品，如有违反，镇压雷牢！”

第 960 章

我还可以种花

半神老祖话语一出，就有一股无上之力在苍穹散开，直接将白小纯的面孔驱除，使得白小纯倒退数步，气势一下子就荡然无存。

白小纯气息不稳，抬头看向天空中的水晶棺椁。而随着半神老祖发话，冯尘与云雷双子等人也看着白小纯轻笑起来。

四周的那些北脉弟子松了口气，之前他们被白小纯压制得有些心颤，此刻半神老祖一句话，驱散了白小纯的气息，使得他们恢复过来，看向白小纯时，都带着厌恶之意。

哪怕他们回过头，还是会忍不住偷偷吃下置换丹，可如今，在天人与半神面前，他们表露出的是对白小纯的恶意。

“到了我们北脉，你是天人又如何！”这是大多数人心中的想法。

白小纯依旧被限制在云宗，不可外出，如今又不能继续卖丹药，他心中很不舒服。

“早晚有一天，我要让北脉之人在我面前小心翼翼！”白小纯越想越气，不由得开始琢磨女婴所说的世界之宝。

白小纯琢磨着再想个法子，既不违反那四条规定，又可修炼，但过去了十多天，白小纯也没想到破局的办法。

就在这时，女婴第三次苏醒了。

女婴悠悠出声，正在修炼日月长空诀的白小纯精神一振。

“你考虑得怎么样了？”

白小纯深吸一口气，沉默了半晌后，狠狠一咬牙，在脑海里传出意识。

“首先，这件事情太突然，凭白给我如此造化，成为你的主人，此事我很难相信，我很怀疑，你另有目的，鉴于你是寒门的老祖，我才勉强相信。其次，你一直都没有说，天尊当年为何要杀你！再有，灵溪老祖敬你为真灵，灵溪宗的使命就是保护你，可我不是。我的使命，是保护逆河宗，保护亲朋好友，保护自己，所以，不管你是不是另有目的，都不要把精力用在我的身上！否则的话，你将因此惹上天大的麻烦，也会让灵溪宗这上万年的守护，变成一场笑话！”白小纯传出的意识，带着一股决然之意，可实际上，他是在吓唬对方。白小纯对此事没底，又忍不住心动。

女婴沉默，半晌后，缓缓开口：

“对我而言，麻烦何在？”

“知道我真正的师尊是谁吗？”白小纯精神一振，他早就猜到，对方会这么问，于是当然要恐吓到底。

“嗯？”女婴一愣。

“守陵人！”白小纯一字一顿说道。

他话语一出，就感觉到女婴震动起来，这消息，对她来说太过惊人，可还没等她开口，白小纯再次悠悠说道：

“知道我的弟子是谁吗？”

“这一代冥皇！”没等女婴回答，白小纯直接告诉了她答案，这个答案，让本就不平静的女婴内心再次掀起波动。

感受到了这股波动后，白小纯内心傲然，他觉得以自己的背景，不去欺负别人也就罢了，如今在北脉，居然还被人欺负，心中越发不平。

“所以，你如果骗了我，你的敌人从此之后不仅仅是天尊，还有那两位。”白小纯缓缓说道。女婴再次沉默，她有秘法，能感受到白小纯所说是真是假。

许久，女婴的声音在白小纯脑海里又一次回荡开来，这一次明显平静了不少。

“天尊为何杀我？我只是残魂，没有完整记忆，需与法宝彻底融合，才有可能找回记忆，告诉你答案。至于我上次和你说的成为我的主人，你可以看成是一个约定，而这个约定，在你帮我斩杀天尊后，才可实现！除此之外，我没有任何地方隐瞒你，灵溪宗守护我上万年，我还不至于恩将仇报，我想的只有一个——我要报仇！”

随着女婴的声音传出，白小纯深吸一口气，目露果断之意。

“我同意你的要求，帮你融合世界之宝，不过斩杀天尊之事，先不说我修为不够，主要我与天尊没仇，我也不想骗你，我很难做到。”

“你会的。”女婴笑了，那笑容有些意味深长。白小纯一愣，正要追问，女婴却避开了这个话题，没有多说，而是说起了关于融合世界之宝的事情。

“北脉是我的家，我当年在北脉诞生，此地的寒气对我而言，就是这世间最大的滋养。

“想要融合世界之宝，需要做到两件事情，第一，是去世界之宝的入口，那入口不在此宗，而是在北脉冰原，时机一到，我会告诉你具体的位置。”

白小纯目光一闪，他做事向来追求稳妥，如今也是被北脉压迫得厉害，才匆匆决定了此事，实际上心中还有疑惑，却没有表露出来。

只是……女婴的那句“你会的”让白小纯的心中，升起了莫名的不安。

“第二，想要开启世界之宝的大门，需要我真灵之体苏醒百息以上，所以我需要你为我凝聚足够的北脉寒气。”女婴说到这里，白小纯的储物袋猛地震动，他神识一扫，立刻看到女婴所在的棺椁内，居然凝聚出了一片绿色的树叶。这树叶飘出棺椁，落在了白小纯的面前。

“寒气？”白小纯有些迟疑，他不能吸收北脉天地灵气。白小纯想了想，琢磨这寒气应该不算吧？毕竟天地灵气来自通天海，而这寒气则来自北脉的整个冰原。

在白小纯思索时，女婴的声音依旧在白小纯脑海里回荡。

“将吸来的寒气，融入树叶，当这片树叶成了冰叶，其中蕴含的寒气，就可以支撑我苏醒百息左右！等你做到这一切，就是我们打开世界之宝的时候，至于如何收集寒气，算是我对你的考验吧。”女婴说到这里，气息再次变得虚弱。

“我的神魂已虚弱，要重新沉睡，只有当这片树叶化作冰叶，融入棺椁时，我才会再次苏醒……希望你……好自为之。”这句话说完，女婴的气息彻底消失了。

白小纯眨了眨眼，在确定女婴气息消散后，他松了口气，他也不想与女婴因这件事情出现龃龉。

的确如他所说，这对他，对她，对逆河宗，都不是好事。

白小纯看着手中的树叶，不再去考虑女婴的事情，毕竟所有的事情，都要等这叶子变成冰叶后，才会推进。

“这叶子怎么吸收寒气啊？”白小纯低头看了看脚下的地面，云宗建立在一片白云土，这白云内同样凝聚了寒气，白小纯想了想，把叶片放在了地面上，看了半天，也不见它吸收寒气。

这就让白小纯皱眉了，如果没有那四条约定，他有很多办法，可现在，这件事情就有些不好办了。

许久，白小纯叹了口气，正要将这树叶放入储物袋，忽然，他眼睛亮了一下，盯着自己储物袋内放着的一粒种子。

“月亮花……我可以把这片叶子，嫁接在上面啊！”白小纯之前研究过，此花在生长时，会吸收四周的寒气。

“没有不让我种花啊。”白小纯立刻激动了。

第 961 章

疯狂月亮花

“骨舟与鬼母都来自天外，这朵花显然也来自天外。”白小纯一拍储物袋，手中便出现了月亮花的种子。

盯着这种子看了半晌，白小纯在脑海里将自己的计划重新思索了一遍，眼睛越来越亮。

“哈哈，天无绝人之路啊！”白小纯有些激动。

想到这里，白小纯立刻兴致勃勃地走出房间，四下打量想要找个种花的地方，找了一圈后，他摸了摸下巴。

“种在外面太危险，这北脉的人都不讲道理。”

“罢了罢了，我还是种在我的房间里好了。”白小纯转身回到房间，开始忙碌起来。在白小纯的努力下，地砖被撬开，地面上出现了一个一丈大小的窟窿。

白花花的云雾土壤出现，一股寒气散出，白小纯精神一振，小心翼翼地将月亮花的种子埋在了云雾土壤里。

做完这些，他就带着浓浓的兴趣与期待，盘膝坐在一旁，不断地观察月亮花的种子，可以看到，这种子被埋下后，如同活物一般，居然在颤抖。

颤抖不是因为恐惧，而是因为激动，这情绪很明显，白小纯感受到后，眼睛更亮。

“乖乖月亮花，快快生长。”白小纯舔了舔嘴唇，观察了整整一夜，看到有一丝丝寒气被这种子吸来，一夜之间，种子居然就发出了绿芽。

看着绿芽，白小纯心情激昂，更有了一种使命感，每天也不觉得无聊了，所有时间几乎都放在了照顾与观察月亮花上。

时间流逝，很快过去了半个月，白小纯这段时间都没有走出屋舍半步，即便如此，云宗的那些修士对白小纯的议论也没有减少。

不过白小纯也没心情偷听，他的全部心神都放在了月亮花上，看到新长出的一掌多高的枝叶，白小纯心情很是愉悦。

至于那片树叶，也被他在数日前嫁接到了月亮花上，如今随着月亮花的成长，这树叶好似成了月亮花的一部分，吸收着花内的寒气。

一切都向着好的方向发展，白小纯好几次都在观察中笑出了声。

“哈哈，就没有我白小纯想不到的办法！”白小纯得意无比，七八天后，白小纯有些不满足了。

他看着树叶嫁接到月亮花上后，月亮花生长得明显比之前缓慢了不少，心底有些焦急。

“这也太慢了，这样下去，什么时候能吸够寒气啊？”白小纯挠了挠头，沉吟半晌后，他觉得自己有必要想个办法，加速这朵花的生长。

至于催化的方法，丹道一脉有太多选择，最常见的，就是用丹药催化。想到这里，白小纯偷偷打量了一下四周，神识也悄悄散出，观察了一下外界。

“约法四章里，只说不让我炼丹、卖丹，没说不让我给小花喂食丹药。”白小纯嘀咕了几句后，一拍储物袋，取出不少丹药，选择了几种，将其捏碎后，撒在了月亮花上。

这药粉刚碰触月亮花，此花就猛地一震，散出明亮之光，似饥渴一般，刹那间将落在身上的药粉全部吸收。

之后，月亮花明显加快了生长速度，就连根须都在云雾内向着四周延伸。

更多的寒气被吸收过来，白小纯的房间都一下子寒冷了不少。

白小纯眼睛更亮，这一幕让他有了信心，立刻又取出不少丹药。开始的时候他还是会选择一下再捏碎，到了最后，眼看月亮花好似一个无底洞，白小纯信心百倍，捏碎的丹药越来越多。

“真是生荤不忌啊，果然是个宝贝花。”白小纯兴致极高，短短三天，他给这朵花喂食的丹药足有上百枚，而月亮花也不负所望，从之前的两掌大小长到了小半丈高。

手臂粗细的叶茎，以及巴掌大小的枝叶，还有首端一个垂下来的花骨朵，无不说明这朵花的成长速度大大提升。

而那片嫁接其上的树叶也出现了几条冰一般的细丝，这一幕，让白小纯越发振奋，尤其是他看到月亮花的根须已经延伸了五百多丈后，他的笑容更加灿烂，从储物袋内拿出的丹药也越来越多。

至于种花对北脉的影响，如果是在逆河宗，或者星空道极宗，白小纯还会有些顾虑，可在这北脉，他没有任何压力，他只记住一点……

“我没违反任何一条约定！”

白小纯理直气壮，不断捏碎丹药，喂食月亮花。

人在专注一件事的时候，时间总是过得很快，转眼过去了半个月。

月亮花已经长到了让白小纯心惊肉跳的程度，他的屋舍已经彻底被月亮花占据。

看着眼前粗壮无比的月亮花，白小纯吸了口气，他隐隐觉得，这朵花似乎在自己的照顾之下有些不一样了。

更让白小纯惊奇的是他在这朵花上感受到了一丝意识，它好像对自己很亲切，尤其是白小纯抬手触摸时，这朵花会微微震动，似乎很舒服，这让白小纯眼睛一亮。

“有意识？听话啊，不能再生长了，不然这房子就装不下你了，我在北脉不容易啊，只能限制你生长，一旦你撑破了房子，咱俩都要倒霉。”白小纯向着月亮花严肃地说了几句，又取出不少丹药，扔了过去，现在他已经不需要捏碎丹药了，完整的丹药一扔出，立刻就被月亮花的叶片卷住，瞬间吸收。

月亮花似乎听懂了白小纯的话，之后的日子里，月亮花没有继续生长，可其根须在短时间内疯狂延伸，如今已扩散云宗大地。月亮花不是通天世界之物，有其特殊之处，如此生长，竟没有被人察觉，其自身好像有一定的隐匿方法。

只是它生长时需要大量的寒气，所以这段时间，云宗的修士渐渐也察觉到了不对劲。首先是常年弥漫在云宗的寒气，这半个月少了很多。有些地方，因寒气减少，冰雪都开始融化了……这奇异的一幕幕，立刻就引起了北脉天人的关注。

白小纯时刻观察外界，眼看如此，也暗道不妙，立刻摸着月亮花，急速开口。

“花花，咱们时间不多，这样下去早晚要出事，出事也就罢了，可不能耽误咱们的大计啊，你能不能快点生长？把寒气都送到那片树叶。”白小纯话语一出，月亮花猛地一震，传出微弱的意识后，白小纯立刻明悟，直接从储物袋内取出大量丹药扔出。

月亮花叶子全部舒展，将这些丹药卷住后，猛地一吸，整个云宗大地传出一声惊天的轰鸣！云宗大地上居然生长出了无数绿芽，这些绿芽刚出现，就疯狂地吸收四周的寒气，开出了一朵朵如月亮般的小花。

与此同时，云宗的寒气锐减！云宗的修士看到开满大地的月亮花，一个个都呆了，不少人直接失声惊呼。

“云宗居然有植被?!”

“这……这是什么花？”

“天啊，我从来没听说过我北脉云宗上，居然有植被生长……北脉的草木，不都是存在于特定区域吗？”

短暂的惊呼之后，众人哗然。

“好热……我……我居然出汗了?!”

“不对，我们云宗的寒气……怎么少了这么多？”

“天啊，你们看那个冰屋，它……它居然融化了！”随着寒气的锐减，整个云宗冰雪融化，甚至连托着白云的巨大冰雕也有冰水滴落。

这一幕轰动整个北脉，云雷子等人急速飞出，一个个觉得不可思议，直奔云宗大地。

可就在他们降临的刹那，因寒气大范围减少，一座座冰阁轰然坍塌。这还不算什么，让所有人傻眼的是，托着白云大地的冰雕的大拇指，不知什么时候，已经有植物根须钻入，庞大无比的大拇指开始融化，化成冰水，漫天洒落。

轰鸣中，白云大地倾斜了一些，上面的修士纷纷傻眼，刚来的北脉天人也看着融化的大拇指目瞪口呆。

“我、我没看错吧？”

“我北脉的门面、我北脉的战神冰雕，他的大拇指……没了？”云雷子喃喃，不确定地对身边的冯尘傻傻地开口。

第 962 章

押起来

云宗大地轰鸣，一处处冰屋坍塌，更有大量冰水洒落大地，北脉弟子呼吸急促，看着那失去了大拇指的战神冰雕，全部傻眼。

短暂的安静之后，比之前还要强烈的喧嚷声，蓦然爆发。

“怎么会这样？”

“这是什么植物？”

“天啊，我北脉到底怎么了，这段时间怎么连续出现这种事情？先是置换丹，然后是战神掉了手指……”

云雷子与冯尘等人身体颤抖，神色变化，周身有无法压制的怒意溢出。

“白小纯！”

“一定是你，白小纯！”云雷子与冯尘暴怒，直奔白小纯的屋舍。

四周那些云宗修士，在听到了天人的怒吼后，也齐齐看向白小纯所在的区域。

“该死，一定是白小纯干的！”

“这就是个祸害啊，祸害我们云宗弟子也就罢了，他居然还祸害我们云宗的战神雕像！”

“杀了白小纯！”

天人杀来的时候，白小纯正紧张地看着眼前的月亮花，在吸收了外界惊人的寒气后，那些寒气随即涌入他嫁接上去的树叶，使得这片树叶近乎七成区域直接成了寒冰，可以想象，若给白小纯足够的时间，他很快就能达到女婴的要求，让这片树叶彻底成为冰叶。

现在却来不及了，外界的咆哮与呼啸声让白小纯心头震动，他一把将树叶取下收好，同时向月亮花传出意识。

“快变回种子！”

月亮花不用白小纯开口，也察觉到了生死危机，所有根须、花朵、枝干瞬间枯萎，似将一切生机凝聚在了一起，变成了一枚与之前有很大不同的种子。

白小纯来不及查看，便将种子收入了储物袋。

就在他做完这一切的瞬间，一声惊天轰鸣炸响，白小纯的屋舍被轰开。

白小纯狼狈地倒退，急速躲避，他看到了无数杀气腾腾的云宗弟子，还有云雷子与冯尘等人嗜血的目光。

“白小纯，你找死！”云雷子狂吼，他看到了地面上那巨大的窟窿以及四周枯萎的月亮花。

“卖置换丹之事，没杀你，你居然还敢动我北脉根基！白小纯，今天你一定要死！”

冯尘直奔白小纯，出手就是撒手锏。

白小纯也很愤怒。

“北脉，你们莫非要叛出通天大陆！从我来了这里后，你们就针对我，原本只是约法三章，我忍了，可我卖丹药后，你们又约法四章！如今我只是种花草而已，我违反了哪一条约定？”白小纯理直气壮，狂吼起来，他也豁出去了，待在北脉他也难受得很。

“想要对我出手，不必找借口！”白小纯修为轰然散开，苍穹浮现出他的面孔，气势全面爆发。

云雷子与冯尘也很头痛，他们二人有苦说不出，只觉得白小纯难缠到了极致，尤其是冯尘，更觉得当初的约定完全就是搬起石头砸自己的脚。他无论如何也没想到，白小纯的祸害能力这么强。

而最让他们纠结的是白小纯言辞犀利，身份又特殊，他们杀也不是，不杀又难解心头之恨，这让北脉这几个天人心头的委屈不比白小纯少。

他们甚至后悔了，早知这样，就不该限制白小纯，反而应该让他赶紧离去。

这几个天人心底纠结，四周的云宗弟子一个个怒视白小纯，心中也都在哀叹，对于白小纯的难缠，也有了清晰的认知。

“都是冯尘老祖的错，他是雷宗出身，所以把白小纯限足在了云宗，这是不怀好意啊！”

“没错，让白小纯去雷宗吧，放过我们云宗吧，我们的战神少了一个大拇指！”云宗修士十分悲愤。

冯尘听到后，面色难看无比，对白小纯的恨也越来越多。

就连北脉的半神也长叹一声，揉了揉眉心，对于白小纯，他也觉得头痛不已。

偏偏白小纯说的都占道理，他的的确确没有违反约定。

“就不该和他有什么约定。这么下去不是办法，这白小纯说不准会弄出更大的风波。”北脉半神皱起眉头，有心让白小纯滚出云宗，可这句话又说不出口，毕竟之前北脉强行限制白小纯，如今又让其离开，此事传出去，北脉就丢人了。

想到这里，北脉半神目中寒芒一闪，这一次他没有降临云宗，而是传出了他的法旨！

“从此之后，约法五章，不允许在我九天云雷宗种花，种草，养兽，养鬼，炼器，炼丹，种一切，养一切，炼一切！”

这声音如天雷回荡，云宗修士以及北脉天人却没有了第一次的畅快感，一个个都心头发愁，他们可以想象，怕是用不了多久，还会有约法六章、七章……可能用不了多久，北脉就会彻底被白小纯玩坏。

北脉众人对半神这个法旨心有不满，白小纯一样不满，他觉得北脉太过分了，这一次又多限制了一条。

白小纯神情变化，狠狠一咬牙，他这一次真的豁出去了，抬起头正要开口，争取让半神在心烦之下，逼迫自己离开北脉。

可就在这时，半神的第二道法旨降临。

“通天侍卫白小纯，虽没有违反约定，但是毁了云宗根基，死罪可免，活罪难逃，将其关押雷宗雷狱，限制所有自由，直到通天使者离开之时！如有反抗，格杀勿论！”

法旨传遍宗门。

白小纯着急了，连忙开口高呼，可他呼声才出，一股大力直接从水晶棺椁内爆发出来，化作一只巨大的闪电手掌，不管白小纯愿不愿意，一把将其抓住，送入被另一个雕像托起的无尽闪电中！

大手消失时，白小纯也消失了。

云雷子等人看到这一幕，内心振奋，冯尘也是眼前一亮，更不用说那些云宗弟子了，在看到白小纯的下场后，一个个狂喜。

“终于走了！”

“雷宗雷狱，就算是半神，在那里也要承受天雷轰击，这是白小纯自找的！”

“早该如此！”

云宗欢呼，云雷子与冯尘等人也松了口气，看向黑色雷云时，嘴角都露出冷笑。

“你就算有翻天之能，在我北脉，也要低头做人！”云雷子目带讥讽，更

有快慰。

与此同时，水晶棺椁内的北脉半神眉头也松缓下来，看了眼雷宗黑云，这样处理，一方面不坠北脉的威名，另一方面，他不信白小纯在雷牢内，还能干出什么大事。

毕竟北脉雷狱，当年关押过太多重犯，就算是半神在里面，也要饱受折磨，更不用说天人了。

“这样就能消停了。”半神老祖闭上了眼。

第 963 章

嗯？啊！

九天云雷宗，两座巨大的雕像托起的，一个是白色的云宗，一个是黑色的雷宗！

此刻，在雷宗黑云内，白小纯的惨叫声响起。

“我恨北脉！”

无论白小纯怎么叫喊，惨叫声都传不出去。他已经被关押了三天。

这三天，白小纯也绝望了，他所在的黑云深处，四周有无数禁制，这禁制封印了八方，使得他能活动的范围不到十丈。

只要他一离开十丈范围，就有无数闪电立刻降临，一道道足有手臂粗细，蕴含着灭绝之意，吓得白小纯面色发白。

“欺人太甚啊！”白小纯哆嗦地坐在雷狱内，看着四周的黑云，时而有一道道闪电呼啸而过。在这叫天天不应，叫地地不灵的地方，白小纯只觉得自己这一辈子最倒霉的时候，就是现在。

“太过分了，约法三章，约法四章，约法五章……这也就罢了，居然还把我关起来了。”白小纯有种要抓狂的感觉，他尝试了很多办法，也无济于事。最让他觉得无奈的是每隔几个时辰，都会有大量的闪电从四周呼啸而来，直接穿透十丈禁制，向着他不断轰击，吓得白小纯只能奋起抵抗。可在雷狱，天地灵气被隔绝，白小纯已经看出来了，怕是用不了多久，等到自己灵力枯竭之后，就再也无法阻挡闪电的轰击。

“这可怎么办？”白小纯愁眉苦脸，越想越憋屈，最终长叹一声，只能希望杜凌菲尽快完成任务，自己也能早点离开。

“北脉，我记住你们了，给我等着，等我成为半神，我一定要报仇！”白小纯咬牙，向着四周大吼一声。

一声嗤笑，从一旁的黑云内传了出来。

“成为半神？你就算成了半神，也报不了仇。”

“谁！”白小纯一愣，猛地看去，他在这里三天了，神识虽被限制，但感知依旧十分敏锐，从来没发现自己身边居然还有其他人。

白小纯看到那片云雾自行翻滚，慢慢变得稀薄，停在了距离白小纯一百多丈的地方。

那片区域也是十丈大小，四周有禁制波动，阻挡一切进出，其中有大量的闪电。就在那里，有一个老者盘膝坐着。

老者衣着褴褛，瘦得皮包骨，就连气息也很微弱，每一次闪电从其体内穿过，他的身躯都会颤抖几下，神色却一点都不变，显然他早就习惯了那种闪电击打的痛苦。

此刻，他右手抬起，似乎四周的禁制无法阻止他的意志，他能轻易地操控四周的雾气。

老者缓缓抬起头，目光如闪电一般，白小纯只是看了一眼，就双目刺痛，吸了口气。

“小家伙，老夫就是半神，不一样被镇压在这里吗？所以你要发誓的话，我劝你还是给自己定一个更高的目标为好，比如成为天尊？”老者咧嘴一笑，在闪电的映照下，他露出了一口发黄的牙齿，配上森森目光，让白小纯心头一颤。

“老夫在这里被镇压了太久，从此地满是人，到如今所剩无几。说起来，我好久没看到新人了。来来来，小家伙，你会跳舞吗？给老夫扭一个妖娆的舞姿来解解闷，若是老夫看得高兴了，说不定传你一些秘法，可以让你在这里少承受一些雷霆击打的痛苦。”老者目中露出邪异之光，上下打量了一下白小纯，笑声带着诡异。

白小纯刚开始吓了一跳，此刻恢复过来，意识到此人与自己一样，都被关押在这里后，胆子也大了起来，眼睛一瞪。

“闭嘴，老家伙，你白爷当年可是干过狱卒的人，你这样的老犯，不知道收拾了多少个。”白小纯冷哼一声，抬起下巴。

“我就喜欢你这样倔强的小马，哈哈，我记得你所在的牢狱，三千年前也关押过一匹小马，可惜啊，只一个月，就哭着喊着在我面前各种扭动，只为了让老夫传授他一些秘法，我等你哦。”老者哈哈一笑，显然是白小纯的到来，让他觉得生活一下子有了色彩。

白小纯心中正烦，这老者的目光与笑声让他厌恶，他没再理会，而是坐在那里，琢磨着或许不用等杜凌菲完成任务，只要杜凌菲回来，自己也有办法离开这里。

时间流逝，一个时辰后，忽然，闪电一下子多了起来，从四周临近，如同一片闪电风暴。

白小纯面色一变，这样的闪电风暴，他每天都要经历好几次。

白小纯看着四周的闪电，心惊肉跳，这些闪电蕴含毁灭之力，一道不算什么，可若是上万道呢?

一旁的老者也要承受闪电之力，他全身颤抖，神色却丝毫不动，反倒不怀好意地看向白小纯。

“你现在还有灵力，能够抵挡，不过再过十天，你的灵力就没了……到时候，你就知道滋味了。这闪电之力刚开始还不算什么，可随着时间过去，闪电之力会积累起来，堪称天地酷刑。”老者全身哆嗦，声音却没有颤抖，悠悠回荡。

“知道我最喜欢听什么？我最喜欢听的，就是其他人发出的各种惨叫，闭上眼睛后，那声音美妙无比。”老者舔着嘴唇，看向白小纯时，目光更加邪恶。

白小纯没心情理会老者，心惊肉跳地看着四周的闪电持续了半个时辰后慢慢消失，而他的灵力也耗费了不少。

灵力如今剩下的已不足七成，这让白小纯面色有些难看。

“这么下去不行啊……”白小纯满面愁容，看着云雾内游走的闪电，冥思苦想。按照他的计算，最多再过十天，自己的灵力就枯竭了。

他虽对自己的肉身之力有自信，但看一旁的半神都这么凄惨，白小纯实在没有信心，自己能比对方过得好。

眨眼间，又过去了五天，这五天里，闪电风暴每到来一次，白小纯的灵力就消耗一截，而那老者也一直在絮叨。

白小纯心烦无比，直至第六天，白小纯猛地抬头，双眼出现血丝，死死地盯着外面游走的闪电。他想了很多办法，都被自己否定了，此刻他脑海里只剩下一条路……

“我记得当初在通天海上，大师兄渡劫时，我曾吞下劫云，那里面都是雷霆闪电……在这闪电中，除了蕴含毁灭之力外，更有生机！之所以会如此，估计是我那徒儿在帮我，就是不知道在这里……他能否继续帮我？”白小纯犹豫良久，终于在又一次的闪电风暴来临时，狠狠一咬牙。

“尝试一下！”白小纯站起身，看着呼啸而来的闪电风暴，修为散开，却没有如之前那样全力防护。

轰鸣间，数十万道闪电出现在白小纯的四周，眼看就要将其淹没，白小纯大吼一声，猛地张开口，向着面前的闪电一吸！

这一幕，被那老者看到了，他愣了一下，随后大声嘲笑起来。

“又来了一个想要吞闪电的，这不是找死吗？老夫当年自称雷祖，身为北脉散修半神，也不敢去吞这毁灭雷霆，被关在这里这么久，我看到过……嗯？啊？”老者笑声刚出，下一瞬，他的眼珠子都差点掉下来。

“你，你你你你……你是什么玩意儿变的?!”

第 964 章

老弟，我有一套神功！

雷祖差点跳了起来，指着白小纯惊呼。

白小纯将十多道闪电一次性吸入了口中，吸完之后他立刻散开修为，全力阻挡其他闪电的轰击。

白小纯吞了闪电之后，发现这些闪电居然会在体内自行消散，化作天地之力，直接在经脉内游走。

吸收十多道闪电，堪比他修炼十多天。

白小纯的眼睛亮了，看向四周闪电时，再没有之前的畏惧，而是眼神火热。

“真的可以！”白小纯又吸了一口，这一次他一口气吸了上百道闪电。

远远一看，这些闪电好似一条条光龙，直接就被白小纯吞了下去。他面色潮红，体内传来响声，堪比修炼一百多天的灵力瞬间在他体内爆开。

如此多的灵力让白小纯心脏加速跳动，他没有迟疑，立刻修炼日月长空诀，在他的体内，一轮新月正飞速地凝聚出来。

而他的气息也在这一瞬比之前强悍了一些。

老者目睹这一切，整个人完全傻了，这超出了他的想象。他是北脉土生土长的半神，最强悍的时候，自称雷祖，对于闪电雷霆的研究极深，可就算是这样，他也不敢吞噬雷霆。

因为他知道，九天云雷宗的闪电非比寻常，那是天地意志的投影，蕴含的毁灭之力很强。

可如今，活生生的例子摆在他的面前，让他呼吸都乱了，脑海中嗡鸣不断。

“难道是我想错了，这闪电可以被吞噬？”老者被关押得太久了，又被颠覆了思绪，以至于此刻脑子有些混乱，居然也张开口，向着四周的闪电吸了一下。顿时就有数十道闪电呼啸而来。他吸入后，眼珠子差点爆炸，发出一声惨叫，身体哆嗦，喷出一大口鲜血，好半晌才勉强恢复过来，看向白小纯时，目光幽怨无比。

第三次，白小纯一口气吞下了数百道闪电，一脸陶醉。

这明显的反差让老者心中掀起滔天大浪，此刻更要抓狂。

“怎么会这样？这不可能啊，我是半神，我当年可是雷祖……”老者抓狂时，这一次的闪电风暴，慢慢消散。

白小纯吸收了数百道闪电，感受着日月长空诀第一层已完成大半，舔了舔嘴唇，对于下一次的闪电风暴充满了期待。

“这九天云雷宗对我还不错啊，把我关在这么一个地方，此地对其他人而言是折磨，对我来说就是福地啊！”白小纯越想越是激动，此刻站起身，忍不住大笑起来。

眼看白小纯的的确确没事，且修为增长了一些，老者眼睛冒光，赶紧高呼。

“小兄弟……”

白小纯眼睛一瞪眉毛一挑，侧头看向老者。

“老猴啊，你有什么事？”

听到自己被称呼为“老猴”，雷祖面皮抽动了几下，知道对方这是在报复自己之前称呼其为“小马”。

“小兄弟，你……你方才是怎么做到的？”雷祖深吸一口气，尽量让自己看起来和蔼一些，丝毫不在意被称为老猴，目中带着期待，眼巴巴地看着白小纯。

他被关押在这里，看到了太多被闪电劈死的，也看到了不少吞闪电死亡的，还有很多承受不了折磨自杀的，但还是第一次看到有人修为精进的。

“老猴，你会跳舞吗？给大爷扭一个妖娆的舞姿解解闷，若是大爷看得高兴了，说不定传你一些秘法，可以让你少承受一些雷霆击打的痛苦。”白小纯袖子一甩，傲然开口。

“你！”雷祖听闻此话，怒意升起。他是半神，哪怕被关押在这里，失去了自由，但尊严依旧在，哪怕九天云雷宗的半神到来，看到他，也不能这么羞辱他。

眼看老者瞪眼，白小纯也瞪了过去。

雷祖面色难看，额头慢慢鼓起青筋，目光变得阴沉，与白小纯对望半晌之后，他猛地起身，半神威压扩散，影响了八方的云雾，使得那些雾气向着四周不断地翻滚，白小纯也吓了一跳。

没想到，那老者竟深吸一口气，身体慢慢地扭动起来。他虽然身体枯瘦，但还是有些韵律，倒也有几分婀娜之意。

白小纯目瞪口呆，一口气差点没喘上来。

“你……你还真扭啊。”白小纯只看了一眼，就觉得受不了，赶紧退后，苦笑开口。

雷祖没理会白小纯，自顾自地又扭了一会儿才恢复正常，斜眼看着白小纯，一脸孤傲，淡淡地开口。

“这算什么，老夫在这里被关押了太久，总要找个解闷的办法，没事跳跳舞，左三圈、右三圈，脖子扭扭屁股扭扭，不行吗？”

听着对方的话，白小纯不觉有些敬佩。他觉得这老家伙是个天才，若是换了其他人，被关押这么多年，估计早就疯了，可这老家伙不但没疯，还找出了解闷之法。

“前辈，就冲着你这舞蹈，等我脱困后，我一定送你几枚丹药。”白小纯深吸一口气，认真地说道。

“行了，屁话就别说了，老猴你也叫了，你让扭我也扭了，现在该说说你是怎么吞闪电的了吧？”雷祖目中再次冒光，期待地看去。

眼看这老家伙如此努力，白小纯也就说了部分实话，不过没说他对于白浩的猜测，只是说，自己当年吞过天劫，感受过天劫内蕴含的生机，所以才尝试了一下。

这番话，老者是不信的，可怎么问也问不出其他，老者有些生气，蹲在那里想了半天。眼看闪电风暴又一次到来，白小纯一脸兴奋地继续吞噬，老者心底越发羡慕。

就这样，过去了十天，白小纯吸收的闪电越来越多，他的日月长空诀居然到了第一层的大圆满，眼看就要突破，踏入第二层。

雷祖实在忍不住了，再次看向白小纯，忽然开口。

“小兄弟啊，你看我们能在这里相遇，也是有缘，你被关在这里，我也感受到了你对北脉的恨，我也恨啊！我们是盟友，你告诉我吸收的办法，我脱困后帮你对付北脉怎么样？”

白小纯扫了老者一眼，没有理会，而是继续吞噬闪电，全力突破日月长空诀的第一层。

按照他的计算，再有几次闪电风暴，他就可以突破日月长空诀的第一层，踏入第二层境界！

眼看白小纯不理自己，雷祖纠结起来，半晌之后狠狠一咬牙，似下了某种决心，大声说道。

“老弟，我有一套惊天动地的神通之法，我们交换怎么样？”说完，见白小纯连看都不看自己，雷祖着急了，“我这神通很厉害，叫作云雷人祖一百变！九天云雷宗也有此秘法，不过是残缺的，修炼了会导致神魂分裂，而我有完整的，威力巨大！”

白小纯愣了一下，看向老者。

“你方才说什么神通？”

“云雷人祖一百变！”

第 965 章

别烦我

白小纯有些傻眼，这神通他知道，甚至还亲自对抗过，正是云雷子的撒手锏，尤其是云雷双子融合后，展现出的云雷人祖第八变，化身人祖，使得白小纯的不灭帝拳首次被正面击溃。

当时的一幕，白小纯至今都记忆犹新，这功法他也惦记在心，可惜这是北脉的不传秘法，就算是北脉的修士，有资格接触的，也屈指可数。

而眼下，被关押在此地的老头子，居然说出了这个功法，尤其是“一百变”三个字，让白小纯也吸了口气，眼睛不由得瞪了起来。

“老猴，你骗谁呢，真以为小爷我没接触过云雷人祖神通啊！”

雷祖眨了眨眼，丝毫没有被揭穿后的尴尬，他也是打算把名字说得响亮一点，好吸引白小纯的注意，此刻一拍脑袋，干笑一声。

“我这把年纪，记忆力不大好，我想起来了，是云雷人祖十一变，这一次不会错，就是十一变！”为了证明自己所说千真万确，雷祖又补充了几句。

“其中一到九变，是修士凝聚人祖法相，直至与法相融合后，成为人祖。而第十变了不得，那是将自身左眼，变化成皓月；至于最终的十一变，更是惊天动地，那是把右眼化成骄阳！说是十一变，由于最后两变的威力太大，一旦修成任何一变，都可凭空增加至少三变之力啊，若能全部修成，既是十一变，也是十七变！”

听到这里，白小纯恍惚了一下，心跳忍不住加速。

“九天云雷宗当年对老夫的功法眼热，用了卑鄙手段窃取了前九变，可最后两变始终没有得到，这才将老夫关押在这里，为的不就是最后两变吗？”雷祖眼看白小纯动心，赶紧又吹嘘了几句，至于他说的是真是假，只有他自己知道了。

白小纯不信九天云雷宗将此人关押是为了最后两变，因为有太多办法可以获取最后两变，比如弄出一个类似白小纯的修士，就能将那最后两变骗来。

可他还是心动了，让他心跳加速的，是雷祖所说的第十变——将左眼幻化成皓月。

“我修炼的日月长空诀，是残篇，只有月诀，三层之后，可让我的修为从天人初期踏入天人中期，只是这功法没有后续。而这人祖第十变，与月有关，或许能彼此融合一番。”白小纯想到这里，越发动心，不管最后能不能成功，他觉得至少应该尝试一下。

不过，白小纯琢磨着，自己的心思不能表露出来，最重要的是，旁边的那个老猴，虽被关押在这里很久，脑袋有些不大好，但毕竟是半神强者，想要从他手中得到功法，必然要付出很大的代价，稍微一个不小心，自己也要搭进去……

“要引导这老猴不要功法，只要天地之力才可。”白小纯若有所思，吞雷之法他给不了，可如果闪电在他体内游走一圈，变成可以被老猴吸收的天地之力，那么白小纯就有很大的把握，换来功法。

不过前提是他能改变闪电的构成，于是他板着脸，还是没理会雷祖，闭目继续吞噬四周的闪电，同时暗中也在尝试。

雷祖等了半天，眼看白小纯一脸不感兴趣的样子，心底也纠结起来。

就这样，又过去了七八天，白小纯始终在修炼，他的气息更是以一种恐怖的速度攀升。雷狱的无穷闪电，就是他修炼所需最好的养分，短短的七八天里，他吞下的闪电足有上万道之多。

算起来，堪比他闭关半甲子。这种修炼速度，哪怕是白小纯自己，也觉得惊心动魄，甚至感觉不真实。

“莫非这九天云雷宗真的是我的造化之地！”白小纯心神荡漾，感受着自己体内的修为突破了日月长空第一层，就连第二层也无限接近大圆满。

“这么算，再有半个月，我就可以突破第二层，踏入天人初期的巅峰，日月长空诀的第三层！”白小纯激动了，此刻就算是北脉半神要把他放出去，他都会想个办法，让自己被重新关押在这里。

“我可以在这里突破日月长空第三层，使得自身修为从天人初期晋升到天人中期！”一想到这里，白小纯就激动无比。

“我若到了天人中期，云雷子和冯尘算什么啊，北脉五大天人一起上，我白小纯都不怕！”白小纯眼睛亮晶晶的，沉浸在美妙的幻想中，看向闪电的目光十分痴迷。

同时，这七八天里，白小纯也多次尝试从吸来的闪电中分离出天地之力，但十道中只能成功一道，且蕴含的天地之力不多，可总算是勉强能做到。

“小兄弟……”雷祖纠结了七八天，还是忍不住开口。他这些天亲眼看着白小纯吞下一道道闪电，看着他的气息越来越强，羡慕到了极致，心痒得不得了。

“小兄弟你听我说，我们交换功法怎么样？你教我吞闪电之法，我教你这云雷人祖十一变！”

“没兴趣！”白小纯头也不抬，继续吞闪电。

“你……我这可是不传秘法啊，整个通天大陆也没几个能与它相比的！”雷祖更急了，赶紧说道。

“说了没兴趣，你能不能安静一点？吞雷之法你别想了，不可能！”白小

纯皱起眉头，不耐烦地开口，继续吞噬闪电。

雷祖心中已经开始骂娘了，打定主意，功法上自己要做些手脚，定要让此人看不出来，等对方修炼到一定程度，身体会出现分裂的情况。现在，他面上强挤出笑容，他算是看出来了，对方不是对自己这功法没兴趣，而是很看重吞闪电之法，不可能与自己交换。

而他也着实没什么交换之物，此刻狠狠一咬牙，再次开口。

“我不要吞雷之法，你……你能不能把闪电内蕴含的天地之力给我一些？我用功法交换！”

白小纯顿时心动，可表面上还是装出没兴趣的样子，毫不理会，直到雷祖又说了几句，白小纯才抬头，右手很随意地一挥，一道被他吸入口中的闪电，在其体内游走一圈后，消散了毁灭之意，顺着其右手，飞腾而出。

“你那神通我虽有点兴趣，但是没时间修炼，你要的不就是可被吸收的雷霆吗？给你一道，给我闭嘴，安静点，别来打扰我。”白小纯如施舍般，不耐烦地说道。

轰的一声，这闪电穿过禁制，出现在雷祖的面前。雷祖一愣，怎么也没想到，自己费尽心机要交换的天地之力，对方居然这么随意地扔给了自己一道，甚至都不要自己的神通，只是让自己别打扰他。

来不及多想，雷祖立刻就看出了这闪电的不同，他猛地一吸，体内传来咔咔之声，干枯的身体竟出现了一些光泽。虽然里面蕴含的天地之力很少，但对于万年没有体验过天地之力的雷祖而言，这感觉太过美妙。

“小兄弟……”

“你能不能别打扰我……啊！”白小纯佯怒，抬头后又扔出一道可被吸收的闪电。

雷祖立刻闭嘴，生怕惹怒了白小纯，赶紧吸收，这一次他更激动了，眼巴巴地看着白小纯，默默等待，又等了三五天，白小纯还是毫不理会，雷祖

着急了。

若是没有被给予过天地之力，他也能控制一下，现在，尝过甜头后，他就有了期盼。

“那个……”雷祖小心翼翼地开口，话语一出，白小纯无奈地睁开眼，又扔了一道闪电过去，就这样，时光飞逝，很快过去了半个月。

接二连三，白小纯已经给了雷祖八道闪电，雷祖也越来越渴望，心底也在感慨，自己视若珍宝的神通，对方怕是真的兴趣不大。

否则的话，对方怎么不问一句，只为了让自己闭嘴，就给了八道闪电。雷祖觉得自己与其相比，如同乞丐。

白小纯也在这半个月中突破了日月长空诀第二层，踏入了第三层，气息更强的同时，他开始琢磨雷祖的云雷人祖十一变了。

于是，这一天，又给了雷祖一道闪电后，白小纯貌似随意地开口：“老猴，你总吹嘘你那什么云雷人祖一百变多么多么厉害，把功法说来听听。”

第 966 章

现在的年轻人这么不要命啊

雷祖迟疑了一下，白小纯眼看如此，立刻不满，充满嫌弃。

“老猴，时代不同了，你那功法我真没太大兴趣，就如同你眼中珍贵无比的天地之力，对我来说也不值钱，都这样了你还吝啬的话，天地之力我也要珍惜一下了。”

雷祖一听，顿时急了，苦笑着叹了口气。

“你这小家伙，不管你是不是故意的，总之，你赢了！”

雷祖长叹一声，他虽被关在这里太久太久，导致脑袋有些不灵光，但事到如今，若还看不出白小纯的手段，怕也活不到现在了。

不过看出归看出，他也无可奈何，自己渴望的天地之力把持在对方手中，且这个法子九天云雷宗其他人应该也不会。

最重要的，云雷人祖十一变虽厉害，但他知道，九天云雷宗的半神绝不会为了一个功法，设下如此陷阱，引自己踏进去。

这么一思索，他对于白小纯也有些佩服，对方不仅仅是握住了自己的命门那么简单，而是连自己的心态也算了进去，尤其是先予闪电的做法，如同钓鱼一般让自己彻底上钩。可以说从头到尾，雷祖都在对方的掌控之内。

这一切，都让雷祖在明悟后，心底嘀咕的同时，看向白小纯的目光忍不住带上了欣赏。

“罢了，小家伙，我也不多要你的闪电之力，给我一百道化作我体内灵种，就足矣！至于神通……你且听好！”雷祖深吸一口气，目露精芒，双唇微动，居然主动将云雷人祖十一变的全部口诀传入了白小纯的大脑。

这一次，他没有隐藏半点，完全告知，半神风范在这一刻显露无遗，似乎完全不担心白小纯会不给他一百道闪电。

实际上也的确如此，对于一个随意就可扔给自己八九道闪电的“富翁”而言，雷祖也要大方一些。

白小纯有些尴尬，他觉得自己还是脸皮太薄了，被揭穿后，忍不住干咳一声，快速地记下了云雷人祖十一变的口诀。

他越记越兴奋，直至完全记住后，白小纯闭上眼仔细地分析半晌，睁开双目时，他的眼睛里已有激动。

“初步去看，可以与日月长空诀衔接！”白小纯有些兴奋，立刻给了雷祖数十道闪电，然后才停下。

“还请前辈理解，晚辈行事谨慎，余下的，等我离开时再给你好了。”白小纯也没隐瞒自己的想法，看着雷祖，客气地说道。

对于白小纯的做法，雷祖也能理解，哼了一声没说话，闭目将自己吸收的这些天地之力在体内慢慢凝聚出一枚灵种。

眼看雷祖默认此事，白小纯也松了口气，这段日子他一方面要修炼，一方面要留意雷祖，琢磨获得神通的办法，很费精力。

此刻大功告成，与雷祖达成约定，他的心也安定下来，开始全力吞噬闪电，加速修行。

从被关在此地直至现在，已快两个月，日月长空诀接连突破，已从第一层攀升到了第三层，而他的修为也与日俱增，此刻修为运转，气息之强，非常接近天人中期。

此事若是传出去，必定轰动外界，可惜外人就算知道了，也只能羡慕，做不到如白小纯这样修炼。

“现在目标有两个，一是突破日月长空第三层，修为真正踏入天人中期！二是修炼云雷人祖十一变，让其与日月长空完美融合！”白小纯心头火热，感受着体内凝聚出的弯月，猛地抬头，神识散开，笼罩四周，闪电风暴又一次到来。

四周闪电呼啸临近，白小纯目光贪婪，蓦然张开口，狠狠一吸！

这一吸他用了全力，四周的闪电扭曲起来，改变了方向，朝着白小纯而来。

轰轰轰！

一口气，白小纯吞了数百道闪电，这些闪电全部融入白小纯体内，直接炸开，形成浓郁的天地之力，融入白小纯的弯月，使得弯月光芒闪耀，推动日月长空诀第三层不断精进。

“再多来一些！”白小纯双手掐诀，向着四周一挥，再次一吸，又有数百道闪电临近，很快，半个时辰过去了。

四周的闪电风暴出现了要退去的迹象，眼看闪电要散，白小纯有些不甘心，他知道下一次需要两个时辰之后，这两个月都是这样，白小纯认为，如果能改变这一点，自己的修炼速度将更快。

想到这里，白小纯站起身，双手掐诀，体内修为全面散开，在体外不断地旋转，化作一个巨大的旋涡。

这旋涡传出轰隆隆的巨响，形成了巨大的引力，与此同时，白小纯的通天法眼也睁开了，将他当年研究的斥力与引力之法施展出来。

渐渐地，四周原本要散去的闪电，好似被吸引了一般，到了最后，竟有一半被白小纯生生留在了四周。

一时之间，雷霆之声回荡，一旁的雷祖也睁开了眼，看到这一幕后，他倒

吸一口气。

“你要干什么啊？”

白小纯无暇理会雷祖，此刻他呼吸急促，不断吞噬四周的闪电。

他的修为不断攀升，两个时辰后，白小纯四周的闪电才被吞噬了一成左右，而新一轮的闪电风暴，再次开启。

轰鸣间，四周出现了更多闪电，全部聚集在白小纯这里，这一轮闪电风暴结束后，有一半的闪电被强行留在了四周。

如此一来，白小纯这里的闪电越来越多，到了最后，周围十里形成了一片巨大的雷池！

雷祖连连吸气，不惜施展秘法，强行让自己所在的牢笼改变位置，远远地离开。

“这家伙疯了啊，他哪里是修炼，他这是找死啊！”雷祖看着雷池，心惊肉跳。

白小纯一样战战兢兢，如今骑虎难下，他早就将旋涡散掉了，可雷池已成，无数雷霆聚集形成的力量，化作一个天然的黑洞，无时无刻不在吸引闪电到来。

“玩大了……”白小纯不由得紧张起来，看着那些闪电，他狠狠一咬牙。

“顾不了那么多了，我吸！”白小纯大吼着，疯狂吞噬，体内的天地之力暴增。

白小纯一吸下，其他闪电也呼啸而来，哪怕白小纯闭上了口，也依旧朝着他而去！

白小纯呆了一下，顾不上超出活动范围会有闪电降临，尖叫着正要后退，可还是晚了……

轰鸣间，上万闪电直接轰来，顺着他的身体涌入体内，白小纯惨叫一声，哪怕他再能吞雷霆，这下也体会到了雷霆击打的感觉。

白小纯眼泪都出来了，此刻他急速后退，想要避开四周的雷霆。方才，上万雷霆轰入，天地之力爆发，使得日月长空诀第三层直接到了巅峰，即将突破！

而他的修为，此刻也狂暴无比，超出了寻常天人初期太多，正向着天人中期不断冲击！

“那也不行啊，小命最重要！”白小纯心肝颤抖，急速后退，可他这一动，也打破了雷池的平衡，使得数万道闪电被引来，直接将他淹没。

白小纯在惨叫时，他的日月长空诀突破了，他的修为也从天人初期爆发，踏入了天人中期！

远处的雷祖看到这一幕后，整个人都傻眼了，目瞪口呆。

“还真是时代不同了，现在的年轻人为了修炼，都这么不要命吗？”

第 967 章

雷宗诧异

白小纯全身哆嗦，头顶冒烟，整个人已被数万道闪电轰得外焦里嫩。

好在他的修为已不再是天人初期，而是天人中期！

残缺的日月长空诀彻底圆满，在他的左眼内有一轮皓月，看起来很是诡异，好似这轮皓月随时可以从他的左眼中飞出，让这苍穹多出一个月亮！若有人与他对望，怕是会有种心神都要被他摄取的感觉。

白小纯不仅仅身体在颤抖，心神也在哆嗦，如果能选择，他绝对不想用这样的经历去换修为。

数万道闪电一起来临，他一想起就觉得恐惧。

“我不想修炼了……”白小纯哭丧着脸，看着四周不断游走的闪电，丝毫不敢移动，他怕啊，很担心自己一动，闪电再次来临。

就在白小纯下定决心动一下试试的时候，新一轮的闪电风暴轰鸣而来，或许是因为雷池太大，形成的吸力太强，这一次的闪电风暴比以往更磅礴，铺天盖地一般，从八方呼啸而至。

白小纯只是看了一眼，就立刻尖叫起来，身体急速后退，但他一退，四周的闪电就轰的一声，朝着他而来。

“不要啊！”白小纯惨叫着。远处的雷祖早就跑了，他气喘吁吁地挪动自己的牢笼，头也不回，口中也在咒骂。

“该死，太不体谅我老人家了，我这把年纪，还要带着牢笼不断地挪动，我容易吗？”

白小纯被闪电淹没的时候，外界的九天云雷宗也出现了变故，整个雷宗所在的黑云大地，突然震动了一下。黑云大地上的雷宗修士立刻感受到了，纷纷愣住，很是诧异。

“方才地面动了一下？”

“怎么可能，我们在黑云上，黑云怎么会动？”

“你们有没有觉得，我们雷宗的闪电，这几天好像少了一些？”雷宗的修士都莫名其妙，自从白小纯被关押后，整个九天云雷宗久违地安宁了一段时间。

云宗的修士平静了，雷宗的修士刚开始也有点担心，可随着时间的流逝，慢慢放下心来，对于他们的雷狱，整个雷宗都满是自信。云雷子等人也是如此，重新体验了没有白小纯的日子后，他们对这种平静有种由衷的感叹。

第一次震动后，雷宗黑云居然出现了第二次震动！

轰鸣声回荡，雷宗修士一个个失声惊呼。

“真的动了！”

“不对劲！”

“闪电，你们看那些闪电！”

有人注意到，黑云内的闪电明显减少，有不少闪电一闪之下直接钻入黑云深处。

雷宗弟子一个个在心中升起强烈的不祥之感，天空的黑棺上，云雷子等天人也在这一瞬面色变化，一个个急速降临。

“难道又是白小纯?!”

“该死，不可能是他，他都被关起来了。”

就在众人骇然时，雷宗黑云第三次震动，这一次震动感更为强烈。

就在这个时候，黑云深处，雷池中心，白小纯惨叫起来，他已经将速度施展到了极致，至于那些禁制，早就崩溃了，但白小纯速度再快也没有用，他四周的闪电，从开始的数万道，已经成了数十万道！

白小纯也看出来了，自己速度越快，吸引的闪电就越多，可他不敢停啊，一旦停下，那数十万道闪电就会将他淹没。

但不停的话，闪电只会越来越多，白小纯有些抓狂。

“怎么会这样？”

白小纯欲哭无泪，危急关头，他眼睛都红了，狠狠一咬牙。

“该死，拼了，这些闪电都是天地之力，怕什么啊！”白小纯狂吼着，直接按照雷祖给的口诀，修炼云雷人祖十一变！

他的身体也在这一刻蓦然停下，数十万道闪电轰的一声就涌了过来，刹那间将白小纯笼罩在内，如同要撕裂他的身体，直接冲入其体内。

撕裂身体的痛楚不算什么，白小纯皮糙肉厚，还能勉强承受，让他承受不住的是正在疯狂爆发的天地灵力，他好似成了一个不断被充气的皮球。

“云雷人祖第一变！”白小纯强忍着身体的剧痛，疯狂地运转神通，一眨眼，白小纯的身体就成了十丈大小，一股狂野之意在他身上爆发出来。

云雷人祖第一变，瞬间修成！

没有结束，白小纯眼看自己体内的天地之力依旧磅礴，他红着眼，运转日月长空诀，将这两个神通连接在一起。

白小纯只是初步尝试，他觉得可以完成，实际上融合中存在太多失败的可能。

现在，体内的天地之力充沛，白小纯也没其他的选择，立刻就开始尝试，一次次的失败，一次次的轰鸣，天地之力一次次被宣泄出去。

失败了十多次后，终于在最后一次时，他的左眼散出惊人的月光，十丈人祖之身与云雷子当初的样子变得不同了！

一股难言的气息从白小纯身上散出，尤其是左目的月痕，好似能掌控皓月！

“成功了！”白小纯没有时间激动，此刻他体内的天地之力依旧很多，无奈之下，白小纯开始修炼云雷人祖第二变！

不多时，他的身体在巨响下，直接化作了二十丈大小，第二变……成功！

没有结束，接下来是第三变、第四变！

轰隆声中，白小纯的身体从二十丈变成了三十丈，随后变成了四十丈，不说撑起天地，可也震撼八方！

那一身狂野的气息，还有超强的肉身，使得白小纯的战力飙升。

若是云雷子看到这一幕，必定骇然至极，他们与白小纯施展同一个神通，但比白小纯差了太多。

若换了其他时候，白小纯一定很激动，可现在，他察觉到自己的身体很难继续吸收闪电，似乎快达到某种极致，这与功法神通无关，纯粹是身体承受力到了极限。

一旦超过极限，这四周的闪电就不再是滋养，而是让他毁灭的根源！

数十万道闪电直接轰来，吓得白小纯声音都带着哭腔，嘶吼起来。

“云雷人祖第五变啊！”

第 968 章

爆！

轰鸣间，白小纯四十丈的身体膨胀起来，直至成了五十丈，云雷人祖第五变，骤然完成！

此刻的白小纯，全身上下散出恐怖的气息，他左眼的月痕闪耀。他虽只到第五变，但若真算战力的话，将多出三变之力，也就是八变！

要知道当初的云雷子融合后，也只能施展到第八变，爆发出超越天人后期之力，无限接近天人大圆满。而如今的白小纯，战力比云雷子更为惊人！

可他没有喜悦，只有恐惧，在云雷人祖第五变修成后，他的身体承受力已经到了极限，而那闪电依旧狂暴，此刻轰鸣间向着白小纯轰来，吓得白小纯赶紧迈开大步，急速逃遁，他的速度比之前快了太多，同样，这四周的闪电追击而来。不再是数十万道，而是近百万道！

看到这一幕，雷祖喉结滚动、瞠目结舌，身体抖了一下，丝毫不顾白小纯还欠自己数十道闪电，立刻控制牢笼，再次后退。

“千万别过来，千万别过来……我老人家身子骨不行，承受不住。还是现在的年轻人会玩啊！”雷祖刚要退后，白小纯也看到了雷祖。

二人四目相对，雷祖尖叫一声，拼了全力，带着牢笼远去，白小纯一脸悲愤，却不敢停顿，只能在黑云内不断疾驰，试图离开这片雷池，而他四周的闪电也越来越多……

很快，白小纯眼睛都要直了，他感受到四周的闪电越发狂暴，雷池渐渐不稳。

“要爆了？”白小纯只觉得头皮轰的一声，似要炸开，尖叫中他疯狂逃走。

远处的雷祖眼珠子都要掉下来了，虽然他也很担心，但还是有些激动。

“要爆了？好啊，乱子越大越好，说不定我能趁机逃走！”

此刻的外界，黑云的震动感越发强烈，甚至看不到闪电游走，更有一股让所有人不安的狂暴之力正在酝酿。

云雷子、冯尘等北脉五位天人，此刻全部降临雷宗，在看到黑云的变化后，都面色狂变。

他们的神识更是在这一瞬散开融入黑云，可雷狱太强，他们的神识竟无法进入太深，根本看不到其中发生的事情。

“这到底是怎么了？”

“该死，一定是白小纯！”

“冯尘，都怪你，你当初就不该和他约法三章！”

“还有云雷子，白小纯就是个祸害，你招惹他干什么啊!!”北脉其他三个天人，忍不住向着云雷子与冯尘低吼。

云雷子与冯尘面色难看，却说不出什么。就在众人焦急时，忽然，苍穹上的水晶棺椁内，一道让五人心惊的神识蓦然散开，涌入黑云，很快，从那水晶棺椁内，传出了一声撼动天地的怒吼。

“白小纯！”

北脉半神瞬间出现在半空中，一脸焦急，右手抬起，直接一挥！

顿时一股风暴在雷宗散开，卷着雷宗的所有修士，直接挪移到了远处。

接着，一声惊天巨响在雷宗的黑云大地内爆发！

轰轰轰！

声音之大，无数修士被震得喷出鲜血，云雷子等人身体震动，急速后退，骇然地看着黑云大地。

整个黑云大地直接爆炸，其上所有建筑一瞬间成为飞灰，一道道闪电从黑云内冲天而起，直奔苍穹而去，远远一看，好似闪电之龙，正要冲破苍穹。

在这一刻，更有一股惊人的冲击波向着四周轰隆隆扩散，所过之处，天地失色，风云涌动，巨响回荡了许久，黑云大地竟有近四成区域直接碎灭。

黑云下的雷宗战神雕像出现了一道道裂缝，这一刻的九天云雷宗，如被攻打了一般，云宗萎靡，雕像少了大拇指，雷宗残破，不但雕像满是裂痕，黑云大地也缩小了不少。

云雷子呆在那儿，冯尘看傻了，其他三位天人也蒙了，哪怕是北脉半神，此刻也气得浑身发抖，脑海中嗡鸣不断，头发都快竖起来了。

更不用说那些被卷走的雷宗修士了，他们看着陌生的雷宗，一脸迷茫，这一切发生得太快，以至于他们还没反应过来。

相比于雷宗，此刻的云宗修士，纷纷吸气的同时，也在庆幸，好在白小纯没有被关在云宗。

他们对于白小纯的祸害能力，已经畏惧到了极致！

“这白小纯惹不得啊！”

“天人老祖昏头了，好好的，非要把他限制在云宗。这家伙能卖药茶毒我云宗修士，不让他卖药后，他能种花毁我云宗根基。到了最后，把他关在雷狱，这家伙居然能让雷狱爆开，更让雷宗大地少了近四成！”

“天啊，他还是人吗？星空道极宗的修士是怎么活下来的啊?!”

“不都说白小纯炼丹才会惊天动地吗？可他没在我北脉炼丹，就这样了，若他再炼丹，他一个人就可毁了我们整个北脉啊！”

很快，一声声惊呼在九天云雷宗内回荡，就在这时，有人注意到，黑云大

地上，一个很狼狈的身影慢慢爬了出来。

白小纯面色苍白，额头冒汗，方才那一瞬，他差点就被炸死了。

“我以后再也不吸收闪电了，太危险了！”白小纯哭丧着脸，刚刚爬出，忽然，一声狂暴的怒吼从他的上方传来。

“白小纯！”这怒吼正是北脉半神发出的。此刻他怒发冲冠，吓得白小纯跳了起来，一脸紧张。

北脉半神一步走出，就要直奔白小纯而去，突然，他神色一变，改变方向，直接出现在远处的一片区域中。

“雷祖，你敢跑！”北脉半神右手抬起，猛地一按，顿时那片区域直接坍塌下来，雷祖那干瘦如猴子的身躯立刻显露，他没有停顿，转身急速前行，整个人化作一道闪电，轰然远去。

北脉半神无暇理会白小纯，此刻面色阴沉，迈步间，直接追去，对他而言，雷祖的重要性远远超过白小纯。

形势逆转，白小纯冷汗都流下来了。

“北脉没法待了，要赶紧逃啊！”白小纯很是不安，此刻也顾不得天尊法旨了，身体猛地冲出，就要逃出九天云雷宗。就在他走出的刹那，冯尘大吼一声，追了过来。

他实在是憋屈，他爱慕杜凌菲，所以看白小纯不顺眼，才有了约法三章。他本想折磨白小纯，却没想到，一次次地被白小纯破局，到了最后，整个宗门上上下下，都在埋怨他。

如今他怒意滔天，出手就是撒手锏，整个人赫然化作一道赤色的闪电，出现在白小纯面前。

白小纯也怒了，蓦然转头。

第 969 章

我也忍你好久了！

“白小纯，我忍你很久了！”冯尘眨眼就到了白小纯面前，一身天人中期的修为波动爆发出来。

“冯尘，我也忍你很久了！”白小纯同样咆哮，他的确忍了很久，从来到北脉后，就始终忍着，约法三章、四章、五章……

哪怕白小纯不愿打打杀杀，但终究是爆发了，他在蛮荒磨炼出的性格，也不由自主地显露出来。

白小纯左眼内月痕闪耀，他右手抬起猛地一挥，原本清朗的苍穹，在这一刹那好似被一层黑幕遮盖，瞬间漆黑一片。

天空中的太阳被遮盖，一轮皓月高高挂起，北脉众人的心神都好似被震慑了。

冯尘也吸了口气，他感受到了强烈的危机，身体后退，可就在他退后的同时，白小纯口中传出了两个字！

“陨月！”

话语一出，天地似乎更为漆黑，轰鸣响彻八方。冯尘化作的赤色闪电上，竟然出现了月亮的印记，这印记刚幻化出来，立刻吸收了来自四周的月光，使得自身越发璀璨。

轰轰轰！

巨响从冯尘体内传出，他化作的赤色闪电顿时崩溃，露出了闪电内的身影，而月痕，如蚀骨一般，在冯尘体内扩散。冯尘发出一声凄厉的惨叫，他惊恐地发现，伤害自己的不仅仅是月光，还有自己的修为。

月痕似乎可以将自己体内的天地之力同化成月光，一旦完全同化，他将形神俱灭。

“这是什么神通？”

冯尘好似被无形的山峰撞击了，不断后退，面对白小纯的陨月之法，他根本没有应对之力。在这之前，他只在半神那里看过类似之法，如今竟然从白小纯手中施展出来，他全身震动，喷出一大口鲜血，神色惊恐。

这一切说来话长，可从冯尘化作赤色闪电到来，直至他被重创，都是转眼之间发生的，以至于众人都还没有反应过来，冯尘凄厉的惨叫已经传遍八方。

白小纯也没想到，日月长空诀居然有如此惊人的威力，此刻目光一闪，右手掐诀，再次一指！

这一指之下，皓月光芒暗淡，所有的月光都好似被吸走，并以某种方式映照在了冯尘身上，使得月痕覆盖了冯尘的全身。

冯尘身体哆嗦，来不及思考太多，眼前发生的一切对他而言就是生死大劫，这劫难来得太快，以至于他自己都不敢相信，以自己天人中期的修为，在白小纯面前居然连一道神通都无法抵抗！

“我不甘心！”冯尘咆哮着，目露疯狂，此刻，有点点月光从其消散的躯体内散发出来，好似成了月光的一部分。

冯尘没有坐以待毙，他猛地拍向自己的额头。

轰的一声，他的身体竟在这一瞬自行崩溃，一股天人自爆的波动传开。

借助自爆，他的元神勉强逃出，可还没等他松口气，他便发现，自己的元神上居然也有月痕！

“不可能，这怎么可能?!”冯尘骇惧到了极致，失声惊呼，声音都带着颤抖。

“这是道法！冯尘快去水晶棺内躲避！白小纯你敢杀人，我北脉和你没完！”云雷双子着急起来，他的两个身体同时飞出，迈步间融合在了一起，顿时一股天人后期的修为波动，在融合后的云雷子身上滔天而起。

不仅仅是他如此，一旁的其他三个天人也知道如今事关重大，修为散开，四人化作四道长虹，刹那间冲向白小纯。

与此同时，冯尘被云雷子点醒，哪怕燃烧元神，也要换来极致的速度，终于抓住机会，冲入水晶棺椁内，依靠半神洞府，隔开与皓月的联系，这才阻止月痕扩散，可他的元神还是被同化了小半，哪怕恢复过来，修为也会永久跌落！

水晶棺椁内，冯尘元神瑟瑟发抖，看着自己终于化解了危机，顿时有种劫后余生之感，对于白小纯，忍不住从心底产生了一股强烈的恐惧。

“他的修为不是天人初期，他、他是天人中期！可就算是天人中期，他怎么会这么强？”

这一刻，不仅冯尘震撼，云雷子以及其他三位北脉天人也内心震动，更不用说四周的其他北脉修士了，他们看向白小纯，都有些骇然与后怕。

“天啊，这白小纯……他……他原来这么强！”

“我之前还讥讽过他，我……”

“不对啊，他之前若这么强，岂能甘心被压制？莫非、莫非他是在我们北脉的这段日子里，突破了？”

就在众人议论时，白小纯急速后退，避开了云雷子四人联手施展的招数，面色阴沉，目中血丝弥漫。

“北脉，今天咱们就了断一下，你家白爷爷也受够了，来啊，战啊！”

既然已经出手了，他就豁出去了，此刻修为轰然爆发，天人中期的波动冲天而起，天空中，他的面孔比以往清晰了太多，蕴含了天地威压，降临八方。

“天人中期……该死，你居然真的突破了！”云雷子感受到白小纯的修为波动后，整个人都要疯了。

他对白小纯有种深深的无力感，当初在试炼之地，他追杀白小纯，对方先是用诡异的丹药，而后又称呼杜凌菲为媳妇儿，这一切都让云雷子失去了部分优势。后来，云雷子不但没有了优势，反而被动到了极致，更被白小纯压榨一番。

他本以为到了北脉，在自己的宗门里，必定可让白小纯承受折磨，却没想到，哪怕被限制，白小纯也能卖丹药，哪怕被禁止卖丹药，白小纯还可以种草木，最终半神出手，将白小纯直接关押进了雷狱。

可是……

“这白小纯还是人吗？把他关起来，他不但使雷狱崩溃，自己的修为居然还突破了，这是突破天人初期，踏入天人中期，这么难的事情，他在这种情况下，居然还能突破！”云雷子要发狂了，其他三个天人同样如此，他们在怒意冲天的同时，看着活蹦乱跳的白小纯，都有了无力感。

“这就是一个刺猬啊，无论怎么拿捏，都没用，最好的办法，就是直接将其击杀！”云雷子低吼着，蓦然直奔白小纯，其他三个天人也有了类似的想法，此刻一个个煞气散出，轰鸣而去。

第 970 章

小纯翻天！

眼看四大天人联手，杀向白小纯，四周的修士都认为，嚣张无比的白小纯，今天必定被击杀！

“这白小纯虽厉害，可他忘了，这里不是东脉，这里是北脉！”

“哼，在我们北脉嚣张，定要让他好看！”

“我就不信，云雷子长老等人一起出手，还灭不了一个白小纯！”

北脉众人纷纷平静下来，一个个看向白小纯时，都露出不屑之意。

苍穹上，眼看云雷子四人急速临近，白小纯目中寒芒掠过。从到了北脉后，他就一肚子气，此刻眼看云雷子以及其他三个北脉天人冲自己而来，白小纯心中的怒火也烧起来了。

他不但没有后退，反倒向前走出一步，右手抬起猛地一挥，水泽国度蓦然降临，八方水汽弥漫，巨足从天而降。

轰鸣中，大地震动，云雷子四人的身体也受到影响，除了云雷子外，其他三位天人都吸了口气，更有一人直接喷出鲜血。

“白小纯！”云雷子身为北脉第一天人，眼看如此，大吼一声，速度一下子爆发，整个人化作一道长虹，冲向白小纯时，声音在天地间回荡。

“云雷人祖第七变！”巨响扩散开来，云雷子的身躯直接化作七十丈大小，好似人祖降临，修为与战力大幅度攀升，直接超越了天人后期，整个人好似风暴，直接轰向白小纯。

可就在他临近的瞬间，白小纯眼中光芒一闪，同时开口。

“镇压人祖第五变！”

轰轰轰！

白小纯施展了一样的神通，直接膨胀到了五十丈大小，狂野的气息，粗壮的身躯，更有一股野蛮之力爆发开来，尤其是其左目的月痕，急速闪耀，使得白小纯实际上拥有了八变之力。

“这不可能！”云雷子眼珠子都要掉下来了，他之所以没展开八变，是因八变消耗太大，可怎么也没想到，白小纯居然施展了与自己一样的神通！

瞬间，二人就在半空中撞击到了一起，天地震动，冲击波向四方扩散时，云雷子喷出鲜血，身躯倒退。

此刻的他，呼吸急促，一脸的不可思议，云雷人祖是他北脉秘法，如今居然被白小纯学会了，这就让他有种不真实感。这也就罢了，而对方只是第五变，自己的第七变居然无法对抗，这就更让云雷子发狂了。

“白小纯，你敢盗我北脉秘传之法！”云雷子仰天大吼，退后时，毫不迟疑，直接展开了第八变，身体膨胀到了八十丈后，再次冲出。

“放你的狗臭屁，你的是云雷人祖，我的是镇压人祖，名字都不一样，你眼睛瞎了，耳朵也聋了不成！”白小纯冷哼一声冲出，二人在半空中，再次撞击在了一起。

轰的一声，这一次二人同时倒退，白小纯只觉得全身气血翻滚，目中却有滔天战意，他强行止步后，双手掐诀，蓦然一挥。

“人山诀！”

轰轰轰！

白小纯的四周出现了无数山石，这些山石凭空而出，刹那间覆盖在白小纯

的人祖身上，使其瞬间变成百丈高的巨大石人。

人祖变与人山诀同时展开，威力之大，撼动天地，苍穹跟着一暗，好似压了下来，所有北脉修士骇然失声。

随着人山诀的施展，白小纯的四周形成了风暴，吹得人面孔刺痛，云雷子也神色连变，吸了一口凉气。

他有种强烈的预感，这一刻的白小纯，自己恐怕打不过！

“该死该死，他怎么变得这么强？天人境内，除非大圆满，否则谁人是他的对手？他若是施展了撒手锏……”想到这里，云雷子双目瞳孔收缩，身体急速后退，就在他退后的刹那，白小纯迈着大步，骤然追去！

白小纯低吼，声音带着天威，速度也爆发出来，眼看就要追上云雷子，此刻北脉其他三个天人，也只能硬着头皮上前阻挡。

这三人，一人化作黑色天雷，一人化作九道云影，还有一人竟驮着一口巨大的烘炉，直奔白小纯，试图拦住他。

“给我滚开！”白小纯看都不看三位天人，咆哮中大手一挥，顿时一股狂力与风暴融在一起，向着四周爆发。

黑色闪电崩溃，九道云影碎灭，那砸来的烘炉也四分五裂。北脉的三位天人全部喷出鲜血，神色骇然无比，被白小纯直接掀飞。

“太……太强了！”北脉的三位天人失声惊呼。

而白小纯的速度丝毫没有受影响，迈步间追向云雷子，右手已然握拳，黑色旋涡出现。

“云雷子，试炼之地你先对我偷袭，而后又蛮不讲理，最后更是对我追杀不断！到了北脉，你又一而再、再而三地找我麻烦，今天，我们的恩怨也算一算！”白小纯的声音传出，轰动八方。

云雷子呼吸凝滞，心神狂颤，尤其是看到白小纯右手拳头上出现黑色旋涡后，他面色大变，身体后退得更快，口中发出凄厉的嘶吼。

“你们愣着干什么，还不开启护山大阵?!”

“布阵！”

“开启山门大阵！”云雷子咆哮的同时，其他三位北脉天人也急速嘶吼，四周的那些北脉修士早就看傻眼了，此刻纷纷醒悟，面色苍白，配合开启山门大阵！

大阵的开启并不缓慢，就在白小纯要追上云雷子的刹那，一股惊天之力突然从九天云雷宗内爆发出来，形成一片云雾防护的同时，更有一股惊人的排斥之力爆发，阻挡白小纯的脚步，仿佛不可逆转般，要将他驱赶出宗门。

白小纯眉头皱起，身体不断后退。

眼看白小纯被阵法排斥，北脉那三位天人与云雷子都松了口气。

可就在他们松了口气的刹那，白小纯眼中精芒一闪。

“阵法，对我没用！”不死禁陡然展开，排斥之力从白小纯身上穿过，根本就无法阻拦白小纯，更惊人的是，他的速度进一步加快。

轰的一声，他直接穿透了阵法，出现时，赫然到了云雷子的面前，右手的黑色旋涡似乎吸收了天地的一切，连白小纯身后那高大的帝影也瞬间融入其中，化作了不灭帝拳！

一拳落，天地崩！

云雷子瞳孔收缩，脑海轰鸣，危急关头他来不及多想，也无法避开，只能施展对他而言，既是终极，也是不可控的第九变！其身体在这一刹那，直接化作九十丈大小，与白小纯撞击到了一起！

在这一刻，一切仿佛变成了无声哑剧，明明很惨烈，所有人却听不到任何声响。

冲击波扩散开来，九天云雷宗震动不断，云雷子眼睛瞪大，发出凄厉的惨叫。

“不！”他承受不住白小纯的一击，再也无法维持融合的状态，化作了两

个人，同时倒退。

哥哥还好，双子中的弟弟就没这么好运了。

第 971 章

扔出去

云雷双子中的弟弟，根本就没有来得及感受死亡的恐惧，便化作了飞灰！其元神飞出，就在这时，一道超越了天人的神识波动骤然降临，化作一只大手，一把就抓住了云雷双子中弟弟的元神。

狂暴的冲击波在碰触到大手后，顿时崩溃开来，与此同时，咬牙切齿的声音在虚无中向四方回荡。

“白、小、纯！”三个字在天地内炸开，使得所有人心神颤抖，苍穹上，一个巨大的身影蓦然浮现。

正是北脉半神，他的手中提着萎靡不振的雷祖，随着他的出现，四周的一切意识波动都被强行驱散，使得天地间似乎只有他一人存在！

白小纯听到北脉半神的声音后，之前的嚣张与强悍刹那间就消散了，取而代之的则是惊疑不定与紧张，心头暗暗叫苦。

“那老猴太没用了，多拖延一会儿啊，我马上就可以逃走了……这下完了，怎么办啊？”

在白小纯忐忑时，云雷子眼看自己的分身元神被保住，也激动起来，向着天空中的半神抱拳一拜。

其他北脉天人松了口气，白小纯太过强悍，让他们心神颤抖，就连躲在水晶棺内的冯尘也激动无比，快速飞出，拜见半神。

白小纯愁眉苦脸，小心翼翼地后退，脑海里快速转动各种念头，不断地想着如何化解此事。在他琢磨办法时，北脉半神不得不压下自身的滔天怒意，盯着白小纯，他感觉十分头痛，却又很无力。

他不能拿白小纯怎么样，不是因为杜凌菲，而是因为天尊！

他在白小纯身上，隐隐看到了一些痕迹，这些痕迹，让身为半神的北脉老祖想起了往事，对于天尊的计划，也猜出了一些。

正是这些猜测，让他无法动白小纯，而关着对方也没用，雷狱都被白小纯玩崩溃了，雷祖差点跑了。

身为北脉半神的他，实在不敢再把白小纯关着了，他已经醒悟了，白小纯就是一个随时都能制造麻烦的祸害，最好的办法就是远离他。

“该死，我当初怎么会同意把这该死的祸害限制后又关起来，这就等于把一个不稳定的天雷放在自己口袋里，说不定什么时候，他一炸开，就把自己连累了！”北脉半神在心底长叹一声，他还是首次遇到这种让他头痛无比的人物。

半神头痛的时候，白小纯焦急不安，他心都颤抖了，可无论怎么想，也想不出办法，眼下只能硬着头皮，眼巴巴地看着半神，试探性地说了一句。

“半神大师兄，那个……我和菲菲的婚礼，你要来参加啊。”这句话说出后，白小纯很为自己的机智赞叹，他觉得这句话里，很清晰地透露出了三个信息。

第一个，是他和杜凌菲很亲密，未来可能成婚；

第二个，是天尊很有可能是他未来的岳父；

第三个，就是他有意化解半神的怒火。

听到这话，北脉半神猛地抬头，死死地盯着白小纯，半晌后右手抬起一挥，口中传出一声不耐烦的低吼。

“如果再让本尊在九天云雷宗看到你，你就算是天尊的女婿，本尊也要扒了你的皮！滚！”最后一个字让天地震动，一股大力突然卷起白小纯，形成一股风暴，直接将白小纯抛出了九天云雷宗。

直至白小纯被扔出宗门，他的惨叫才遥遥地传过来。

北脉修士看到后，虽觉得可惜，但不由得松了口气。他们对于白小纯实在又恨又惧，就连云雷子等人，此刻也心头苦涩，可更多的是后悔当初千不该万不该，不该想着限制以及折磨白小纯。

“这就是一个巨大的祸害，他最大的神通就是祸害之力啊！我们当时真是愚蠢，这样的家伙，绝对不能留在身边！”云雷子苦笑着。

至于云雷人祖变，他看着半神老祖手中抓着的雷祖，这才意识到白小纯的功法是怎么来的。

雷祖虽萎靡，但是没昏迷，此刻咧嘴一笑，他是没逃出去，可看着北脉一片狼藉，他心中也感觉很舒爽。

“那个小伙子叫白小纯？不错不错，是个很有发展潜力的年轻人啊！”雷祖的笑声传出，北脉半神冷哼一声，没理会雷祖，而是看向云雷子等人。

“你们一群人联手居然都被白小纯打得狼狈不已，没用的东西！”北脉半神一肚子气，对着云雷子等人训斥一番，这才阴沉着脸，带着雷祖回了水晶棺椁。

云雷子等人被训斥的时候只能默默听着，半晌之后他们相互看了看，都看出了彼此的那种无力感。

“罢了，他总算被轰走了。”

“这白小纯也算一个传奇了，我就没见过，被关起来不但把牢狱崩了，还能修为突破的。”

“我这辈子都不想再看到他！连他的名字，你们都别和我再提！”

不单这几个天人如此，四周的云宗弟子与雷宗弟子，也一个个内心无限感慨，回想当初压制白小纯的时候，他们都很得意，认为对方就算是条龙，在北脉也要缩着变成虫！

可如今，白小纯用行动告诉了北脉众人，哪怕他是条虫，也可以将北脉钻出几个大洞，此刻众人心中只有一个念头……

“那祸害千万不要回来了。”

北脉之人对白小纯真的无奈了。白小纯被北脉半神一挥之下，如一道流星直接砸在了一处冰原上。

轰的一声，冰原震动了几下，被砸出了一个大窟窿，半晌后，白小纯头发散乱，很狼狈地从里面连滚带爬地钻了出来。

他哭丧着脸，有些愤愤不平，遥遥看着九天云雷宗的方向，心底也松了口气。

“让我走，说就可以了，为什么还要把我束缚了修为扔出来。”白小纯觉得北脉的人太不讲道理了，太不是东西了，非常可恶，尤其是半神老祖最后的一卷，明显是故意的。

“罢了罢了，他们不愿让我留下，正合了我的意，那九天云雷宗，如果不是让我禁足了，我早就想走了。”白小纯感慨着，回忆自己在九天云雷宗的事情，也忍不住得意起来。

“哼哼，现在他们知道我的厉害了吧！敢对我白小纯约法五章？”白小纯狠狠地呼吸着冰原的空气，轻松无比，不再被限制，这让他的精神振奋起来。

“现在没人管我种月亮花了吧。”白小纯想着那片冰叶只完成了一大半，此刻四下打量一番，索性将之前被自己砸出的那个大窟窿修整了一下，布置成临时洞府，凑合住进去后，取出月亮花的种子，开始种下。

“花花，这里没人管你，赶紧生长啊！”白小纯一脸期待，看着月亮花的种子沉入冰原。

第 972 章

似曾相识

没有了限制，不用小心翼翼，月亮花的第三次生长，可以说是狂烈至极，仅仅三天时间，它的生长速度堪比当初在云宗一个多月。

白小纯的洞府已经被月亮花那粗大的根茎占了大半，它向着天空不断地生长，如今已经有了七八丈高。

若非白小纯觉得自己的活动范围太小，不满地咳嗽了一声，怕是洞府要全部被占据。好在月亮花有自己的意识，在察觉到白小纯的不满后，主动给白小纯留下了一片区域，绕着这片区域生长。

而在冰原下，月亮花的根须生长得更是狂暴，扩散十里，还在不断地蔓延。

至于那片冰叶，白小纯也早早地将其重新嫁接上去，随后没再理会月亮花，开始闭关修炼。

他在九天云雷宗这段时间，盯着他的人太多，又有约法五章，他在修行时要格外谨慎，如不死血的修炼进度，就始终停滞不前。

如今终于有了机会，白小纯深吸一口气，从储物袋中取出了两具骸骨——正是从鬼母的骨舟上取走的！

当时的白小纯，在碰触到这两具骨头时，明显感受到一股浓郁的生机，使

得自己的不死血都沸腾起来。

可惜始终没有机会吞噬。如今他深吸一口气，取出了两具骸骨后，仔细地看了几眼，无论是金色的不死骨，还是另一具骸骨上水晶般的骨头，都让白小纯有许多联想。

“不死卷如今我已修炼到了最后一步，长生卷却始终没有消息，这骸骨是唯一与长生卷有关的了。”白小纯喃喃低语，沉吟片刻后，双手抬起，一把按在了这两具骸骨上。

在他的手与骸骨碰触的刹那，一股惊人的生机轰然爆发，顺着白小纯的双手直接涌入他的体内。

白小纯身体一震，这生机与他吸收草木丹药时获得的生机不一样，似乎对于不死血而言，这两具骸骨内的生机最为适合，甚至都不需要怎么转化，就可直接在他体内凝聚出一滴滴不死血。

也就是几个呼吸的时间，白小纯就发现自己体内多出了一滴不死血，而第二滴也在飞速凝聚。

“这么快！”白小纯有些激动，天人中期的他，自身战力与当初已经不同，如果不死血再有所提升的话，白小纯的战力将更为强悍。

白小纯沉浸在修炼中，转眼过去了一个月。

这一个月，没有人来打扰白小纯，白小纯完全沉浸在吸收骸骨的生机中，他体内的不死血已占据他全身血液的两成，而且还在持续增加。

骸骨内的生机，竟没有丝毫减弱的征兆，似无穷无尽一般，使得白小纯的修为一日千里。

“这两具骸骨，莫非能支撑我将不死血修炼到大成?!”白小纯想想就激动，于是加速修炼，没有关注月亮花。

而此刻的月亮花，在一个月的狂野生长后，高度达到了数十丈，屹立在冰原上，格外明显。

与此同时，冰原上的诸多区域，也盛开了一朵朵小月亮花。冰原面积不断缩减，而在冰原地下，月亮花的根须已经超过了数百里范围。

这个时候，一股强悍之力从月亮花内渐渐滋生出来，使得冰原上的无数凶兽纷纷避开。

月亮花始终记得白小纯对它的要求，不断将寒气送入那片树叶，使得树叶慢慢向着完整的冰叶演变。

白小纯还在修炼，又过去了一个月，当那两具骸骨里面的生机终于开始出现枯竭的征兆，白小纯才睁开眼。

双目睁开的瞬间，这片世界在他的眼中似乎有些不一样了，而更不同的是他的身躯，看似如常，实际上生机盎然。白小纯拿出飞剑，划开一道伤口，接着目瞪口呆。

伤口眨眼间彻底愈合，好似从没被划破一样，身体恢复力超强。

“不死血主要增强的，就是我的恢复能力。”白小纯感受了一下体内的鲜血，立刻就察觉到，短短两个月，他的全身血液里，已经有四成不死血！

“太快了！”白小纯有些不敢相信，确认了好久，才畅快地大笑起来。

至于那两具骸骨，此刻也暗淡了不少，白小纯赶紧将它们收起，在他看来，这两具骸骨就是自己最大的造化。

“说不定以后还有其他用处。”白小纯兴致勃勃地站起身，舒展了一下身体后，神识蓦然散开，准备观察一下自己的月亮花。

这一看之下，白小纯眼睛都圆了，原本厚厚的冰原，现在很多地方居然露出了漆黑的泥土，而这月亮花的根须，已经覆盖了大半个冰原！

虽然这冰原与整个北脉大地相比，微不足道，可白小纯依旧被月亮花野蛮生长的速度震惊了。

除此之外，冰原上开满了月亮花……如果从天空中看下来，可以看到这些花密密麻麻地生长在一起，形成的正是一个弯月的形状。

而在弯月的中心，则是一株高达百丈的惊天巨花！

“花花……”白小纯呆在那里，有些不确定地问了一句。

在巨花的身上，有一片晶莹的冰叶格外明显，在白小纯开口的一瞬，巨花微微一震，那片冰叶脱离下来，飘落在了白小纯的面前。

当白小纯接住这片冰叶后，巨大的月亮花体内传出了一股意识，没有具体的话语，只是透出感激以及离别的不舍。

似乎这片冰原已经无法承受它，它希望白小纯能同意，让自己去其他冰原继续成长。

对于有无数神奇经历的白小纯来说，养出一朵有了自我意识的花，也不是什么特别让人感到诧异的事情。

毕竟此花神秘，来自天外。

不过，对于这朵花提出要独自离开，白小纯有些迟疑，半晌后还是同意了，只是跟它有个严肃的约定，就是这朵花不能伤人。

感受到了白小纯的意识后，月亮花缓缓地摇动了一下身躯，渐渐地，巨大的月亮花枯萎下去，最终好似蒲公英般，散出了无数种子，向着整个北脉冰原飘散而去。

看着那漫天的种子，白小纯不知道为什么，忽然觉得这一幕有些熟悉，可无论他怎么想，也想不起来，自己在什么时候，看到过同样的一幕。

似乎，那是他灵魂深处的一幕。

“莫非是我小时候看到的？”白小纯挠了挠头，正诧异时，远处的天空中，出现了一道长虹，正是杜凌菲。

第 973 章
答案

“小肚肚！”白小纯一愣，有些惊喜，咧嘴笑了起来。

杜凌菲远远地看到白小纯，察觉白小纯非但没有受伤，反而一副活蹦乱跳的样子后，脸上带着无奈，似很头痛的样子，一晃之下就到了白小纯的近前。

“你啊，在九天……”

“打住打住，小肚肚，大家见面挺高兴的，你别提九天云雷宗，那就是一群王八蛋，你不知道他们有多过分！”白小纯一听这话，顿时不干了，一股脑将自己在九天云雷宗的委屈说了一通。

杜凌菲叹了口气，即使她有心去说白小纯在九天云雷宗的事情，可听了白小纯的话，也就没有说下去。

实际上自从到了北脉后，杜凌菲就外出执行天尊安排的任务，始终没有归来，直至数日前，任务算是完成了一部分，她担心白小纯，于是匆匆赶回。

可回到了九天云雷宗，她所看到的以及听到的，都让她觉得不可思议，哪怕她对白小纯很了解，可还是被白小纯的祸害之力震撼了。

她觉得九天云雷宗的弟子在看自己时，目光都不大对劲，于是又急忙外出，寻找白小纯，只是不知什么原因，她给白小纯传音，始终没有回应，于是便在九天云雷宗四周寻找。

她看到了融化的冰原，第一反应就是白小纯必定在这附近，于是一路找来，果然看到了白小纯。

“好了好了，我不说行了吧。”眼看白小纯委屈，杜凌菲叹了口气，柔柔地开口。

“我的事情也处理了大半，接下来还有一些……你也不能总在这里，咱们一起走吧。”杜凌菲走到白小纯的面前，帮他整理了一下有些散乱的头发，又拍了拍他衣衫上的尘土，轻柔地说道。

如此近距离的接触，一股幽香钻入白小纯鼻中，白小纯眨了眨眼，看着面前肌肤似雪、绝美动人的杜凌菲，心脏微微加速跳动，心中是很愿意跟杜凌菲一起，可琢磨着自己是男子汉大丈夫，跟着一个女人算什么事啊，就算真的要去，也是以保护者的身份，又或者是杜凌菲多邀请几次才可，于是干咳一声。

“我在这里挺好的，你忙你的好了。”白小纯抬起下巴说道。

杜凌菲凤目眨了眨，美眸在白小纯身上一扫，掩口一笑，眼神狡黠，上前拉住白小纯的手臂。

“小纯，我在这里挺孤单的，你来陪我好不好呀。”

“我考虑一下。”白小纯心头得意。杜凌菲这软绵绵的话语，让他听了后心底痒痒的，可表面上还是傲然。

“你陪着我的话，九天云雷宗的冯尘那么畏惧你，一定不敢来纠缠我，小纯，好不好？”杜凌菲忍着笑意，再次轻柔地说道。

“那是！”白小纯一听这话，很是得意，“姓冯的敢出现在我白小纯面前，我打不死他！他肉身都没了，就剩下个神魂，当初若不是云雷子等人阻止，我早就灭了他！罢了罢了，既然你都这么说了，我就陪你好了，顺便在路上保护你。”白小纯心头舒坦，杜凌菲却再也忍不住，笑出声来。

“嗯嗯，我家小纯最厉害，都敢当着我爹的面，自称天尊是你岳父了……”

白小纯有些尴尬，一瞪眼，杜凌菲飘然后退。

“想要保护我，那你要追上我才可以呀！”杜凌菲目中带着勾人之意，白小纯的心再次加速跳动。他本以为宋君婉已经够妖孽了，没想到一向正经的杜凌菲也有这样的一面。

“妖女休走！”白小纯大喊一声，蓦然追去。

笑声在冰原中回荡，二人一前一后，渐渐远去，好似回到了灵溪宗。

冰原上，苍穹蔚蓝，大地辽阔，放眼看去一片冰雪，不见人烟，唯有白小纯与杜凌菲两个人，在冰天雪地里，一路相伴。

他们谈笑着，说着彼此的经历，说着往事，渐渐地，白小纯心中的隔膜，也消失了。

杜凌菲似乎重新变成了白小纯记忆里的小肚肚，二人的笑闹之声在冰原中回荡。

直至一个月后，二人来到北脉冰原的深处，白小纯实在没忍住，问了一句。

“小肚肚，咱爹给咱们的任务到底是什么啊？”白小纯不觉得自己这句话有什么问题，厚着脸皮问道。

“希望你看到我父亲时，还能这么称呼他。”杜凌菲似笑非笑地望着白小纯。

白小纯干笑几声，他很想拍着胸口告诉杜凌菲，哪怕当着天尊的面，自己一样敢这么开口，可一想到自己曾经吸了被天尊视若至宝的血发，白小纯就心虚，于是岔开话题，继续追问杜凌菲在北脉的任务。

杜凌菲犹豫了一下，她父亲安排的任务，是绝密，按理来说，她不能告诉任何人，可她看到白小纯一脸好奇的样子，心头一软，轻声开口：“你自己知道就可以了，不要和任何人说。我父亲派我来北脉调查我大师姐的事情……”杜凌菲低声说道。

“你大师姐？”白小纯一愣，脑海中瞬间浮现出女婴的身影。

“九天云雷宗不是北脉最早的源头宗门，北脉曾经的宗门，叫作寒门！”说到这里，杜凌菲看了白小纯一眼，继续开口，“而寒门当年的半神老祖，她是我父亲的第一个弟子，所以我称呼她为大师姐。寒门老祖当年背叛师门，干出天怒人怨之事，我父亲念在师徒之情，只想将其擒拿，没有杀心，可偏偏她歹毒无比，竟要暗算我父亲，最终被我父亲忍痛斩杀。”杜凌菲叹了口气，说着她听说的往事。

“只是我大师姐天资绝伦，多少年后，我父亲回忆此事，总觉得有些蹊跷，所以让我来这里，暗中查一查，大师姐当初到底是真死还是假死！实际上这些年，我一直都在调查这件事情，当初之所以去灵溪宗，也是为了此事，因为灵溪宗就是寒门被灭后，残存弟子逃去东脉组建的宗门。”杜凌菲说到这里，看向白小纯。

白小纯十分震惊，他没想到杜凌菲来北脉，居然是为了那女婴！

而如今听着杜凌菲的话，他也终于明白为何当初堂堂天尊之女会出现在灵溪宗内！

“那为何你又出现在血溪宗的血子试炼里？”白小纯抬头看着杜凌菲，说出了他心底的疑问。

杜凌菲沉默，半晌之后，她幽幽开口。

“那是因为，血溪宗的血祖与我的大师姐曾经是一对道侣！我想，哪怕血祖已陨，可若大师姐没死，或许会在陪伴在其夫君身边。”

这些话如一道道惊雷，在白小纯脑海中炸开，他呼吸急促，很多往事在这一瞬，豁然开朗。

为什么血祖屹立在那里多年，始终存在，没有被天尊取走？

为什么杜凌菲离开后，灵溪宗最深层的秘密，保护女婴的阵法出现了松动？

这一切，此刻都有了答案。

可白小纯的心中还有一个疑惑，但他没有去问，那就是所有的事情，天尊为何自己不去调查，而是要让杜凌菲去查！天尊甚至可以凭借自己的修为，强行找到答案，可他为何没有这么做？

再就是，女婴的存在，天尊真的不知道吗？

第 974 章

惊变

秘密，是人与人之间都存在的，无论是兄弟、姐妹、朋友、爱人，乃至父母……每个人都有不愿告诉其他人的秘密。

小秘密也就罢了，可若是一些关乎生命的秘密，则会无形中让亲密的两个人，彼此之间有隔膜。

曾经的杜凌菲是这样，这一刻的白小纯，也是如此。

他心中有秘密，关于灵溪宗，关于女婴，关于北脉法宝……偏偏这些他无法说，只能沉默。

杜凌菲显然看出了什么，可也没有去问，二人在沉默中，走了一段路后，杜凌菲貌似随意地说了一句。

“我从灵溪宗走后，有了一个习惯，不再把所有事情，无论是确定的还是猜测的都告诉我爹，而是只告诉他一些我非常肯定的事情。”

白小纯抬头，看向杜凌菲，这句话他听懂了，这是在告诉白小纯，她并没有把全部事情都告诉天尊。

“我爹……他这些年，有些变了。”杜凌菲一时沉默，半晌之后，语气有些低落，喃喃低语。

白小纯的情绪也随着低沉下来，似乎之前那种亲密的关系渐渐有了不同，二人默默地在冰原上前行。

白小纯不知道目的地在哪儿，他想着，或许杜凌菲也不知道，他们就这样，向着一个方向默默走着。

不知什么时候，天空飘落了雪花，有北风呜咽而过，天空也昏暗下来，只能模糊地看到那漫天的雪，在风中自苍穹不断撒落。落在了他们的身上、头发上，落在了他们身后的脚印里，慢慢地，将脚印覆盖……

雪，越来越大，风的呜咽声也越来越让人觉得不安，听久了，会有种有无数厉鬼在四周徘徊之感。

“我们找个地方……”白小纯迟疑了一下，抬头看着身边的杜凌菲，发现她的睫毛上都有了冰雪，轻声开口。

可他刚说到这里，忽然，一股危机感传来，白小纯一把抱住杜凌菲，急速倒退。

此刻的杜凌菲呼吸急促，任由白小纯将自己抱走，双手却掐诀，向着自己的眉心蓦然一指。

就在这一瞬间，他们之前所在的地方，一道黑影穿梭而过，速度飞快，一股死亡之意陡然爆发。

一次扑空后，黑影毫不迟疑，掀起滔天风暴，再次冲向白小纯与杜凌菲。

黑影扑来的时候，杜凌菲正好一指落下，顿时就有一个巨大的金色光圈从杜凌菲身上爆发出来，将白小纯保护在内，他们的身体消失了，再次出现时，已到了数百丈外。

那黑影第二次扑空，似极为恼怒，发出一声凄厉的嘶吼，蓦然转身，白小纯与杜凌菲才看清那身影的样子！

这黑影是一团黑雾，雾气中有一张似哭非哭、似笑非笑的面孔，鬼气森森，朝着白小纯与杜凌菲，第三次冲来！

白小纯看清那面孔的刹那，脑海轰的一声，失声惊呼。

“你……是你！”

这黑影正是鬼母的骨舟上那三面鬼幡中的一面，鬼母离开时，它主动迎向天尊，使得自身与骨舟撕裂开，从而留在了这片世界。

事后天尊寻找时，这哭笑鬼脸不知使用了什么神通，已经消失无影。

而此刻……它竟然出现在了这里，且一出现，就带着煞气，要来截杀白小纯与杜凌菲！

“它怎么会出现在这里！”白小纯有些着急，来不及思索太多，哭笑鬼脸已经临近，四周的风雪仿佛也被鬼气侵染，成了黑色，如同利刃，被哭笑鬼脸卷着化作暴风之刃，蓦然而来。

白小纯大吼一声，直接施展云雷人祖第五变，攻击的瞬间，更是施展了人山诀。左眼月痕光芒闪耀的同时，他左手一挥，水泽国度蓦然降临，右手握拳，不灭帝拳的霸道身影幻化出来。

一出手就是最强状态下他的两大撒手锏！

这哭笑鬼脸给白小纯的压力太大，超出了天人境，他甚至感受不出这哭笑鬼脸到底有多强！

在白小纯出手的一刻，杜凌菲也呼吸急促地双手掐诀，覆盖在他们身上的金色光圈凹陷下去，幻化成了一尊金色的凤凰，发出一声凤鸣的同时，金色的火海燃起，与白小纯一同对抗袭来的哭笑鬼脸。

那哭笑鬼脸眼看白小纯与杜凌菲联手，口中发出桀桀怪笑，目中更有戏谑之意，身体骤然扭曲，竟直接化作了黑雾之爪！

此爪漆黑，锋利无比，似能撕裂虚无，出现后，立刻让天地变色，四周寒气滔天，向着他们直接一抓而出！

轰鸣间，这爪子首先碰触的正是水泽国度降临的巨足，震耳欲聋的声音撼动八方，水泽国度的巨足震动了一下，竟无法抵抗，被那一抓攻击得崩溃，甚至发出痛苦的嘶吼。

白小纯全身震动，一口鲜血喷出，杜凌菲神通幻化的金色火凤凰飘然而出，直奔鬼爪。

金色火凤与鬼爪碰触，直接被那鬼爪撕裂，金色火凤发出凄厉之音，杜凌菲也喷出鲜血，肩膀的位置，出现了三道深可见骨的伤口！

这一瞬，白小纯右手爆发不灭帝拳，带着无上霸道之意，轰然锤下！

他与杜凌菲的联手之力，绝非寻常，虽被那鬼爪所破，可受到接二连三的冲击，鬼爪也在半空中震颤起来，去势一顿。

借助这一顿之力，杜凌菲连忙掐诀，全身金色光芒骤起，卷着白小纯急速后退。

刹那间，两人直接退到了千丈开外，没有停顿，杜凌菲不知展开了什么神通，速度瞬间再次爆发，一个闪烁，竟到了万丈外，再次闪烁后，就看不到踪影了。

这一切都在眨眼间发生，那在半空中一顿的鬼爪重新幻化成哭笑鬼脸，目中讥讽依旧，更有贪婪。

“你们跑不掉的！”这声音好似无数人一起开口，非常诡异。它咧嘴一笑，蓦然追去，实际上，它之所以会出现在这里，正是被白小纯与杜凌菲身上的气息所吸引，哪怕白小纯与杜凌菲逃走了，可在它的感受中，对方如同黑夜的火把，清晰无比。

金色光圈内的白小纯与杜凌菲面色苍白，杜凌菲咬着银牙，展开秘法，一次次挪移而去。

“它怎么会出现在这里？”白小纯有些不安，取出丹药递给杜凌菲的同时，自己也吞下了不少，而他的恢复之力，此刻也显露出来，之前耗费的肉身之力，此刻竟恢复了七七八八。

可就算这样，也于事无补，之前出手，白小纯已经看出，那哭笑鬼脸绝非天人！

不然的话，他与杜凌菲联手，足以在半神之下堪称无敌！

“或许，我知道它为什么会出现，想来……我那父亲，也快要到来了。”杜凌菲深吸一口气，目中有冷意闪过，说到“父亲”二字时，她的身体一颤，目露隐痛。

第 975 章

他已经来了

听到杜凌菲的话语，白小纯目光微闪，他觉得杜凌菲的想法似乎有些不对。女儿有难，父亲来救，这在白小纯看来是再正常不过的事情，但他没多说什么，随着身体恢复，他一把拉住杜凌菲的手臂，向前急速而行。

不死禁的速度蓦然展开，再配合杜凌菲的挪移大法，二人竟在哭笑鬼脸的追杀下，速度越来越快。

只是他们速度虽快，却依旧很难真正逃出哭笑鬼脸的追杀。他们身后风声呜咽，如有厉鬼嘶吼，二人听入耳中，只觉得心神震动。

尤其是杜凌菲，她之前化作的金色火凤被鬼爪撕裂，肩膀上被抓出了三道触目惊心的伤痕，虽被她压制住了，可眼下受到鬼音的影响，她肩膀上的伤口顿时滋生出了丝丝黑气。

这黑气出现后，竟凝聚成了一个个鬼头，发出阴冷的笑声，很是瘆人。

一口鲜血从杜凌菲口中喷出，她面色苍白，目中却很冷静，她虽是天尊之女，身上也有保命法宝，但她明白，面对这天外的哭笑鬼脸，那些保命手段都没有太大用处，如今，金色光圈，就算她最大的保命手段。

若对手是半神，短时间内也无法轰开这金色光圈，伤害不到她的本体。同时这光圈的挪移大法也可让半神无奈。可如今他们面对的不是半神，而是堪比天尊的天外哭笑鬼脸！

眼看杜凌菲喷出鲜血，肩膀上冒出丝丝黑气，白小纯很是心疼，立刻从储物袋内取出丹药，就要给杜凌菲疗伤。

“没时间疗伤了，我们要尽快逃走。”杜凌菲面色越发惨白，却咬牙开口，强行展开光圈，继续挪移。

可这一次挪移使她伤势更重，肩膀处的黑气越来越浓郁，甚至开始蔓延。

“你伤势这么重，没时间也必须治！”白小纯不由分说，右手抬起，一把扯下杜凌菲肩膀处的衣衫，看到了三道深可见骨的伤口正在快速腐烂。

白小纯看着都心痛，右手在那伤口上一挥，杜凌菲身体颤抖，肩膀上的那块腐烂的肌肤，如被剜去一般，露出了骨头。

她的骨头，居然与常人不同，如同水晶一般，散出一股白小纯很熟悉的气息，这让白小纯一愣。

但时间紧迫，他来不及多想，立刻取出大把丹药捏碎，直接涂抹在了杜凌菲的伤口上，将骨头盖住的同时，白小纯运转修为，帮助杜凌菲疗伤。

杜凌菲气息急促，全身闪耀金光，在白小纯的相助下，伤势愈合的速度快了不少，她赶紧再次挪移。

身后风声依旧呼啸，鬼音虽距离远了，但还在不断地靠近，白小纯十分焦急，脑海中却忍不住浮现出方才杜凌菲那水晶般的骨头。

“你……你的骨头，怎么如同水晶一般……我记得在灵溪宗时，还不是这样。”白小纯犹豫再三，哪怕明知道此刻不方便问，还是问了出来。

对于这个问题，杜凌菲没有意外，如果是别人问，她不会回答，可白小纯开口，她没有犹豫，开口解释。

“我父亲让我修炼天尊诀，形成的天尊骨。”

“天尊骨……”白小纯迟疑了一下，他相信杜凌菲没有欺骗自己。

他想到了骨舟上被自己拿走的那两具骸骨，一具是金色的不死骨，另一具

则是长生卷的水晶骨。

对比之后，白小纯隐隐觉得，长生卷的水晶骨与杜凌菲的水晶骨，气息很相似，可似乎又有一些不同。

此事让白小纯心头有些乱，眼下又不是追问的时候，白小纯只能将此事压下，竭尽全力与杜凌菲一起向着远处疾驰。

从他们受伤开始逃走，直至现在，看似过去很久，实际上也只是一炷香的时间。

就在杜凌菲又一次施展挪移大法后，突然，他们的四周风声滔天，那呜咽之音在八方爆发。

“逃得很快嘛。”哭笑鬼脸的声音出现，带着戏弄的腔调。

白小纯面色一变，杜凌菲修为波动，二人改变方向，可还没等他们行动，苍穹色变，天雷滚滚，一只巨大的黑色鬼爪直接从苍穹幻化，向着二人狠狠抓来。

轰的一声，白小纯喷出鲜血，杜凌菲同样如此，他们勉强避开这一击，全身如被撕裂，好似失去了修为，直接从天空落下。

在他们落下的瞬间，鬼手化作浓浓黑雾，笼罩周围千丈，使得这千丈内，直接就成了困牢，如同与天地分离，隔绝一切。

在千丈黑雾内，无数厉鬼幻化出来，嘶吼咆哮中，向着白小纯与杜凌菲猛地撕咬而去，却被那金色光圈阻挡，很明显，在厉鬼的撕咬下，光圈也扭曲起来。

而若从天空向下看去，则会骇然发现，这所谓的千丈黑雾，居然是一张巨大的哭笑鬼脸。白小纯与杜凌菲，看似是被困在这里，实际上，不知何时被哭笑鬼脸吞入了口中！

“甜美的气息啊！不枉我追寻你们到这里，只要消化了你们两个，我一定可以恢复到巅峰之时。这护法金光虽有些麻烦，但还是太弱！”哭笑鬼脸的声音带着兴奋回荡四方时，白小纯与杜凌菲四周的厉鬼也疯狂起来，不断地扑向他们。

哪怕白小纯与杜凌菲战力不俗，也依旧节节败退。那些厉鬼根本就打不死，被白小纯一拳消灭后，眨眼间又会再次凝聚出来。

而杜凌菲的金色光圈也微弱到了极致，随时可能崩溃。

可以想象一旦光圈碎开，他们四周的厉鬼将会同时扑上来！

“你爹什么时候来啊！”白小纯急了，这种生死危机，如果天尊没有到来，那么似乎只能用冰叶让女婴苏醒。可白小纯也拿不准苏醒后的女婴能否与这哭笑鬼脸对抗，另外女婴如果苏醒，则一切将会败露。

“他已经来了。”杜凌菲声音有些低落，喃喃地说道。

“啊？”白小纯一怔。

就在这时，他们二人体外的金色光圈承受不住四周的挤压，陡然崩溃，可就在四周厉鬼尖叫着一哄而上的时候，忽然，崩溃的金色光圈内居然凝聚出了一道金色闪电。

金色闪电一瞬破开虚无，极速穿梭，直接穿透了千丈黑雾，所过之处，厉鬼灰飞烟灭！

轰轰轰！

千丈黑雾被生生撕成两半，雾气倒卷，在不远处重新凝聚，形成了哭笑鬼脸，此刻它猛地抬头，看向那道金色闪电，口中发出厉吼。

“天尊！”

第 976 章

父女

哭笑鬼脸开口的刹那，那道金色闪电一阵扭曲，一个穿着青色长袍，戴着帝冠的身影从闪电内走出，正是天尊！

“你躲了这么久，终于还是被我找到了！”天尊脸上露出笑容，直奔哭笑鬼脸而去。

哭笑鬼脸发出凄厉之音，似乎知道无法逃遁，此刻竟一冲而去，与天尊战在了一起。

一时之间，轰鸣声滔天回荡，扩散八方。

此刻的白小纯劫后余生，心中却没有丝毫喜悦，反倒升起更多的寒意。原本杜凌菲说起其父时，语气冰冷，白小纯还觉得杜凌菲有些不对劲。如今，看到天尊从金色光圈内出现，再联想到杜凌菲的话，显然，天尊早已到来，却始终没出现，任由杜凌菲与自己被黑雾笼罩，只为等一个机会。似乎在天尊的眼中，抓住哭笑鬼脸比他女儿的安危还要重要！

想到这里，白小纯也吸了口气，看向脸色苍白的杜凌菲时，越发心疼。

身为天尊的女儿，杜凌菲对于自己的父亲很是了解。她本以为这一次父亲安排自己与白小纯在北脉，的的确确是为了大师姐之事，而她也尽心去调查。

可如今，她明白了，大师姐的事情是其次，她之所以被留下，是因天尊想

要让她跟白小纯做饵，吸引从骨舟内逃出的哭笑鬼脸！

虽然她不知道为什么父亲认为自己与白小纯能把哭笑鬼脸引来，但是哭笑鬼脸的的确确来了。

“父亲，你一切的努力，都是为了离开这里，可……离开真的那么重要吗？超越了亲情吗？”杜凌菲看着半空中正在厮杀的父亲，感觉心在被撕裂。

此刻天尊的伤势似乎恢复了不少，那哭笑鬼脸已露出败象，急速后退时，天尊冷哼，迈步追击。

“好不容易找到你，岂能让你逃走？”

“不惜用你的骨肉来吸引我，如此心性，不愧是枭雄。”哭笑鬼脸口中传出冷笑。

“那又如何！”天尊淡淡开口，蓦然追去。

他不认为自己这一次利用杜凌菲是错误的，在他看来，杜凌菲又没有死，而这哭笑鬼脸诡异莫测，一旦躲藏，谁也找不到。

对于这哭笑鬼脸，他志在必得，于是他用了白小纯与杜凌菲做诱饵，想要生擒这哭笑鬼脸，一方面想通过对方去了解外面世界的情况，另一方面则是打算将其炼化，成为自身之物。

一旦成功，他的战力就可攀升，到了那个时候，他无论是强行从守陵人那里打开世界大门，还是自己想办法，都有很多选择。

实际上，当初骨舟离去，已经让他绝望，哭笑鬼脸是他如今除了最后一招外，唯一的办法！

此刻追击中，天尊与哭笑鬼脸直接升空，刹那间不见踪影，显然以他们的修为，彼此出手之后，已经远离了此地，不知去了何处。

而随着他们的离开，冰原上的呜咽声也渐渐消失，重新恢复平静。

可白小纯的心情很难平复下来，他不知该如何安慰杜凌菲，看着杜凌菲单薄的身影，白小纯叹了口气，走到杜凌菲近前，慢慢将她搂在怀里。

杜凌菲的身体刚开始有些僵硬，可随着白小纯身上的热量慢慢扩散，她的身体也柔软下来，好似失去了力气。

“他以前不是这样的……”杜凌菲喃喃，这一刻的她透露出的软弱让白小纯心中轻叹。

“小纯，你说，离开这片世界，真的那么重要吗？”许久，杜凌菲深吸一口气，似乎恢复了一些，抬起头望着白小纯，轻声问道。

“这个我也不知道……不过如果是我的话，我不愿意离开这里，我觉得通天大陆很好啊，蛮荒也不错，干吗要离开呢？”白小纯挠了挠头，他说的是心里话，实际上他对于天尊急切地想要离开这里，把通天大陆当成了牢狱之事，很不理解。

在他看来，有足够的寿元，有亲人朋友陪伴，通天大陆又这么大，挺好的……至于外界，从鬼母就可以看出，那里一定充满了危险。

既然危险，干吗非要出去？另外白小纯觉得，守陵人也有些固执，天尊既然想走，打开门让他走不就好了？

听着白小纯的话，杜凌菲笑了，月光洒落，衬得杜凌菲格外美丽。

“我也不想离开这里，我想的和你一样，在一个安静的地方，有亲人朋友陪伴，安静地生活。可是我没有朋友，小纯，我长这么大，没有一个朋友，我甚至没见过我的母亲……”杜凌菲喃喃。

白小纯沉默，只是将杜凌菲搂得更紧，随后抱起她慢慢向前走去，没有方向，他们也不在意去往何处，似乎在夜色里，在冰原中，这么一路前行，终究可以走到尽头。

一夜流逝。

当清晨的初阳从远处的天空中抬头，阳光慢慢洒落大地时，走了一夜的白小纯与杜凌菲忽然身体一顿。

抬头时，苍穹上一道金色的闪电轰然而来，速度之快，直接穿透虚无，停

在二人头顶上方的天空中，化作一个穿着青色长袍的身影。

天尊，归来!

他的手中抓着一团黑雾，雾气内扭曲的正是哭笑鬼脸，可任由它如何挣扎，也逃不出天尊的手掌。只是明明成功抓住了哭笑鬼脸，天尊的面色却有些阴沉。此刻在归来后，他的神识蓦然散开，从白小纯以及杜凌菲身上扫过后，又看向四周，半晌之后，他才将那浩瀚的神识收回。

哭笑鬼脸最终没有逃走，被天尊抓到。可将其抓住后，天尊发现对方居然不是完整的，而是一缕分魂，主魂了无踪迹。显然那哭笑鬼脸十分谨慎，对于天尊的诱饵，虽极为心动，但依旧不惜代价施展秘法，分裂出了一缕分魂前去试探。

天尊虽成功将分魂擒住，但也打草惊蛇了。他明白，再想找到哭笑鬼脸的主魂，难度极大。短时间内，对方极有可能藏匿起来，使得自己无法找到蛛丝马迹。

不过好在分魂在手，他也不是没有收获，聊胜于无。

想到这里，天尊深吸一口气，低头又从白小纯与杜凌菲身上扫过，右手抬起一挥，一枚令牌直接幻化出来，飞向白小纯。

白小纯目光一闪，迟疑了一下，接住令牌。

“没你什么事了，持此令，你可通过九天云雷宗的传送大阵回通天东脉。”

天尊说完，不再理会白小纯，而是看向杜凌菲，目光也柔和了一些。

“菲儿，我们走吧。”

杜凌菲迟疑了一下，有心拒绝，但最终还是低着头，用力抱了白小纯一下，似在告别。

白小纯没有松手，拉住杜凌菲，抬头看着天空中的天尊，一咬牙，蓦然开口。

“天尊，我和菲……”白小纯话语刚出，还没等说完，天尊眼中寒芒一

闪，直接打断。

“我知道你想说什么，想要把本尊的女儿留在身边，你还没有资格，等你到了半神再说吧！”说着，天尊转身，走向虚无。

杜凌菲冲着白小纯摇头，深吸一口气，似重整心绪，默默地走到了天尊的身边，渐渐远去……

白小纯站在那里，望着远去的天尊父女二人，他心绪复杂，他本以为身为天尊的女儿，杜凌菲高高在上的同时是快乐的。

可北脉冰原上的这一幕，让他明白了杜凌菲的凄苦以及天尊对亲情的冷漠。

“半神！”白小纯下了决心。

第 977 章

都是我的了!

对于刚刚踏入修真界的白小纯而言，半神是什么，他不知道，更不用说把它当成目标了。而现在，到了天人中期的他，接触过的半神不少，尤其是当初在蛮荒的巨鬼城，他感受过巨鬼王一滴魂血内的半神之意，对他而言，半神不再遥不可及!

而最让白小纯有把握的是女婴所说的那件以北脉为核心，孕化出的法宝积累的天地之力。

这造化，到底能不能让自己修为突破，白小纯不知道，可他有自信，一旦自己将这造化吞下，他的战力必定能横扫天人境，甚至能与半神一战!

想到这里，白小纯深吸一口气，身体一晃化作一道长虹，离开所在之地，向着远处疾驰，数日后，他找到一处冰川化作洞府，盘膝打坐。

担心天尊去而复返，白小纯没有立刻召唤女婴，而是默默等待。

等了半个月，确定天尊不会回来后，白小纯还是觉得有些不稳妥，继续打坐，又等了三个月。

白小纯无法再等了，他双目睁开，深吸一口气，从储物袋内将女婴所在的棺椁取出，放在自己面前，他看着棺椁内的女婴，有些迟疑。

“我与寒门老祖，该说的都说了，她若骗我，对她也没什么好处!”白小纯一咬牙，取出了那片冰叶，慢慢地放在了棺木上。

这冰叶刚一碰触棺木，竟立刻穿透过去，落在了女婴的额头上，散发出璀璨之光，很快就消失无影。

白小纯有些紧张，目不转睛地看着棺椁，就在这个时候，他的耳边传来了女婴的声音。

“北脉的气息、冰寒的气息、苏醒的气息……你做得很好，我苏醒时间只有百息，现在还不能完全苏醒。你按照我的指点，去找到节点入口，到了那里，我会花百息的时间，打开法宝之门！”这声音带着一丝激动，向白小纯传出了意识。

白小纯闻言神情凛然，这几个月，他一直在思考，如今既然有了选择，他也果断起身，按照女婴的指点离开洞府，向着北脉冰原的深处疾驰而去。

没过多久，白小纯就来到了女婴指定的地方，那里有一座巨大的冰川，在冰川附近看了看后，白小纯右脚抬起，狠狠一踏，顿时大地轰鸣，一道巨大的裂缝出现。

白小纯低头看了几眼，钻入裂缝，直奔大地深处，一路直行，但凡遇到冰层，就直接破开，就这样，他在一炷香后，到了冰原之底。

四周寒气浓郁无比，在冰原下，有一个巨大的冰洞，冰洞的顶端，悬着一根根巨大的冰刺，四周还有无数小冰川，给人一种锋利之感。

白小纯出现后，看到冰洞的地面上有一面如湖泊般的镜子！

镜面是冰层，四周的镜框散出古老的气息。白小纯踏在镜子上，低头时，看到脚下的镜面折射出自己的倒影，一股神秘之感油然而起。

“我到了。你知道欺骗我的下场，我不会与你争夺成为法宝器灵的机会，你若没有害我之心更好，如果有的话，也给我收起！你应该明白，如何选择！”白小纯神色严肃，在脑海里传出意识，很快，女婴激动的声音在他脑海中回荡开来。

“就是这里，快把我所在的棺椁取出！”女婴十分激动，白小纯也没有迟疑，直接取出棺椁，放在冰镜上。

棺椁落下的刹那，突然散发出刺目的光芒，一股强悍的波动于棺椁内骤然爆发。

与此同时，女婴的声音，在白小纯的脑海里传出。

“白小纯，谢谢你帮我，你也放心，我承诺的事情，绝不会反悔，我更没有欺骗你！此地是北脉法宝的一个入口，是我当年留下的唯一破绽之处，也只有从这里，才可以进入法宝世界！而我需要一百息的时间去开启这一处节点，一旦打开，我们就会被吸入法宝内部的世界！在那里，我需要一些时间与这件法宝融合，最终成为器灵……而你，也会在那里吸收积累了无数岁月的天地之力！相信我，当我们出来的时候，你不会后悔！”女婴声音急促，在说完这些话后，她所在的棺椁被刺目的光芒彻底覆盖，与此同时，棺椁急速融化！

白小纯隐隐看到，棺椁内的女婴急速成长，眨眼间，居然化作了常人大小，虽被光芒掩盖，看不清晰，但白小纯也能感觉出那是一个绝色女子。

在这一瞬间，她的身上有一股强悍的气息散开，全部融入下方的镜面。

顿时，镜面泛起了涟漪，如同融化成了湖水，而那女子也深吸一口气后，整个人直接融入镜面。

随着她的融入，镜面的波动越发强烈，四周有轰隆隆的声响不断地回荡。

白小纯心跳加速，紧张地看着镜面，随着时间一息息过去，镜面的波动越来越强烈，隐隐地，竟形成了一个以女子融入之处为中心的旋涡。

这旋涡刚开始转动得有些缓慢，可二十息过去后，转速加快，似要打通这镜面，借助此地的节点，贯穿一个通道，进入法宝内部！

四十息时，旋涡传出的轰鸣声成了冰洞内唯一的声音，扩散四方的同时，这冰洞内的无数冰刺与小冰川承受不住，不断碎裂。

白小纯没有注意那些碎裂的冰刺，紧张地关注旋涡时，也在计算时间。

五十息、六十息、七十息……

白小纯感觉心脏跳动得越来越快，此时呼吸急促，在七十息到来时，他脚下的旋涡已狂暴无比，隐隐地，白小纯居然在那中心点，看到了一个因旋涡的转动而形成的小洞！

通过这个小洞，他模糊地看到其中似乎存在一个世界。

“还有不到三十息！”白小纯不由得靠近了几步，可就在这一瞬，忽然，四周突然多了一种声音。

那是风的呜咽声，如鬼哭狼嚎般嘶吼。这声音让白小纯面色猛地一变，蓦然转头，他看到远处有一道黑影，正顺着冰川缝隙，直奔此地而来！

“你……你不是被天尊抓走了吗？”白小纯看清黑影后，脑海嗡的一声炸响，失声惊呼，内心震动，他担心天尊或许也在四周。

“天尊？他抓走的只是老夫的分魂！”那黑影正是哭笑鬼脸！哭笑鬼脸笑声狰狞，看向白小纯脚下的旋涡时，目中带着贪婪。

哭笑鬼脸的回答让白小纯放松了一些，因为天尊不在，可很快他又紧张起来，哪怕只有哭笑鬼脸，白小纯也远远不是对手。对方目中的贪婪让白小纯内心咯噔一下，额头冒汗。

“该死，天尊怎么搞的，居然只抓了个分魂。”白小纯呼吸都快凝滞了，蓦然后退。

“这片冰原下方，果然藏着一件世界之宝，哈哈，天尊感受不到，却瞒不过老夫，也不枉老夫算出只要跟着你，就能与法宝结缘，虽牺牲了一个分魂，但有了这件法宝，这片世界都是我的了！”哭笑鬼脸激动无比，轰然临近！

第 978 章

镜崩同入！

“该死，还有二十多息啊！”白小纯心下懊恼，焦急无比，身体急速后退。他心知肚明，这哭笑鬼脸哪怕不完整，也有半神战力，不是自己能对抗的。

就在白小纯退后的瞬间，哭笑鬼脸飞到了镜面旋涡上方，看都不看白小纯一眼，朝着镜面旋涡的中心呼啸而去。

“世界之宝是我的了！”哭笑鬼脸十分激动。

白小纯满目愤怒，他就算用脚去想也能想到，女婴所做的事情若是被打断，后果必定极为严重。

“绝不能让它成功！”白小纯眼睛都发红了，他清楚地意识到，若是被哭笑鬼脸占据了法宝，自己与女婴怕是连小命都要丢在这里，毕竟哭笑鬼脸是不可能放自己离开泄露秘密的。

来不及思索，也顾不上考虑太多，白小纯大吼一声，直接施展人祖变，迈着大步直奔哭笑鬼脸，身躯不断膨胀，步伐越来越大，三步之后，他直接展开了人祖第五变！

左目月痕璀璨，堪比人祖第八变的狂暴之力，再配合人山诀，肉身与修为之力融合，使得白小纯在短时间内，爆发出了堪比天人后期的巅峰之力！

虽不是大圆满，但是无限接近，风暴暴发，不死禁瞬间展开。倏然间，他出现在哭笑鬼脸的前方，神色疯狂，咆哮怒吼。

“给我回去！”声音好似撼天之雷，在传出的同时，白小纯右手抬起，不灭帝拳直接轰出！

这一拳没有保留，将肉身之力宣泄而出，哭笑鬼脸目光一闪，嘴角却露出讥讽之意，居然没有后退，一头向着白小纯的不灭帝拳直接撞去。

轰鸣之声在地底深处蓦然爆开。

白小纯喷出鲜血，身体猛地倒退，不灭帝拳消散，人山诀崩溃，人祖变瓦解，全身内外更是险些被震散。

“不自量力！”哭笑鬼脸冷哼一声，身体只是一顿，刹那间，再次冲向旋涡中心。可正在这个时候，不死血的强悍之处体现出来，只是几个呼吸，白小纯极重的伤势居然就恢复了大半，眼看哭笑鬼脸靠近，白小纯只觉得脑海嗡鸣，嘶吼中直接施展撼山撞，向着哭笑鬼脸撞击而去。

与此同时，他双手掐诀，水泽国度蓦然降临，更有寒气扩散四方，形成不少寒影，从四周直奔哭笑鬼脸。这些还不够，白小纯一拍储物袋，取出了一大把多色火，不顾一切，全部扔出。

轰轰轰！

巨响惊天动地，四周的冰层都出现了一道道裂缝，尤其是多色火的爆发，更是让冰洞化作火海，哪怕哭笑鬼脸有半神战力，此刻也皱了下眉头。

若是换了在其他地方，哭笑鬼脸想要破开这些，轻而易举，甚至击杀白小纯也并非难事。可如今在冰洞内，哭笑鬼脸一方面担心引起的动静太大，被外人察觉；另一方面，它看出了在旋涡内，有一股意识正在与法宝初步融合。

它实在没时间也没心情与白小纯纠缠，他这一刻最想要做的，就是在融合完成前闯进去，吞了那意识，取代对方融合法宝。

“一会儿再收拾你！”哭笑鬼脸冷哼一声，没有迟疑，口中传出诡异的咒

语，那不是通天大陆的语言，回荡四周。哭笑鬼脸的身体上散出黑雾，那些雾气化作九个符文，环绕在哭笑鬼脸身体外，不断地旋转，任何一个都爆发出让白小纯心惊的力量。

这九大符文好似动用了其本源之力，施展后，哭笑鬼脸明显比之前虚弱了一些，但那九大符文的光芒璀璨无比。

借助这九个符文，哭笑鬼脸没有停顿，直接冲了上来，无视白小纯的撼山撞、水泽国度，还有惊人的火海，居然直接穿透了白小纯的神通，出现在白小纯的身边，符文扩散，直接撞在白小纯的身体上。

白小纯全身震动，胸口凹陷下去，鲜血大口大口地喷出，伤势严重到了极致，眼前有些模糊，身体被狠狠抛出。

这一切刹那间发生，在将白小纯卷飞后，哭笑鬼脸的目光贪婪到了极致，直接出现在旋涡的中心，就要冲进去。

而一旦被他冲入，后果无法想象。白小纯陷入疯狂，眉心通天法眼猛地睁开，释放出一道紫光，直接笼罩哭笑鬼脸。

紫光一瞬间落下，哭笑鬼脸顿了一下，可一眨眼，哭笑鬼脸就恢复如常，虽恼火白小纯烦人，但是没时间理会白小纯，一头就冲了过去。眼看哭笑鬼脸半个头颅都进了旋涡中心，白小纯的脑海里传来了女婴焦急的意识。

“还有数息就结束，快阻止他！”

白小纯眼睛赤红一片，发出一声凄厉的咆哮。

“哭笑鬼脸，这是你逼我的！”白小纯没有其他办法，直接利用了自己的一滴不死血。随着不死血的碎裂，一股滔天血气从他体内爆出，扩散全身，笼罩四方，他的眼睛也变得邪异无比。

白小纯的意识已经模糊，在神杀状态下，他对于四周所有具备生机的存在，都有强烈的吞噬渴望。

而如今在冰洞内，距离白小纯最近的就是哭笑鬼脸。瞬间，白小纯就到了

哭笑鬼脸的身旁，血气将其覆盖，右手抬起，向着哭笑鬼脸狠狠一抓。

半个头颅进入旋涡中心的哭笑鬼脸，此刻全身一颤，就算是他，也有了危机感。

而他的身体也在那一抓下，直接从旋涡中心被拽了出来。

“该死，这是……血法?!”哭笑鬼脸恼怒咆哮，蓦然转头，一眼就看到了全身弥漫血气的白小纯。白小纯全身的血气竟对哭笑鬼脸造成了一些伤害，这让哭笑鬼脸心神震动起来。

正是在这一瞬，女婴融合的百息时间已然达到，整个冰面的旋涡顿时狂暴，一股巨大的吸力滔天而起，似要将四周的一切都吸入旋涡。

白小纯与哭笑鬼脸不由自主地被卷住，直奔旋涡。

“错过了第一次机会，只能进入法宝内部，再找办法夺取控制权了！”哭笑鬼脸恼怒至极，目光一闪，看出了白小纯不对劲。

“此人神魂虚弱，施展血法难以与魂融合，否则的话，将很难缠！”哭笑鬼脸冷哼一声，在身体被卷入旋涡时，体外的九道符文骤然闪耀，直奔白小纯而去。

“敢阻我好事，对付这种没有意识，只有本能的血道的最好办法，就是……封！”

哭笑鬼脸声音传出，目中露出幽异之光，那九道符文立刻将白小纯笼罩在内，光芒夺目，层层叠叠，竟出现了重叠之影，排山倒海般，化作一层层封印，直接笼罩在白小纯身上。

就在他封印落下的刹那，旋涡中的轰鸣之声爆发，震动八方，旋涡内的吸力瞬间狂暴至极，直接将白小纯以及哭笑鬼脸，连同冰洞内的一切，吸入旋涡。

在他们被吸入的一瞬，旋涡崩溃，镜面碎裂，冰洞坍塌！

第 979 章

老夫要扒你皮!

通天北脉，某处冰原坍塌了一片，无数冰层碎裂，短短一天，就形成了一个巨大的冰窟。

放眼看去，好似一个巨人一拳轰在冰川上，形成触目惊心的伤痕，甚至影响到了四周的区域。九天云雷宗也格外重视，不单云雷子等人到来，北脉半神也亲自降临。

可无论他们怎么搜，也没有在这里找到线索，似乎所有的一切，都被吸走了。

“多事之秋。”最终，北脉半神摇头轻叹。若是换了其他时候，他或许还有心情找出这片冰原崩溃的原因，可如今，他已没有这样的心情。

抬头时，他看向通天岛的方向，半晌之后，将目光挪开，最终落在了蛮荒的方位，眼睛深处藏着一丝疲惫。

实际上，自从所谓的天尊收徒之后，他对天尊就有些不满，不然的话，也不会在看到杜凌菲时，说出“这里是北脉”的话。

可就算再不满，他也无法当着天尊的面表露出来。他明白，不满的绝不仅仅是自己，他更明白，按照天尊的性格，在蛮荒绝世之战失败后，骨舟离去，恐怕如今摆在他面前的……只有一条路。

“或许战争……就快要开始了。”北脉半神喃喃，叹了口气，转身离去。

随着北脉众人的消失，这片坍塌的冰原也慢慢平静下来，风雪重新覆盖，或许一些岁月之后，此地的一切都会被埋葬在冰雪中，就算是裂缝也会慢慢愈合。

而在冰原下方，无尽的深处，哪怕半神，甚至天尊也难以察觉的世界之宝的内部，却是另一片世界所在。

这件以整个北脉为身躯的法宝，内部至少有北脉的三成大小。

只有中间的区域，与北脉一样覆盖冰雪，而在东方，则是一片大海。这大海上方时刻都在降下暴雨，没有闪电雷霆，只有仿佛永远下不完的暴雨，使得海水越来越多……

东方有海，西方一样有海，那是一片滔天的火海，映照得小半个天空都成了赤色。火光扩散时，若站在一个至高的位置去看，可以看到，西方的火海与东方的雨海范围相差无几。

那里的大地、天空都在燃烧，火焰狂猛无比，连在一起，震天撼地！

奇异之处，不仅仅是东西之海，还有南北两侧的雷云与风谷！

南方区域中，大地干枯，使得大地干枯的，是无边无际的雷云。这些雷云里蕴藏着一道道闪电，骤然降临，远远看去，堪比雷宗黑雾，令人胆战心惊。

每一道闪电似乎都蕴含惊人之力，使得大地随时可能爆炸。

北方区域有一条条如龙脊般的山脉，这些山脉交错，形成了一个又一个山谷。这些山谷中，不知为何凝聚了狂暴之风，使得整个北方区域成了风谷。

风的呜咽声，让人灵魂颤抖，尤其是看到北方山脉光秃秃的景象后，会让人不由自主地想起风将一切撕碎的画面。

相比四方的惊人，中间区域的冰原温和了太多。此刻在冰原上，有一道身影正瑟瑟发抖，急速前行，一边挪移，一边四下打量，满脸紧张与不安，正是……白小纯。

“寒门老祖你骗我！”白小纯哭丧着脸，心里一跳一跳的。他是两天前被吸到这里的，好在进入时，虽与哭笑鬼脸一起，但进来后，与哭笑鬼脸不在同一个位置。

而他的神杀之法也在进入此地不久后消散，白小纯恢复了神智，他有心找个地方躲着，却觉得不安全，于是谨慎外出。两天过去后，他慢慢对这个世界有了一些了解，心情顿时就不好了。

“这里根本就没有什么积累了无数岁月的天地之力，寒门老祖，你撒谎！”白小纯心下悲愤，郁闷无比。他之前费尽心思帮助对方，甚至不惜与可怕的哭笑鬼脸一战，为的就是借助法宝内的天地之力修炼。

如今踏入法宝世界后，看到四周没有半点天地之力，白小纯又想到哭笑鬼脸也在这里，一旦与他相遇，自己将小命难保，他越发抓狂。

“寒门老祖，你别装死，给我出来！”白小纯越想越憋屈，尤其是此地奇异，竟让他无法挪移，白小纯不由得压着嗓子低吼起来。从他两天前被吸入这里，女婴的意识就再也没出现过，无论白小纯如何在心底呼唤，她都毫不理会。

这就让白小纯更加生气了，偏偏他又不敢大声咆哮，此刻就算是低吼，也只能用小半的力气。

“这件事情，我必须告诉守陵人，也要告诉我那弟子，对了，我还要告诉天尊！”白小纯气愤地念叨，却毫无办法，最终只能长吁短叹，在冰原区域谨慎前行。

他不想遇到哭笑鬼脸，可这冰原就这么大，前两天他没遇到已经算运气好了。现在是第三天，白小纯愁眉苦脸地小心前行，忽然，一股强烈的危机感，让白小纯全身一颤，内心哀号，转身就跑。

远处的苍穹上，一片浓郁的黑雾滚滚而来，黑雾内有一张巨大的哭笑鬼脸，正冷笑地看着白小纯，它似很早就察觉到了白小纯，只是白小纯修为不够，此刻才发现它。

“小兔崽子，你耽误了老夫的好事，不扒了你的皮做风筝，老夫不解恨啊！”哭笑鬼脸阴冷的声音传出，雾气翻滚，速度极快，刹那间追向白小纯。

“哭笑鬼脸前辈你听我解释，我也是被害者啊，那寒门老祖实在过分，我们可以联手啊！”白小纯吓得赶忙逃遁，同时高呼。可他声音刚传出，哭笑鬼脸就猛地张开口，一片黑雾刹那间就到了白小纯的头顶，化作一张森森大口，向着白小纯吞噬下来。

白小纯头皮都要炸开，来不及多想，修为蓦然爆发，正要全力抵抗，就在这时，忽然，他耳边传来寒门老祖急促的声音。

“放松心神，我来帮你逃走！”

白小纯一怔，立刻就感受到四周传来一股传送之力，笼罩全身。在哭笑鬼脸袭来的瞬间，一声轰鸣在白小纯四周爆发，光芒闪耀间，他一下就没了踪影。

再次出现时，人已在千里外，白小纯刚准备长出一口气，转眼间，传送之力再一次发动，轰的一声，他又一次消失。

在他消失的瞬间，虚无被撕开，哭笑鬼脸追来，眼看白小纯再次被传送走，哭笑鬼脸咆哮一声。

“想走?!”哭笑鬼脸遁入虚无，不断追击，渐渐地哭笑鬼脸越发狂暴，怒不可遏。他虽可以挪移，但是此地有很大阻力，始终没有追上白小纯。

“灭了那小兔崽子是其次，最重要的，还是夺取法宝的控制权！”眼看除非动用一些特殊的手段，否则短时间无法追上白小纯，这哭笑鬼脸也不再追击，而是身躯一晃，直奔苍穹而去，想要研究如何夺取这法宝！

第 980 章

都是骗子

白小纯记不清自己被传送了多少次，只觉得脑海轰的一声，好似五脏六腑都翻滚起来，这才停止了传送。

最终他出现在一个冰洞内，虽还是在冰原上，但具体是哪个方位，白小纯自己也不清楚。

若非他肉身强悍，又有不死血的恢复之力，换了其他人，此刻必定虚弱无比，而他只是有些头晕，几次呼吸后便恢复如常。

他在悲愤中，也升起了一丝希望。

“寒门老奶奶，我还以为你不要我了。”白小纯连忙高呼，他担心自己之前与哭笑鬼脸的话被寒门老祖听到，此刻赶紧表明态度。

“那老鬼的出现，使得我融合时出现了一些意外，短时间无法彻底融合，需要三五年才可……”寒门老祖的声音带着一丝疲惫，在白小纯的脑海里回荡。

“三五年？什么意思？”白小纯傻眼了，心中有种不祥之感。

“意思就是我彻底融合前，打不开离去之门，所以你要在这里住三五年！”寒门老祖淡淡开口，解释了一句。白小纯听到后，整个人都急了。

“你这不是坑我吗？这鬼地方又没有天地之力，还有那恐怖的老鬼，你让我在这里住上三五年？我要离开，现在就要出去！”白小纯也顾不得什么了，大声咆哮。

“谁说没有天地之力？东有雨海，西有火天，南有雷云，北有风谷，这四处区域之所以这般奇异，正是因天地之力的凝聚，你大可进去吸收，这对你来说，不是什么难事，更是大补！”寒门老祖依旧淡淡开口。

“至于那老鬼，我短时间内也没办法对抗，只能任由它留在这里，不过随着我不断融合法宝，可对它形成压制，使它的修为不断地被削弱！而你借助造化，修为可突飞猛进，只要你熬过前两年，你们之间的修为差距就可逆转过来。在我完全融合法宝，化作器灵后，为将法宝激活，我会沉睡一段时间。你放心，沉睡前，你若想离开，我会送你出去，而我最终激活此宝再崛起时，与你的约定依旧不变！”

白小纯听着寒门老祖的话，觉得思绪有些混乱，他赶紧摆手。

“你等等，我捋一下思路，你的意思是，你先需要个三五年去融合成为器灵，到了那个时候，你可以打开法宝之门，让我先行离开，而后你还要沉睡一段时间去激活法宝？”

“没错。”寒门老祖给了白小纯一个肯定的回应后，白小纯顿时有种要抓狂的感觉。

“来的时候你怎么不说啊，到了这里你才说！”

“我哪里能预料到，会有一个老鬼跟着你进入此地！总之事情就是这样，在我成为器灵前，无人可以离开，你好自为之吧。”寒门老祖冷哼一声，其意识更是离开了白小纯的脑海，消失无影。

“等等！”白小纯焦急地高呼，可这一次任凭他如何呼唤，寒门老祖也没有回应，到了最后，白小纯狠狠地抓了一把头发，悲愤之情强烈无比。

“骗子，都是骗子……都怪我太单纯。”一想到自己要在这里住上三五年，白小纯就有些绝望，如果没有那老鬼还好，三五年也不是很漫长。

可如今，白小纯非常担心，别说三五年了，自己的小命能保住三五个月，都算长的了。

愁了半晌，白小纯意识到自己已经无路可走，只能小心翼翼地走出冰洞，看看自己在哪个方位。

刚一走出，他就听到了远处传来阵阵天雷之音，看到了无尽的雷云以及干涸的大地，还有几乎连在一起的无数从天而降的闪电天雷。

“雷……”白小纯呼吸有些急促，又有些犹豫。他想到自己在九天云雷宗，吸收那些闪电修为提高了不少，同时也想到了最后自己达到饱和状态，无法继续吞噬，那无穷的闪电差点把自己劈死。

这就让白小纯有些纠结，正琢磨着要不要再尝试一下时，忽然，在他数十丈外的冰层上，钻出一缕黑雾。

这黑雾刚出现，就凝聚成了拳头大小的哭笑鬼脸，猛地看向白小纯。

白小纯眼睛睁大，尖叫一声急速冲出，向着远处逃遁。

“终于找到你了！”那哭笑鬼脸露出狰狞的笑容，声音在整个冰原回荡，放眼看去，冰原上赫然有上万道黑雾，从各个地方同时升起，化作上万个哭笑鬼脸，同时开口说出这句话。

上万个哭笑鬼脸一起升空，没过多久就凝聚在了一起，重新形成了那巨大的黑雾哭笑鬼脸。

“小兔崽子，都是你坏我好事，不扒了你的皮，我岂能甘心？”哭笑鬼脸怒吼，向着白小纯径直追去。哭笑鬼脸郁闷无比，它在白小纯逃走后，尝试争夺法宝的控制权，发现这法宝居然无法被控制，那比自己快一步的神魂，已经处于融合中。

以它的修为，也无法将其打断，除非毁灭法宝，可这种世界法宝，它就算在巅峰时期，想要毁灭也非易事，更不用说现在了。

它如今的想法是灭了白小纯，出口恶气后，再重新想办法。而白小纯虽

逃得无影无踪，但它还是施展秘法，将身体分散，化作万缕黑雾，扩散整个冰原，如此一来，找到白小纯并不困难。

“第一次有天尊突然出现，第二次我没工夫理你，第三次那该死的准器灵帮你传送……小子运气不错啊，我就不信，第四次你还能逃过。前方是连老夫都要顾忌的狂暴雷云，你还能逃到雷云里不成？”哭笑鬼脸这么一想，觉得白小纯有些难对付，可还是冷哼一声，看到白小纯逃向那片雷云，他没有迟疑，依然追去，张口就吐出大片雾气，形成黑爪，向着白小纯狠狠一抓！

白小纯内心震动，张口吐出一道乌光，龟纹锅出现在身后，阻挡那鬼爪之力。

轰的一声，白小纯喷出鲜血，身体被大力冲击着向前狂奔。此刻他的身体好似要崩溃，修为不稳，可不死血的恢复力惊人，正在急速恢复。

借助外力，白小纯的速度再次爆发，不死禁展开，拎着龟纹锅急速冲出。

“宝物？”哭笑鬼脸也被龟纹锅吓了一跳，愣了一下，眼睛亮了起来，顿时狂喜。

白小纯焦急到了极致，眼睛早就红了，之前那一击虽有龟纹锅抵抗，但他的伤势依旧极重，毕竟二人的战力差距不小。

眼看对方再次追来，摆在他面前的只有一个选择，那就是……进入前方的雷云区域！

只是那里面一道道闪电轰然砸落，看起来很是吓人，可红了眼的白小纯已别无选择。

“拼了！”白小纯大吼，直接踏入雷云区域。

在白小纯进去的刹那，一道闪电立刻被吸引而来。

第 981 章

我还有一口气

轰的一声，这闪电直接落在了白小纯的身上，白小纯感受到闪电之力顺着自己的头顶，直接炸开，闪电内蕴含的力量在体内爆开。他的体外都激起了大量的弧形电光，顺着身体扩散开来。

这一幕，让他身体颤抖，正要惨叫，可很快，他就眨了眨眼，目中有喜悦一闪而过。

“没事？能吸收！”白小纯激动起来，他感受到闪电轰入自己体内后，不但对自己没有造成伤害，反而推动修为进步了一些。这闪电内居然蕴含了当初雷狱闪电所不具备的生机之力，使得自己的不死血活跃了不少。

白小纯惊喜无比，他立刻就意识到，法宝世界的闪电明显高出九天云雷宗的雷电几个层次，如同高阶丹药一般，可以让自己再一次吸收，并借此修炼。

喜悦中的白小纯，在看到哭笑鬼脸后，没有犹豫，扯着嗓子惨叫起来，如同遭受了莫大的酷刑。哭笑鬼脸听到，不由得顿了一下。

“这闪电这么厉害？不过让他被雷劈死，有些便宜他了。”哭笑鬼脸看向四周的闪电，更加忌惮，也发现了在雷云内，哪怕是自己，也无法展开神识之力，于是它没有深入雷云，而是在边缘游走，一直留意白小纯，准备等白小纯被劈死后，冲上去捡宝贝。之前那龟纹锅，让他很是心动。

在他等待白小纯被劈死的过程中，白小纯急速前行，又有几道闪电被吸引过来，陆续轰在他的身上。每一道闪电的天地之力都让白小纯身心舒爽无比，可他还是在不断惨叫，一声比一声凄厉。

叫着叫着，白小纯发现哭笑鬼脸居然没追过来，于是有些鄙视哭笑鬼脸的胆小。

“这家伙怎么这么谨慎，不行，得下点猛料啊！”白小纯想到这里，速度慢下来，一边惨叫，一边艰难地前行，露出一副无法坚持太久的样子。

哭笑鬼脸顿时目光一闪，它极为留意白小纯，可依旧没有靠近，只是远远地观察。

白小纯眼看如此，索性一咬牙，继续演戏，惨叫越来越微弱，身体也越来越虚弱，速度都慢了许多。

“他快要被劈死了！”哭笑鬼脸嘴角露出冷笑，可很快，它就皱起眉头，快被劈死的白小纯，居然一步一挣扎地越走越远。

到了最后，哭笑鬼脸甚至有些狐疑，就在这时，走出了很远的白小纯，在连续被三道闪电击中后，全身颤抖，砰的一声倒了下来，身体不断抽搐。

眼看如此，哭笑鬼脸再没有迟疑，身体一晃，轰然间扩散雾气，直奔白小纯而去。可就在它冲来的瞬间，白小纯竟挣扎着从地上站了起来，回头时，眼中血丝弥漫，整个人像是疲惫到了极致，狠狠咬牙，嘶吼一声。

“来啊，我白小纯绝不屈服！”白小纯咆哮后，身体哆嗦，继续艰难前行。

“皮糙肉厚！”白小纯的那一眼，彻底打消了哭笑鬼脸的疑虑，他冷哼着，索性全速追向白小纯。

可随着它的加速，雷云内的闪电也被它吸引着，向它劈来，有几道轰在了它的身上。

哭笑鬼脸全身震动，强悍如它，在闪电下也神魂不稳，更让它骇然的是，闪电落在它的身上后，居然会让自己的生机消散一些。

“这闪电怎么这么诡异？”哭笑鬼脸心惊，生机的消散让它紧张起来，它如今如同无根之木，自己的生机虽多，但在这里无法补充，一旦损耗太多，影响将极大。

“不如回去，等此人死了之后，再进来收他的尸体！”想到这里，哭笑鬼脸准备后退。

可就在它要退后的瞬间，白小纯发出一声凄厉的嘶吼，好似回光返照一般，居然不再蹒跚，而是爆发了一下速度，向前冲出了数千丈。

这么一冲，顿时引来了更多的闪电，白小纯身体抽搐，似发出了生命中最后一声凄厉的惨叫，接着就栽倒在地，气若游丝，一动不动。

这一幕让哭笑鬼脸停顿了一下，可惜此地神识无法扩散，它凭着肉眼看了看后，速度骤然加快，向着白小纯冲去。四周的闪电落了下来，它硬生生挨了几下，距离白小纯只剩下不到千丈。

就在这时，地上的白小纯发出了一声闷闷的咆哮。

“我不甘心，我还有一口气！”仿佛这才是他生命最后的呐喊，在哭笑鬼脸的注视下，白小纯晃悠悠地站了起来，如同行尸走肉一般，努力向前挪动。

“你怎么还没死？”哭笑鬼脸怒了，它一直在自我限制，因为在雷云区域，速度越快，引来的雷电就越多！

眼下，它是真的烦躁了，身体一晃，就要跨越千丈击杀白小纯，但就在它要爆发的刹那，白小纯惨笑起来，声音中带着绝望，更有豁出去的疯狂。

“老鬼，我知道你看中了我那口天地道极九洲锅，可我就算是死，也要让你付出代价！”白小纯狂笑着，一拍胸口，口吐鲜血，似施展了某种秘法，燃烧最后一点生命，换来惊人的速度，轰的一声，向着前方闪电聚集的地方，疾驰而去。最终砰的一声，整个人摔倒在地，一同落在地上的，还有那口龟纹锅。

哭笑鬼脸内心纠结，他已经开始怀疑了，之前几次太巧了，眼下，他有些难以抉择。

“他若是故意引我过去，必然是想要在死前绝命一击，又或者是让我付出惨痛的代价。哼，是真是假，很好辨认，我何必现在就过去！”哭笑鬼脸没有追出，而是急速后退，不多时，在承受了一些闪电后，它终于退出了雷云区域，站在那里，遥望白小纯。

“你若真死了，此地奇异，尸体可以不腐，若你没死，我就不信，你在那里，承受闪电之力，能一直不动！”哭笑鬼脸冷笑，在外面等了一个月。

这一个月，哭笑鬼脸时刻关注白小纯，发现一个月内白小纯一动没动，它总算是放心了。

“那口宝锅，是我的了！”哭笑鬼脸目光贪婪，蓦然冲出，第二次踏入雷云区域，这一次它没有停顿，任由闪电劈在自己身上。

可忽然，一个声音让哭笑鬼脸脑海中嗡的一声，眼珠子都要鼓出来。

“我不能死，我还有一口气……”

第 982 章

无胆老鬼，进来一战！

白小纯的声音带着虚弱，回荡四周，他躺在那里一个月的身体，此刻也慢慢挣扎着站了起来。

实际上，他心中得意无比，这一个月，他虽躺着不动，但四周的闪电时而落下，使得他的修为精进了不少，生机无限。

若非是心底打定主意要算计一下哭笑鬼脸，他早就爬起来走人了。

此刻，随着他的话语传出，哭笑鬼脸怒吼起来，身体的雾气在这一刻因心情的不平静，变得狂暴无比。

“你耍我！”哭笑鬼脸实在无法理解白小纯为什么在这儿躺了一个月，居然还没死，整个人暴怒，甚至忘记了四周的闪电，直奔白小纯。

眼看哭笑鬼脸暴怒，白小纯刹那倒退。

“老鬼，要的就是你！”白小纯傲然开口，速度飞快，甚至比一个月前还要迅猛，四周的闪电轰在他的身上，对他没有丝毫影响，反倒使得他速度再次爆发。

“你、你……”看到白小纯居然毫发无损，尤其是那些闪电都对他无碍时，哭笑鬼脸内心震惊，来不及琢磨缘由，它就有了决断，不再追击白小纯，而是急速后退。

“该死，此人怎么这么邪门?!”哭笑鬼脸内心懊悔，恨意更强，却知道不能在雷云内与白小纯交手，否则的话，哪怕自己拥有半神之力，也会遭遇危机。

毕竟它之前与白小纯交手了几次，知道对方虽是天人，但若想要将其击杀，也需自己全力以赴。

“老鬼休走，来来来，我们大战三天三夜！”白小纯并没有靠近，眉心的通天法眼蓦然睁开，紫光骤然而出，直接笼罩哭笑鬼脸。

哭笑鬼脸身体一顿，立刻就有数十道闪电轰在它的身上。

强悍如它，此刻也在这数十道闪电的轰击下，发出凄厉的惨叫，内心的恨意滔天，狂吼着再次后退。白小纯岂能放过这个机会，哪怕他在通天法眼的反噬之下，已经喷出鲜血，可不死血运转，伤势立刻恢复，他强行睁开眉心的通天法眼。

瞬间，哭笑鬼脸的身体又是一顿，这一次上百道闪电齐齐轰来，哭笑鬼脸的惨叫惊天动地，嘶吼咆哮的声音，似能让天地色变。

“我要杀了你，一定要杀你，扒了你的皮，我还要吃了你的肉，吸干你的骨髓！”哭笑鬼脸全身颤抖，生机不断消散，雾气都稀薄了一些。狂吼中它不惜代价，身体直接化作万道黑雾，急速逃遁。

以这种神通，它总算化解了白小纯的通天法眼，上万缕黑雾也被闪电消灭了一些，可对他来说，只要能逃出雷云区域，就都值了！

“跑得挺快，哼！”白小纯有些不满，却无计可施，只能看着上万缕黑雾冲出雷云区域，在雷云的边缘，重新凝聚成哭笑鬼脸。

不过白小纯琢磨着，自己总算是首次占据了优势，于是站在雷云中，望着远处的哭笑鬼脸，全身战意滔天而起，学着守陵人当年面对天尊的模样，右手抬起一指，淡淡开口。

“老鬼，你敢不敢进来，与我白小纯进行一场绝世生死之战！”

雷云区域外的哭笑鬼脸，此刻都要气炸了，可前方的区域，对它来说就是雷池，它没有勇气再踏进去，里面的闪电，已经让它心惊了，就方才那么一会儿，它散去的生机之力，就达到了一成。

要知道，这可是它无数年来的积累，眼下肉痛不已。

“白小纯，你给我闭嘴，你敢不敢出来！”哭笑鬼脸也是怒意冲天，此刻才会与白小纯互骂。

“雷在人在！”白小纯袖子一甩，淡淡开口，这句话配合动作更显气势。

“你……”这句话差点把哭笑鬼脸给气疯了，它就没见过这么无耻的，险些忍不住冲进去。

可是，它还是忍住了，它耗不起，僵持了半晌，它咬牙切齿。

“白小纯，有本事你永远也别出来，只要你出来，老夫一定杀你！”说完，哭笑鬼脸带着怒意转身，它实在不想在这里与白小纯对峙了，它很担心这么下去，自己真的会一时冲动。

“无胆老鬼，有本事进来，我们大战一场！”白小纯眼看哭笑鬼脸走了，站在雷区里，小袖一甩，抬起下巴，摇头感慨，“我白小纯甩袖间，所在之地，半神老鬼也望风而逃。”

这番话语被哭笑鬼脸听到，那张鬼脸都拉长了，它一再提醒自己一定要忍住，于是加速离去。

就这样，二者以雷区为分界线，一个不敢进去，一个不敢出来。

白小纯没觉得这样不好，反倒觉得很舒坦，他在雷区向着深处疾驰，一路上所有闪电轰来，都被他直接吸收。

直至到了雷区的中心，看着四周密密麻麻数不清的闪电，白小纯激动地盘膝坐下，开始修炼。

“早晚有一天，我要那老鬼好看！”白小纯哼了一声，闭目修行。

随着时间的流逝，他的修为与日俱增，不死血也在一滴滴累积，不断向着

五成靠拢。

而哭笑鬼脸离开后，强行压下心头的憋屈，绞尽脑汁地琢磨争夺法宝的办法，可到了最后，它不得不长叹一声，将在法宝内部抢夺控制权这个念头彻底打消。

“木已成舟！唯一的办法，就是出去后从外部下手！”哭笑鬼脸目露精芒，开始寻找此地的出口。

时间流逝，很快过去了一年。

这一年，白小纯都在修炼，不是他喜欢修炼，而是不修炼的话，也无事可做，雷区就那么大，他又不敢出去，只能修炼。

而哭笑鬼脸在这一年越发狂暴起来，它发现法宝世界居然没有出口，它想了无数的办法，最终还是无法离开。

意识到自己被困在这里后，哭笑鬼脸的脾气暴躁无比，若仅仅如此也就罢了，它相信早晚有一天，自己能找出离开之法。

偏偏这一年，它的修为慢慢出现了被压制的情况，已经从之前的半神战力，被压制到了准半神的程度，这让哭笑鬼脸有些焦虑。它意识到，这是法宝器灵在针对自己，随着时间的流逝，它的修为只会越发被压制。

“怎么会这样?!”哭笑鬼脸怒吼，隐隐有些恐慌，它觉得自己自从遇到白小纯后，就有些倒霉。

此刻的哭笑鬼脸以及白小纯都不知道，被困在法宝世界的一年里，外界的通天大陆，在天尊的一声法令下，四脉源头宗门，中游宗门乃至下游宗门，都开始了紧张万分的备战！

在间隔了万年岁月后，与蛮荒又一次的旷世之战，就要展开！

而这一次，因边城的崩溃，加上如今生命禁区畅通无阻，可以想象，这将是一场灭绝之战！

第 983 章

不公平!

这场大战很早之前就应该进行了，当初的绝世之战，如果天尊胜利，那么接下来必定就是战争。

只是天尊失败了，随后他又在骨舟上再次失败，这接二连三的打击让天尊没了耐心，尤其是他亲眼看着张大胖等人离开这片世界后，他变得狂躁无比。

“守陵老鬼，我知道你后续还有其他计划，可本尊不想和你继续耗下去了！”天尊直接下了法旨!

覆灭蛮荒，覆灭守陵人，覆灭冥皇!

哪怕天崩地裂，哪怕世界崩溃，他也要成为真正的世界之主，从而完成他的夙愿，打开世界之门。

天尊的法旨，让整个通天大陆震动，所有宗门的修士不由自主地参与到这场备战之中。

只是，知道这场战争根由的人毕竟是少数，而与蛮荒无数年的摩擦，使得绝大多数修士将“宿仇”这两个字，烙印在了灵魂里。

在通天大陆全宗备战的同时，蛮荒之地，大天师也暂时放弃了继续压制魁皇，给了魁皇一定的权力，调动整个蛮荒无数部落的土著之力，更以四大天王组成四大军团，紧锣密鼓地应对接下来的战争。

十大天公，一百多天侯，无数炼魂家族，全部发动！

巨鬼王的军团内，红尘女作为军团长，穿着一身飒爽战甲的她，此刻正站在无数军队前方，目中带着煞气，看向通天大陆。

只是，她的目中深处，外人看不到的地方，藏着一丝思念。

这一刻，想到白小纯的，不只有红尘女，还有陈曼瑶，还有冥皇，还有周宏等了解白小纯身份的人。

实际上，自从边城崩塌后，很多人对于大战就已经有了预感。

如今，战争，正在临近！

一时之间，无论是蛮荒还是通天大陆，风起云涌。

似乎整个世界唯一还算安宁的，就是如今白小纯所在的北脉法宝内的那片天地了，不过这白小纯修炼的圣地，对于哭笑鬼脸而言，跟地狱也差不多了。

无论是法宝本身的压制，还是找不到出口的绝望，都让哭笑鬼脸无比抓狂，尤其是当它注意到白小纯所在的雷区雷霆慢慢地减少，白小纯的气息掩盖不住地扩散出来。

那气息远远超过之前，已经无限接近天人中期巅峰，察觉这一切后，哭笑鬼脸只觉得脑海嗡鸣，心中更加憋屈。

“为什么会这样！这家伙可以吸收这里的天地之力，可我吸收不了！该死！”哭笑鬼脸仰天咆哮，觉得自己要疯了，尤其是想到自己每天都在变虚弱，而对方每天都在增强，怕是用不了多久，自己就打不过白小纯了。

“不公平！”

哭笑鬼脸身体哆嗦了一下，绝望之意更强，疯狂地寻找出口。这一刻，它忽然想到了天尊，之前不理解天尊为何非要出去，如今隐隐地，它有了和天尊一样的想法。

“我要出去！”哭笑鬼脸都要哭了，在这片世界中不断地寻找。

而此刻的白小纯，正全力提高自己的修为。这片雷区不断缩小，里面的闪电雷霆也慢慢减少，天地之力逐渐融入白小纯的体内。

若是换了其他时候，白小纯很难这么用心地修炼，可如今在法宝世界里，旁边还有哭笑鬼脸这个巨大的威胁，白小纯也着急，不努力不行啊！

“那哭笑鬼脸太可怕了！”白小纯唉声叹气，在巨大的压力下，他也拼了，拿出了当年在灵溪宗研究草木的劲头，渐渐地，云雷人祖变从之前的第五变突破到了第六变！

没有结束，随后是第七变，与此同时，白小纯的修为也不断爆发，最终到达天人中期巅峰！

在此过程中，他的气息越发强悍，使得法宝世界风云四散。

“现在的我已经很强了，等我突破到天人后期，应该就可以去跟那个哭笑鬼脸斗一斗了！”感受着自己修为的变化，白小纯心情激动无比，继续吸收此地的闪电。

至于哭笑鬼脸，此刻越发忧心忡忡，那种自己无时无刻不在虚弱，而敌人却时刻在强大的感觉，让它的心情恶劣到了极致。

而更让白小纯激动的是，闪电除了蕴含天地之力外，还蕴含了无穷的生机之力。

这生机对于不死血有莫大的好处，在白小纯修为攀升到天人中期巅峰时，他的不死血也取得了突破，从之前的四成，扩散到了全身血液的五成！

这种突破让白小纯双眼冒光，内心激昂不已。

可他还没兴奋多久，闪电就越来越少，后来，一声轰鸣，偌大的雷区，瞬间消失了。

白小纯睁开眼，看着空旷的四周，愣了一下，与此同时，雷区外的哭笑鬼脸，也被那一声轰鸣吸引，看到雷区消失后，它也怔了一下。

哭笑鬼脸狂喜，瞬间冲出，激动的笑声在天地间回荡。

“白小纯，这一次你死定了！”

白小纯全身一哆嗦，整个人如被针扎似的跳了起来，急速倒退。

“该死，这雷区怎么这么不经吸啊，我才吸了多久，居然被吸空了！”白小纯内心不忿，心脏狂跳，眼看哭笑鬼脸从远处呼啸而来，他觉得头皮一炸，全力加速，施展不死禁，轰的一声，消失在原地，出现时，已到了远处，玩命狂奔。

他的身后，哭笑鬼脸此刻也发狂了。它看出来了，这或许是它最后一次机会。若是这一次还杀不了白小纯，那么随着自己的修为不断跌落，怕是下一次看到白小纯时，自己就不是他的对手了。

一想到那可怕的一幕，哭笑鬼脸心都颤了几下，眼睛赤红一片，口中发出咆哮，再次加速。

“白小纯！”哭笑鬼脸横渡雷区，赫然出现在白小纯身后百丈处。它全身黑雾扩散，勉强凝聚出半神之力，向着四周散开，形成镇压之力，就要一举将白小纯彻底碾压。

白小纯心头震动，天人中期巅峰的修为轰然爆发，配合全身五成的不死血之力，他再次加速，轰的一声，擦着边，堪堪避开哭笑鬼脸的攻击。

轰的一声，白小纯喷出鲜血，实际上他的伤势，几个呼吸间就恢复了大半，速度不但没有减慢，反而借助哭笑鬼脸之力更快起来。

刹那间，他就化作一道长虹，出现在百里开外。哭笑鬼脸咆哮，一次又一次地出手，一道道黑雾凝聚成球，不断砸落，可每一次都被白小纯瞬间避开，渐渐地，哭笑鬼脸也郁闷起来，心底都要崩溃了。

“该死，该死，这家伙属什么的啊，跑得也太快了吧!!”

第 984 章

抓狂的老鬼

玩命逃遁的白小纯，来不及思索到底是自己速度快，还是对方速度慢了，他脑海里只有一个念头，那就是用最快的速度逃走。

嗖嗖之声回荡，破空之音持续传出，白小纯速度飞快，到了最后只剩下残影，似乎天空中有一连串的他，根本就看不清其本体。

哭笑鬼脸越追越抓狂，可还是只能眼睁睁地看着白小纯逐渐接近前方的风谷！

“不！”

哭笑鬼脸悲呼一声，再次爆发，一个个雾球蓦然爆开，变成一道道黑色的箭矢，以更快的速度，向着白小纯追去！

数量之多，铺天盖地，根本就数不清，白小纯只是看了一眼，就心中一颤，惨叫起来。

白小纯都要哭了，大部分神通都用上了，云雷人祖变加强自身防护，身体不断膨胀，每一次迈步，都是近千丈！

终于，在那数不清的黑色箭矢追上来时，白小纯一头冲入风谷，在他踏进去的瞬间，轰鸣之声惊天动地，黑色箭矢直接炸开，形成的冲击力作用在白小纯身上。

白小纯狂喷鲜血，却头也不回，再次疾驰。狂风刚一碰触白小纯，就自行碎裂，化作天地之力，顺着白小纯的毛孔钻进体内。

可白小纯没心情理会这些，他一口气冲入风谷深处，回头看不到哭笑鬼脸的身影后，才喘着粗气停了下来。再三确定之后，发现哭笑鬼脸的确没有追进风谷，白小纯这才松了口长气。

“老鬼，想要杀你家白爷爷，做梦！”

白小纯这才去查看四周，注意到了狂风吹在自己身上后，便会化作天地之力钻入体内，不由得精神一振。

“哼，君子报仇十年不晚，我白小纯是君子，等我修为突破后，我一定打得你满地找牙！”白小纯狠狠咬牙，回想之前的一幕幕，心悸的同时，也慢慢有些诧异。

“说起来，这老鬼似乎弱了，居然没追上我。”白小纯挠了挠头，想起女婴说的，随着她不断融合世界之宝，她会使得此地形成专门针对哭笑鬼脸的压制之力。

“一方面是我修为提高了，速度自然快，另一方面是它被压制了！”白小纯想到这里，顿时兴奋起来，好似看到了希望一般，双目冒光。

“女婴不醒，此地就没有出口，老鬼被困在这里，逐渐变得虚弱，而我却能时刻提升！”白小纯越想越激动，到了最后，他看向远处，张开口，发出一声狂吼。

“老鬼，你给我等着，等我突破后，不把你打得鬼母都认不出来，我就不叫白小纯！”

这句话蕴含了白小纯的修为之力，从风谷内传出，回荡四方，也落入了面色铁青、怒意滔天的哭笑鬼脸耳中。

“白小纯！”

哭笑鬼脸咆哮一声，那种憋屈的感觉，让它觉得要疯了。它之前追着白小

纯到这里，亲眼看到那些狂风碰触白小纯后，如同见到了祖宗一般，乖巧无比地钻入白小纯体内。

它不死心，也尝试踏入，却被那些狂风疯狂攻击，又丢了一些生机，不得不倒退回来，只能看着白小纯如火烧尾巴的耗子般，眨眼间不见踪影，去了风谷深处。一股深深的无力感，让它觉得天地对自己充满了恶意。

它明白，这么下去自己就真的完了。一想到白小纯未来在风谷内突破的一幕幕，这哭笑鬼脸只觉得天都黑了。

“以这家伙的性格，一旦突破……”

哭笑鬼脸内心颤抖，再一次后悔，千不该，万不该，不该随着白小纯一起进入法宝世界。

“这白小纯，怎么如此难缠？”哭笑鬼脸忍不住在心底咆哮，蓦然转身，眼睛赤红地寻找出口。

这一刻的哭笑鬼脸，如果能遇到星空道极宗或者是九天云雷宗的弟子，彼此谈一谈，对方说不定会告诉他，白小纯最恐怖的不是难缠，而是无穷无尽的祸害之力！

毕竟，那是两大源头宗门认证过的恐怖能力。只要给其足够的资源，白小纯一定能把整个世界都玩崩。

哭笑鬼脸长叹一声，内心憋屈。时间流逝，很快又过去了半年。

这半年中，法宝世界之外的通天大陆，经过备战，那场天尊发起的战争，终于打响！

通天大陆以四大源头宗门以及各脉中游、下游区域的势力组成四大军团，从四个方向直接杀入蛮荒！

而蛮荒也立刻反击，四大天王组成的大军，分别对应四大源头宗门，战争……开始了！

这一切，白小纯不知道，哭笑鬼脸也不知道，如果白小纯知道的话，他一

定焦急无比，根本就没心情修炼，而如果哭笑鬼脸知道的话，也必然更加后悔追着白小纯进入这个地方。

如果是在外界，凭着哭笑鬼脸的修为，在这场战争中，它必定可以得到不少好处，快速恢复巅峰之力，甚至能左右这场战争，获得最大的利益。

而现在，哭笑鬼脸躲在法宝世界的一座秃山内，呼吸急促，它已经不仅仅是憋屈了，更多的是恐惧。因为它的修为在这半年里，不断被压制，如今已经跌破了半神，变成了天人大圆满!

这对它来说，就是噩梦，好多次它都不敢相信，修为跌落后的虚弱感，让它两三个月都不敢外出。

它怕啊！之前的它，恨不能冲入风谷，或者直接遇到白小纯，将其斩杀。可现在的它，有些发怵，尤其是它有一次远远地在风谷外感受到了白小纯的气息，发现白小纯正在不断地冲击天人后期。

“该死，该死，该死！”

哭笑鬼脸悲愤不已，它知道白小纯很强，之前天人中期，就能避开自己的追杀，如今自己跌落到了天人大圆满，一旦对方突破成功，那后果……它每次想起，都觉得抓狂。

“为什么会这样?!”

哭笑鬼脸狠狠地抓着自己的雾气头发，胆战心惊中，忍不住又去关注风谷内白小纯的气息。

又过去了几个月，当它的修为再次跌落，到了天人后期时，它感受到风谷内的白小纯的气息在这一瞬滔天而起。

“失败！”

“失败!!”

“我诅咒你失败啊!!”哭笑鬼脸十分紧张，不断地诅咒。

在它的诅咒下，风谷内白小纯的气息不但没有减弱，反而越来越强，到最

后，直接突破了天人中期巅峰，踏入天人后期。哭笑鬼脸惨叫一声，绝望了。

与此同时，一声得意的低吼从风谷内蓦然传出：“老鬼，你家白爷爷要来找你了！”

第 985 章

暴打老鬼……

这声音回荡，传入哭笑鬼脸耳中时，哭笑鬼脸哆嗦了一下，刹那间化作无数黑雾，向着四周急速扩散。

可等了半晌，也不见白小纯从风谷出来，哭笑鬼脸愣了一下，面色更为难看，咬牙切齿地在心底咒骂。

白小纯在风谷中吼了一嗓子后，美滋滋地感受着自己修为突破带来的愉悦感，激动无比。

“天人后期啊！我白小纯，终于进入天人后期了！”白小纯处于激动中，忍不住又抬头，大吼一声，“老鬼，这一次你家白爷爷真的要出来找你了！”

外面的哭笑鬼脸身体不由得又是一哆嗦，脸都黑了，好在它本就是黑雾形成的哭笑鬼脸，此刻就算是黑了，也看不出来。

吼完后，白小纯深吸一口气，云雷人祖变修炼到了第八变，也正是在第八变的推动之下，他的修为才突破。

“我如今施展第八变，相当于是十一变啊！”白小纯双眼冒光，只觉得这一刻的自己，离天下无敌也差不了太多。

“还有不死血……”白小纯舔了舔嘴唇，仔细观察自己的不死血。这半年来，他提升的不仅仅是修为还有不死血。风谷中存在的天地之力，同样蕴含惊人的生机，使得白小纯的不死血，从之前的五成提升到了六成！

六成血液都是不死血，白小纯的恢复之力达到了惊人的程度，他感觉自己好像有无穷之力。尤其是浓郁的生机，让他有了一种错觉，似乎天地灭，自己都不会灭。

“前所未有地强啊！”白小纯将全身检查一遍后，信心满满。

“半神以下，谁是我的对手！”白小纯忍不住又向外面大吼了一声，“老鬼，这一次我真的过来了啊！”

喊完后，白小纯等了一会儿，目光一闪。

“那老鬼居然没回话？看来它修为真的跌落得不轻啊！”这段时间，白小纯虽在冲击天人后期，但对于外界的关注没有减少。

他也感受到了哭笑鬼脸在法宝世界的压制下，修为跌落，此刻试探后，他内心已经有八九成的把握。

白小纯蓦然冲出，几步之下，横跨风谷区域，出现在外界。

风谷已然缩小了很多，白小纯此时好似风谷的化身，风暴在白小纯四周爆发，连接天地。

白小纯站在风谷的边缘，看似傲然，实际上心中也有些谨慎，做好了准备，稍有不妙就立刻倒退。他眨着眼，等了半晌，发现那哭笑鬼脸还是没出现。

这就让白小纯眼睛更亮了，神识在这一刻猛然散开，四方天地扭曲。天人后期的神识之力在这一刹那向着四周不断蔓延，整个法宝世界都在白小纯心中浮现。

神识爆发，白小纯立刻感受到了哭笑鬼脸正急速远去。

如今的哭笑鬼脸，被白小纯的神识锁定，白小纯立刻看出对方的修为已经跌落到了天人后期。

白小纯长笑一声，只觉得来到法宝世界后积累的郁闷，就要宣泄出去，更

有一种无法形容的畅快。他大吼一声，直奔神识锁定之处，追击而去。

速度之快，刹那间穿梭虚无，那哭笑鬼脸也全身一颤，速度一下子爆发，向着远处疾驰，眼看哭笑鬼脸逃走，白小纯仰天大笑。

“老鬼，你和你家白爷爷比速度？”

白小纯天人后期修为全面爆发，不死禁、撼山撞全部施展，轰的一声，他好似挪移般，几个闪动就出现在哭笑鬼脸的身后。

哭笑鬼脸面色难看到了极致，更有一股怒意在心头不断地翻滚，它的尊严不允许它逃走，此刻猛地咆哮一声，蓦然转身，化作大片黑雾，形成一张森森大口，向着白小纯一口吞噬而来。

哭笑鬼脸突然爆发，吓了白小纯一跳，他快速后退，双手掐诀向前一挥，一股寒气散出，朝着森森大口而去。

双方刹那碰触，轰的一声，看起来很惊人的森森大口直接崩溃开来，化作无数黑雾四散，白小纯的寒气直接冲向哭笑鬼脸。

哭笑鬼脸面色变化，内心悲哀，急速后退，内心憋屈，却只能选择逃走。白小纯眼睛彻底亮了，大笑中追上去，右手抬起，直接一拳轰出。

轰鸣中，八方震动，哭笑鬼脸全身狂颤，雾气都乱了起来，急速退后，口中发出厉啸。

“白小纯，你别太过分了！”

“老鬼，敢不敢与你家白爷爷一战？”白小纯眼看如此，更有信心，直接施展云雷人祖变。轰鸣间，云雷人祖第八变那八十丈的身躯，蓦然幻化出来，狂暴的气势在他身上爆发。

尤其是左目内的月痕，闪耀几下便使得白小纯的战力攀升到了极致，不是半神，却无限接近半神。此刻一步之下，他直接到了哭笑鬼脸面前，右手抬起一挥。

轰的一声，任凭哭笑鬼脸如何抵抗，也于事无补。哪怕它心中已有准备，

可依旧承受不住，被白小纯一拳打得溃散开来。

哭笑鬼脸化作无数黑气，在远处重新凝聚。哭笑鬼脸疯狂了，这种感觉，是它这一辈子也没体验过的。当年鬼母依靠太古，才将它擒住，且对它很客气，如今，这个白小纯却对它苦苦相逼。

“白小纯，你别逼我！”

“我不逼你，我打你！”一拳轰出，白小纯只觉得心头的郁闷散去了不少，取而代之的是一股强烈的愉悦，他在得意中大吼，再次迈步而去。

轰鸣之声顿时爆发。

“让你在外面追杀我！”一拳轰出！

那哭笑鬼脸无处可躲，身体再次崩溃。

“让你追着我进入法宝世界！”白小纯轰出第二拳！

“让你进来后，又要追杀我！”

“我都跑到雷区了，你还要追杀！”

“雷区散了，你还要追杀！”

白小纯一连轰出了五拳，每一拳都让哭笑鬼脸崩溃，在对方重新凝聚后，白小纯又一拳打出！

“白小纯，我要杀了你！”

哭笑鬼脸觉得自己彻底疯狂了，眼睛赤红，向着白小纯猛地扑来。

可还没等他靠近，白小纯一脚踢了过去，轰的一下，直接将哭笑鬼脸的身体踹散。

“吹牛的本事不小，还要杀我！”白小纯眼睛一瞪，等哭笑鬼脸重新凝聚后，又狠狠一撞，将其撞散。

到了最后，白小纯直接一把抓住哭笑鬼脸的雾气头发，向着地面狠狠一砸，甚至都不用神通，凭着自己强悍的肉身，对哭笑鬼脸出手。

惨叫之声不断在法宝世界中回荡，凄厉无比。不知过去了多久，哭笑鬼脸的身体再一次崩溃，四散的雾气没有重新凝聚，而是向着四周急速扩散，甚至不惜燃烧生机，换来更快的速度，继续逃遁。

“想跑？我不打得你喊爷爷，我就不叫白小纯！”白小纯内心激昂，一朝翻身的感觉真好，他抬起下巴，傲然开口，直接追了上去。

第 986 章

死了?

轰鸣之声在法宝世界内不断回荡。

“白小纯！老夫如果能离开这里，一定杀你全族，将你剥皮制成天灯！”哭笑鬼脸怒吼，它也知道这么喊没什么用处，甚至还会使得白小纯更拼命地追杀，可偏偏心中压抑到了极致，若不这么吼几声，它觉得不用等白小纯出手，自己就已经爆炸了。

“脾气不小啊！”

白小纯一瞪眼，加速追击，刹那间，巨响再次回荡，哭笑鬼脸不断地崩溃，又不断地四散，到了最后，眼看无法逃走，哭笑鬼脸不惜燃烧神魂，换来某种秘法，砰的一声，刹那间融入虚无，消失无影。

白小纯轻咦一声，神识蓦然散开，可横扫了整个法宝世界，居然都没找到哭笑鬼脸的踪迹。

“这老鬼来自天外，哪怕只剩魂体，也能与天尊一战，必然有些奇异的手段……”

白小纯若有所思，倒也没什么不甘，他相信对方虽能一时藏起来，但一定无法长时间躲藏起来，且不可能离开这片世界。既然这样，那么早晚还是会被自己找到。

“也罢，今天就先放它一马，等哪天我烦闷了，再来收拾这老鬼，敢和我斗？我白小纯发起火来，自己都害怕！”白小纯哼了一声，之前打了哭笑鬼脸一顿，他心情愉悦，全身舒爽了不少，此刻没再理会哭笑鬼脸，飞向风谷，继续修炼。

与此同时，在法宝世界的某处山峰下，哭笑鬼脸的身影慢慢显露出来，有些模糊，仿佛在它的身上披着一层能与世界隔离的薄膜。

这层薄膜是它秘法的根本，也是阻挡白小纯神识的重点。只是此刻的它十分虚弱，就连目中的神采也暗淡了不少，显然施展这种秘法，对如今的它来说，代价不小。

“白小纯！”哭笑鬼脸咬牙切齿的同时，心中浮现出无尽悲哀，走投无路，就连拼命也拼不过，它有种想哭的冲动。

时间再次流逝，很快过去了一个月，这一个月对于哭笑鬼脸而言，每天都心惊肉跳，生怕白小纯什么时候又出现在自己面前，很是煎熬。

对白小纯而言，则幸福无比。在风谷内修炼，他的天人后期修为彻底巩固，只不过风谷内的狂风也慢慢减少了，直至最后，整个风谷没有了一丝一毫的风。

有了之前面对雷区消失的经验，白小纯抬起头，目中带着期待，看向雨区所在的方向。

“说不定……我真的能在这里修炼到半神？”白小纯一想到这里，内心就激动无比，一晃之下直奔雨区。

时间不长，他就来到了雨幕之地，没有停顿，直接踏入。

雨水落在他身上时，他感受到了天地之力与生机。他哈哈大笑，快步走到雨区深处，盘膝坐在水面上，再次疯狂吸收四周的天地之力。

随着白小纯开始修炼，法宝世界安静了不少。数月过去，哭笑鬼脸心情更加苦涩，这段时间白小纯没外出追杀它，它的修为又一次跌落了，不再是天人后期，而是被压制到了天人中期。这让它比之前更加恐惧了，根本就不敢外出，每时每刻都小心翼翼。哪怕它不想承认，可它还是忍不住祈祷白小纯最好沉浸在修炼中，把自己忘了才好，同时，也在心头恶毒地诅咒起来。

“我诅咒他爆体而死！我诅咒他修炼走火入魔，形神俱灭！我堂堂准太古……如白小纯那样的爬虫，我一指就能戳死一群，欺人太甚，此仇，一定要报！”

哭笑鬼脸抬头看着天空，不断回忆自己曾经的辉煌，似乎只有依靠这些，它才有继续支撑下去的勇气。

也不知是不是哭笑鬼脸的诅咒与誓言太犀利了，在它不间断地诅咒了一段时间后，这一天中午，白小纯在吸收雨区的天地之力时，忽然睁开了双眼。

他觉得有些不大舒服，感受到在雨区外，有一股恶念存在，不需要细想，他就知道一定是哭笑鬼脸。

“那老鬼一定是在诅咒我！”白小纯眼睛一瞪，抬头看了看远处，身体一晃，无声无息地离开了雨区。他没有散开神识，而是凭着直觉感受那股恶念所在的方向，急速地找了过去。

此刻的哭笑鬼脸，藏身在一处隐秘的区域里，依旧咬牙切齿，可忽然，它就神色一变，身体猛地向后疾驰。

可就在它退后的刹那，一声轰鸣在它之前的位置上蓦然传出。滔天之声回荡，冲击四散时，这哭笑鬼脸发出凄厉的嘶吼，没有迟疑，身体砰的一声，直接化作无数黑雾，四散逃遁。

与此同时，白小纯的身影从虚无内一步走出。

“果然是你这老鬼在诅咒我！”白小纯怒了，不死禁下速度极快，右手更是抬起，猛地握拳，向着远处直接一拳落下。

这一拳并非轰击老鬼，而是形成了一个黑洞，散出惊人的吸力，使得四散的哭笑鬼脸黑雾顿了一下。

虽只是一顿，但对白小纯而言足够了，他一步走出，大袖一甩，天人后期之力爆发，形成风暴，横扫八方。

轰鸣间，大量的黑雾直接崩溃，余下的那些雾气在远处急速凝聚，重新化作哭笑鬼脸，它头也不回地急速逃遁，再次施展那种代价极大的秘法，身体砰的一声，直接消失。

眼看哭笑鬼脸又逃了，白小纯也有些不耐烦，索性没有回雨区，而是在法宝世界内不断地寻找。数日后，当秘法失效，哭笑鬼脸的气息再次被白小纯感受到，哭笑鬼脸惨叫着，不得不又一次展开秘法。

就这样，一人一鬼，在法宝世界里不断地追杀，直至过去了一个多月，哭笑鬼脸觉得自己真的要崩溃了，它很清楚这么下去，不用白小纯出手，自己就会神魂灭亡。

“他这是不杀我，绝不罢休。”哭笑鬼脸心如死灰，在秘法又一次失效，被白小纯找到后，它目中赤红，全身燃烧，好似要拼死一战，带着决然的咆哮，带着豁出去的疯狂，原本只有头颅的它，居然浮现出了身躯、四肢，最终化作一尊黑色的雕像！

这雕像漆黑无比，不是虚幻而是实质，气息也在这一刻暴增，如同战神，直接向着白小纯撞击而去。

“老夫堂堂准太古，活了太久，这么被你折磨，活也无用！你就算以卑鄙的手段将我镇压，那又如何？既然不能继续生，就算是死，老夫也要死得有尊严。白小纯，你想让老夫死，那就来吧！”

哭笑鬼脸苦笑，誓死之意爆发，无论是气势还是给人的感觉，都仿佛要与白小纯同归于尽。白小纯目光一闪，在哭笑鬼脸来临的刹那，他右手猛地握住，不灭帝拳打出。

白小纯身后帝影幻化，哭笑鬼脸形成的黑色雕像直接崩溃爆开，一股死亡的气息扩散四方。

此刻黑色雕像没有半点生机，就像死了一样！

而其死亡时的反噬之力极大，竟让此刻的白小纯全身震动，倒退百丈。他看着远处地面上四分五裂的黑色雕像，目露狐疑。

“死了？”

第 987 章

战争升级

“不会这么简单吧，就这么死了？”白小纯走到破碎的雕像面前，仔细地看了看，只感受到了浓郁的死气。

他神识散开，也没有在上面找出丝毫生机，哪怕他拿起几块石块观察，也是如此，一切都表明，哭笑鬼脸真的灭亡了。

毕竟这哭笑鬼脸被压制到了天人中期，如今的白小纯修为在天人后期，击杀一个天人中期的对手，的确颇为简单。

唯独让白小纯有些迟疑的是，这哭笑鬼脸在被压制前，可是能与天尊一斗的存在。

“也太不抗打了，还准太古呢！”白小纯撇了撇嘴，有心离去，可心中的疑惑依旧在，最后站在那里想了想，神识再次散开，横扫整个世界，依旧一无所获后，这才离去。

他心底还是有些不信，不过对于此事，白小纯也没太在意，毕竟法宝世界是封闭的，对方只有三种可能，要么就是真的死了，要么就是暗中又逃走了，而最后一个可能，就是装死。

至于那些碎片，白小纯也没打算带走，对方若真的死了也就罢了，一旦没死，雕像碎片本身便存在诡异之处。白小纯觉得，就算是被扔在这里，也没有其他人来捡走，既然如此，当然是将碎片留在原地方便日后观察，确定没问题后再拿走比较稳妥。

很快，又过去了一个月，在雨区修炼的白小纯，隔三差五外出一次，来到雕像碎片所在之地查看。

那些碎片一动不动，慢慢归于平凡，而白小纯的神识多次横扫整个世界，也没有察觉到哭笑鬼脸的气息。

“不会吧，真死了？我还没玩够啊！”白小纯内心动摇起来，又等了一个多月后，始终没有感受到哭笑鬼脸的气息，白小纯目光一闪。

“第二个可能已经可以排除了，那么现在，他要么就是真死，要么就是装死……那就试试吧。”白小纯摸着下巴，右手抬起一挥，顿时将那些碎片卷在了一起。

“老鬼，我可告诉你啊，在我面前装死是没用的，你要是真的装死，你一定会后悔的。”白小纯威胁了几句，可那些碎片依旧如常，他哼了一声，卷着碎片，直奔雨区。

经过白小纯的吸收，雨区的雨水也小了很多，不再是暴雨，而是淅淅沥沥的小雨。一路上白小纯没有停顿，拿着雕像碎片就进入了雨区深处。

白小纯任由那些雨水洒落在碎片上，甚至觉得还不稳妥，直接将那些碎片扔在了一处洼地，四周的雨水洒落在上面，慢慢将其淹没。

白小纯目不转睛，盯着那些碎片，这是他想到的试探的办法，毕竟当初在雷区，白小纯亲眼看到那些闪电对老鬼的伤害极大。

还有风谷内的狂风，也有这种效果，如此想来，雨区的雨水，应该也有一样的效果。

被雨水淹没后，这些碎片开始还如之前般一动不动，可渐渐地，竟有一丝丝生机之力从这些碎片上散出，与此同时，这些碎片抖动起来，一眨眼，惨叫之声传出。

“白小纯，老夫和你没完！”

“老鬼，你果然装死！”白小纯眼睛一亮。

那些被浸泡在雨水中的碎片瞬间模糊，紧接着消失无影。

“在你家白爷爷面前装死是没用的！”白小纯哈哈一笑，神识已然散开，立刻就感受到了哭笑鬼脸的气息，蓦然追去。

此刻，雨区外，雕像碎片凭空出现，瞬间化作黑雾，哭笑鬼脸显露出来。只是此刻的它，比之前虚弱了太多，目中带着恐惧，内心的怒火滔天而起，却偏偏无法宣泄。

它的确是装死，之前判断出白小纯不依不饶后，它唯一能想到的就是这个办法，为了逼真一些，它真的让自己死亡了。而它毕竟是魂体，修行的又是鬼法，所以看似假死，实际上与真死没什么区别。

如果没有意外，不管白小纯如何处置那些碎片，又或者用其他的办法让碎片化作飞灰，半甲子后，哭笑鬼脸依旧会在原地苏醒。

可偏偏它遇到的是不信邪的白小纯，居然把它直接扔到了雨区，在天地之力的侵蚀下，它的假死状态瞬间被识破，本源生机消散的痛苦刺激到了它。

它不敢继续装死下去，不然的话，它有种强烈的预感，自己怕是真的会被吸走全部生机，死在这里。

所以它只能再次施展秘法，逃出雨区，只是那秘法每施展一次，对它的伤害都不小，如今它已疲惫到了极致。

“天啊，我到底做错了什么，居然会让我遇到杀千刀的白小纯！”哭笑鬼脸悲呼，感受到了白小纯的气息正在靠近，它全身一抖，再次展开秘法，又一次逃走。

在它消失的瞬间，白小纯追来，看了看四周，干咳一声，大喊起来。

“小鬼，赶紧藏好啊，我来抓你了啊！”说着，他就再次消失，循着感觉，追击而去。

时间流逝，很快过去了数月。白小纯的快乐完全建立在哭笑鬼脸的痛苦之上。

他每天都在修炼累了之后，外出横扫一圈，找到哭笑鬼脸，暴打一顿，然后逼着哭笑鬼脸不得不施展秘法逃走。要是心情好了，他就只追击几次，让哭笑鬼脸施展几次秘法。

可如果白小纯心情不好了，他就不断出手追击，直至把哭笑鬼脸的魂体抓住后，扔到雨区。哭笑鬼脸的惨叫，每天都在传出。

这种日子又持续了数月，哭笑鬼脸求死不能，修为也加速跌落，被压制到了天人初期。

而白小纯的修为不断攀升，无限地接近后期巅峰，距离大圆满不远。他的不死血即将达到七成。

好在数月后，或许是白小纯玩腻了，又或者是他修炼到了关键时刻，他外出的时间慢慢减少，哭笑鬼脸激动之下，想要流泪。

与此同时，法宝世界外，通天大陆上，四大源头宗门与蛮荒的战争，也到了白热化的程度。四脉宗门，无论是源头、中游还是下游，都出动了近五成的修士，浩浩荡荡，惊天动地。

修士全部踏入蛮荒，进入战场，与蛮荒进行血战。而蛮荒底蕴不如通天大陆，各个部落、家族，所有天侯、天公，乃至四大天王，都杀红了眼。

惨烈无比！

双方各有天人陨落。天人战之后，双方的半神强者开始出手！

蛮荒之中，轰鸣之声，回荡整个世界。

第 988 章

大圆满！

外界的战争如火如荼，法宝世界的雨区消散了，在雨区消散的一瞬，白小纯的不死血已经彻底达到了七成！

七成不死血，使得白小纯在睁开双眼的刹那，整个世界在他的眼中都不同了。

那种全身上下充满生机的感觉，让白小纯有种错觉，似乎如今的自己，与长生也相差无几。

唯独可惜的是，此地他没有对手，无法判断自己到底强悍到了什么程度。而哭笑鬼脸被压制后，如今看到他都哆嗦，白小纯有心尝试，效果也不大。

不过他对比以前的自己，心中渐渐也有了答案。

“如今的我，哪怕只用三成修为与肉身之力，都可战天人，这么来看，半神……我说不定也能一战？”白小纯深吸一口气，心头升起强烈的期待，他很期待离开法宝世界，走出去之后，所有人看到自己时的震撼。

“我还可以更强！”白小纯兴致勃勃，蓦然起身，直奔最后的火区而去。与此同时，这片世界在失去了雷、雨以及风后，似乎变得有些不一样了，白小纯说不出原因，可隐隐地，他在入定时，能感受到女婴的气息。

“想来，她也快要结束融合了。”踏入火区后，白小纯盘膝坐下，开始了又一轮的修炼与吸收。

浓郁的天地之力扑面而来，经过不断吸收，他的不死血慢慢接近八成，他的修为也渐渐向着天人大圆满逼近。

只是，修炼到他如今的程度，每一次精进需要吸收的天地之力都磅礴无比，此刻呼吸间，整个火区震动。

哭笑鬼脸感受到了火区的震动后，内心越发绝望与恐惧。它的修为已经快要跌落天人了，它无法想象一旦到了元婴，自己会不会真的被玩死。

“我要出去……”哭笑鬼脸哭了，它再次想起了天尊，又一次对天尊产生了强烈的理解与共鸣。

“如果我出去了，我一定要千刀万剐白小纯！”哭笑鬼脸明白，只要自己离开了这片法宝世界，没有了压制，就可以瞬间恢复修为，达到那种能与天尊一战的强悍程度。到了那个时候，他发誓要把所有的痛苦都发泄在白小纯身上。

就这样，哭笑鬼脸在痛苦中，白小纯在修炼中，时间又过去了一年！

这一年，哭笑鬼脸好多次都觉得自己要死了，回想起来，都觉得自己能挺过这一年，运气太好了。

这一年里，它记不得白小纯来打了自己多少次，似乎白小纯心情好了，就出来打它一顿，心情不好了，也要打一顿。

到了最后，哭笑鬼脸直接放弃了施展秘法，每次白小纯一来，它就闭上眼睛，任由白小纯出手。

因为它发现，自己越是反抗，白小纯似乎越兴奋，而自己不反抗后，对方的兴趣似乎也慢慢减少了。

在这种折磨下，它对白小纯的恐惧，已经无法形容，觉得这白小纯，是它这辈子见过的最恐怖的存在。

它太后悔，它不该靠近白小纯，更不该在鬼母离开时，傻傻地选择留下。

它觉得，这是自己这一辈子，做出的最错误的决定！

要知道，在外面的大世界里，就算被鬼母抓到，鬼母也只是把它挂起来，威慑敌人。

它好多次都在想，还不如当初被天尊抓走呢，没想到，自己逃出了鬼母的掌控，躲开了天尊的抓捕，最终却落入白小纯的手中。

“这就是一个妖孽般的存在。”哭笑鬼脸每次想到白小纯，都会有这样的感觉。

看到哭笑鬼脸不再反抗，白小纯也有些不好意思出手了，可一想到对方实际上是个准太古的强者，且曾经不断追杀自己，自己小命差点丢了的事情，还是忍不住出手。

“说起来，我这一生，也算是传奇了，拍过半神脑袋，拍过天尊脑袋，就连准太古，都被我打得不敢反抗了。”白小纯十分感慨。

曾经火焰弥漫的火区，如今火海消散了近乎九成，所剩无几，而白小纯的修为也突破在即，不死血接近八成。

他有种直觉，当自己将火区最后的火海吸收后，他的修为必定会突破，达到天人大圆满！

与此同时，这一年中，白小纯也感受到女婴的气息越来越强烈，他隐隐判断出，女婴融合法宝的速度加快了不少。

“当我修为突破时，当这片火区消失时，就是女婴彻底融合的一刻！”白小纯目光一闪，深吸一口气后，他双手掐诀，向着四周猛地一挥。

残余的火海翻滚，从四面八方向着白小纯而来，刹那将白小纯淹没。

可这火海无法伤他，反而不断化作天地之力，顺着白小纯全身毛孔钻入，在白小纯的操控下，修为向着云雷人祖第十一变，蓦然冲击。

云雷人祖前九变，一旦修成，就是天人后期，而第十变与十一变，是传说中的境界，修炼起来极难，可对白小纯而言，有之前的日月长空，他的云雷人

祖第十变，可以说是自然而成。

如今他要突破的，就是云雷人祖的最后一变！

一旦成功，他的右目内，将形成一轮骄阳，与左目的月痕相呼应，爆发出云雷人祖的终极之力。

这股力量，因与日月长空嫁接，与云雷子的判断有些差距，却依旧超越了这套功法的极致，就算是创造此法之人，看到之后也会心神震撼。

“云雷……”白小纯目露奇光，口中喃喃，四周火海轰鸣，更多的天地之力鼓荡而来，“人祖……”

他的身体颤抖起来，气息粗重却显悠长。他体内的修为在这一刻，不断爆发，甚至他的右眼在这一刻也化作了一个黑洞。他一呼一吸，将四周所有的火焰吞噬。火海彻彻底底地融入白小纯的右眼。

当这整个火区内再没有丝毫火焰，甚至火区也消散的瞬间，白小纯的声音幽幽而起！

“十一变！”

轰轰轰！

世界震动，天地轰鸣，白小纯的右眼在这一刹那明亮到了极致，形成了一轮太阳，修为彻底爆发，直接从天人后期突破，踏入天人大圆满！

一股气势从白小纯的身上崛起，卷动整个世界，使得虚无震荡，哭笑鬼脸颤抖，苍穹扭曲，天空中慢慢地浮现出了一张巨大的面孔。

这不是白小纯，而是……女婴！

她闭着眼，似乎要融合器灵，如白小纯之前的判断，此刻已到了最后关头。

白小纯深吸一口气，站起身时，他没有看天空的女婴，而是缓缓抬起右手，手指捏合一下，他的身体传出咔咔之声，全身血液在这一瞬加速流动，渐渐地，一股赤色从其体内散出，直至扩散全身，他好似成了一尊血神！

一股无法形容的威压从他身上轰然而起，好似能镇压世界，镇压一切。这一刻的他，若是被血溪宗的弟子看到，他们必定会心神颤抖，有种错觉，好似看到了血祖！

“不死血……八成！”

第 989 章

局势严峻

与此同时，法宝世界之外，通天大陆与蛮荒的战争也越发激烈，通天四脉的宗门已出动了接近七成的修士。

四大军团如同四支利箭穿透一切，直接刺入蛮荒，摧枯拉朽一般，使得本就势弱的蛮荒，再也无法坚持阵地，开始败退！

四大天王出手也无法改变战局，在通天四大源头宗门半神老祖的神通下，四大天王不得不让出一片片区域，使得战线缩紧，从而换来喘息的机会。

这一退，就是整个蛮荒的三成区域，而四大源头宗门的冲击依旧强势，从东南西北四个方向，对整个蛮荒形成包围！

接下来的战争，就是不断地压缩包围圈，使得蛮荒的范围越来越小，到一定程度后，就会展开最终的决战！

可以说，这场战争，惨烈程度超出以往，原本不会出现这样的一幕，可这一次，一方面是天尊的意志坚定无比，使得四大源头宗门不得不全力去战；另一方面，是守陵人的衰老，他已无法全面保护蛮荒，而新任冥皇还没有彻底成长起来，只能被动承受。

此消彼长之下，这场战争的惨烈程度超出以往。

随着包围圈的压缩，蛮荒的势力不断缩减，天人之间的战争频频发生，死伤越发严重。

至今为止，双方战死的天人超出了十位，半神之间也时常出现生死争斗，至今为止虽然还没有半神陨落，但是按照眼下的局面，怕是用不了多久，半神陨落，也不是不可能！

如今的蛮荒，伤亡惨重，一个又一个部落被灭，放眼看去，蛮荒大地战火一片。

相比于这些土著，四大天王的军团一样如此，每个人都疲惫不堪，可是只能咬牙去战。这场战争最终的结局，必然是一方彻底毁灭！

不接受投降，不接受屈服，唯一能选择的，就是死亡！

这是天尊对守陵人的态度！

要么给我打开世界之门，要么我屠灭魁皇血脉，屠灭所有的蛮荒之修！

与此同时，蛮荒也有一个又一个天骄因此崛起，无论是公孙易，还是周宏，又或者是陈曼瑶、许珊，都在这场战争的洗礼下，快速成长起来。

红尘女更是如此，她统领整个巨鬼军团，与星空道极宗展开激烈之战，让其他三脉通天源头宗门心惊。

通天宗门一样如此，一个个天才不断浮现出来，在战争中散发出夺目的神采。整个世界如同一朵即将枯萎的花朵，在最终毁灭时，用最后的力气，昙花一现般，释放出全部的芬芳。

无论是天人，还是元婴，又或者结丹，都是如此！

在逆河宗，宋缺、上官天佑、许宝财，还有踏入天人境的灵溪老祖，也在冉冉升起。

每天都有人死亡，蛮荒的大地都变成了红色。

此刻，巨鬼王负责的区域内，一处山谷中，就有一场小规模的战争正在进行。通天一方参与此战的正是中游的几大宗门，逆河宗的灵溪老祖也在其中，还有宋君婉、铁蛋。

他们不想战，也感受到了蛮荒的巨鬼军团对他们没有什么杀心，可大势不是逆河宗可以改变的，哪怕逆河宗不愿意，也不得不参与进来，而统领他们的，则是星空道极宗的白镇天！

此刻他双目赤红，呼吸急促，虽然从大趋势上看，通天大陆的人占据优势，但是难免在一些小规模的战争中，蛮荒之人占据上风。

如今的他们就是这样，在山谷中他们中了巨鬼军团的埋伏，已被彻底包围，多次尝试突破，也于事无补。

山谷的另一侧，红尘女疲惫地站在那里，遥望山谷中的通天修士，她眼神复杂。实际上从开战以来，她都避免与逆河宗接触，可是这由不得她。

红尘女看向四周，巨鬼军团的修士一个个都死死地盯着山谷，只要红尘女一声令下，他们就会直接杀去。

不仅仅是他们，在红尘女的身边，还有来自魁皇城的几位天侯与两位天公，哪怕他们的身份高过红尘女，战争期间，他们也要遵从红尘女的命令。

感受到众人目中迸出的战意，红尘女闭上眼，她知道，山谷内的人，生死就在自己一念之间，半晌之后，她睁开眼，深吸一口气，缓缓开口。

“其他人可以杀，逆河宗的人，能放就放吧。”这是她第一次，如此明确地说出要放过逆河宗的人。

众人立刻反对。

“紫陌道友，老夫不知你为何偏袒逆河宗的人，可如今这局面，一旦我方有顾虑，届时逃走的，可就不仅仅是逆河宗的人了！”魁皇城的一位天侯不满地开口。其他天侯皱起眉头，看向红尘女。

唯独那两位天公，若有所思。

“逆河宗是白小纯的宗门，你们如果不在乎白小纯的怒火，大可去杀！”红尘女目光冷厉，淡淡开口。

“白……白小纯！”

之前开口的天侯，听到白小纯这个名字后，全身一颤，倒吸一口气，白小纯当年化身白浩的事情，如今在蛮荒已经不算什么秘密。

其他天侯也是身体一抖，脑海中浮现出当年的白小纯在魁皇城内的一幕幕，他们几个当年差点被抄家，在白小纯面前，也要毕恭毕敬，更不用说他们已然知晓，那位白小纯是冥皇的师尊。

几个人相互看了看，苦笑一下，不再继续开口，而是遵从红尘女的命令。

随着一声声嘶吼，战争在山谷内展开。

不仅仅此地这样，在蛮荒大地上，这种规模的战争，比比皆是。

许久，当山谷内的战争结束时，红尘女看着被灵溪老祖保护着逐渐远去的逆河宗众人，默默地收回了目光。

“白小纯，你为何还没有出现？是不知道该如何选择吗？”红尘女喃喃，轻叹一声，转身离去。

此刻的白小纯，在法宝世界内，气势不断高涨，让法宝世界震动。

那种强悍的气息，远远超出了寻常的天人大圆满。蛮荒的陈好松，虽也是天人大圆满，但若与如今的白小纯相比，则如同萤火与皓月。

“也不知外面怎么样了……”白小纯深吸一口气，看着四周的火区消失，看着整个法宝世界内再没有了天地之力，他想要离开。

抬头时，他的目光落在了苍穹上的女婴的面孔上，白小纯已经感受到，最多三天，女婴与世界法宝就会彻底融合。

“三天的话……”白小纯喃喃，目光一闪，看向远处的大地，那里……正是哭笑鬼脸藏身之处。

“这老鬼虽被压制得很虚弱，可实际上体内蕴含很多生机，一旦离开这里，就会瞬间恢复修为……这些生机，可不能浪费了。说不定，可以借助老鬼的生机，将我的不死血再提高一些，如果达到十成……我有种感觉，我将可以彻底操控神杀之法！”

白小纯想到这里，顿时心头火热，拍了拍储物袋中的永夜伞，向着哭笑鬼脸所在之地，迈步而去。

第 990 章

我忍……

“那万恶的白小纯，终于突破了。”此刻的哭笑鬼脸，躺在藏身之处，呆呆地看着天空，看到苍穹上女婴的面孔，长长地松了口气，心中悲哀的同时，更有激动。

哭笑鬼脸觉得自己能熬过这几年，真的太不容易了。而如今，随着白小纯的突破，四大区域的天地之力都已消失，决定两人命运的关键时刻即将到来。

“此魂即将成为器灵，到了那个时候，这件世界法宝将被其彻底掌控，而那该死的白小纯，必定会让器灵开启法门，从而离开……”哭笑鬼脸满心激动与期待，它知道，这是自己离开这里唯一的机会，若能把握住，一下冲出去，它相信自己可以瞬间恢复修为。

到了那个时候，它发誓一定要让白小纯后悔活在这个世界上。

而它需要做的，就是在这个过程中，用最大的努力让白小纯相信自己对他没有恶意。

它甚至都想好了，对方必定会找一些办法来操控自己，而它也会极力配合。它有信心，以自己的秘法，只要出去了，必定可以破开一切禁制。

“不过也不能把希望都放在白小纯身上，万一此人脑袋抽了，没有看出我的价值，也没有将我带出去的打算，我也不怕！”哭笑鬼脸目中闪过一丝寒光，实际上，它在两年前就开始准备了。

这两年里，它虽修为被压制到了元婴，但是暗中不断用自己的神魂之力积累，如今已凝聚出了一击之力。

这一击之力，并非体现在战力上，而是挪移之法，虽然这样会消耗它近乎一半的神魂，但是它有把握，一旦白小纯没有要带自己走的想法，法宝之门开启的瞬间，它将毫不迟疑地施展秘法，凝聚一击之力，直接挪移出去！

“无论哪一种，都可让我顺利逃出，恢复修为！白小纯，你给我等着！”哭笑鬼脸内心抑制不住地激动，但很快就神色一变。

“他来了！”哭笑鬼脸吸了口气，察觉到白小纯正在靠近，连忙露出一副呆滞的表情，怔怔地看着天空，给人绝望中透着麻木的感觉，实际上内心谨慎到了极致。

不多时，天地震动，白小纯出现在半空中，他站在那里，傲然地抬起头，小袖一甩，淡淡开口。

“小鬼，有件事需要你来帮忙。”

听着对方叫自己小鬼，哭笑鬼脸内心抽动了一下，却不敢表露出不满，依旧装出傻傻的样子，茫然地看向远方的虚无。

看到哭笑鬼脸还是这副模样，白小纯干咳一声，琢磨着是不是自己的威慑力不够，于是眼睛一瞪。

“小鬼，抬起头来！”白小纯低喝一声，天人大圆满的修为波动轰然散开，他的意志也向八方天地扩散开来。

这意志十分强悍，似能影响整个法宝世界，其中蕴含了某种奇异的变化，仿佛白小纯的一举一动都蕴含世界法则，他的目光如同苍穹之眼，身上的威压好似真正的天威！甚至会给人一种错觉，似乎他就是天地的化身！

他的身上竟出现了一层华光，此光好似给白小纯穿上了一件衣服，使得他站在天空中，耀眼非凡。

这变化外人或许看得不清，只是会有敬畏之意，可哭笑鬼脸一眼就看出，这是……

“天遂人愿，世界之衣……”

哭笑鬼脸内心一颤，天遂人愿，这是天人境界达到极致后才会出现的一种状态。在这种状态下，修士与天地彻底融合在了一起，他的意志就是苍穹的意志，他的想法就是世界的想法。

“该死的白小纯，他的资质也是惊人，不是每一个天人都可以达到天遂人愿境界的，也不是每一个天遂人愿都可以凝聚出世界之衣，这是只有在即将突破天人境，踏入半神境时，才会出现的变化。”哭笑鬼脸心底复杂，苦涩更多，它知道，天遂人愿之后，就是半神境界！

如果说天人境是自身意志与天地融合，借助天地来展现的话，那么半神就是独自开辟出一个世界，灵魂化作神魂后，半神的意志将与天地争辉，到了极致之后，甚至可以将天地压制！

注意到哭笑鬼脸的目中出现了一丝震惊后，白小纯觉得心里美滋滋的。此刻一晃之下，白小纯出现在哭笑鬼脸的身边，右手一拍储物袋，光芒一闪，永夜伞就出现在了白小纯的手中。

“我如今修炼，还缺点生机，你堂堂准太古，生机那么多，借我一点，想来你也是不会拒绝的吧。”白小纯舔了舔嘴唇，看着瑟瑟发抖的哭笑鬼脸，拿着永夜伞直接戳了过去。

哭笑鬼脸全身一震，有心反抗，却没用，尤其是它想到法宝之门即将开启，于是咬牙坚持，将所有的怒火都化作了对日后报仇的期待，默默地闭上了眼睛。

“我忍……还有三天，我忍了两年，也不差这三天！”

可哭笑鬼脸小看了永夜伞的吞噬能力，随着永夜伞戳入哭笑鬼脸的体内，一股惊人的吸力猛然从永夜伞上爆发出来。

哭笑鬼脸原本眼睛都闭上了，接着睁开，惨叫声传出，它的生机在这一瞬，好似脱缰的野马，根本就控制不住，直奔永夜伞而去。

短短几个呼吸间，就抽走了它全身生机的百分之二，吓得它立刻就要反抗，可一想到三天后器灵苏醒，它就再次告诫自己："我忍！"

如此浓郁的生机，顺着永夜伞直接涌入白小纯体内，白小纯眼睛一下就明亮起来，呼吸也微微急促。他知道哭笑鬼脸有很多生机，可还是被对方浓郁的生机惊到了。

随着生机之力涌入体内，他的八成不死血也在疯狂运转，感受着不死血的变化，白小纯抿着嘴唇，看了哭笑鬼脸一眼。

"这家伙就是一枚生机丹啊，不知道能不能吞了呢？"这么一想，白小纯很是心动，将永夜伞戳得更深了，吸力也暴增。

哭笑鬼脸内心哀号，它发现自己的生机竟被吸走了一成。

这就让它慌乱了，刚要挣扎，忽然看到白小纯的目光，它颤抖了一下。

"这家伙要吃了我！天啊，他怎么会有这样的想法，该死，平日里都是我吃别人。我……我忍！"哭笑鬼脸差点吓得魂飞魄散，好在白小纯考虑之后，还是觉得有风险，不如使用永夜伞来得稳妥，这才遗憾地打消要吃哭笑鬼脸的念头。

白小纯不知道，自己已经快把哭笑鬼脸吓崩溃了。

时间流逝，很快，哭笑鬼脸的生机被白小纯吸走了近乎四成，哭笑鬼脸的神魂都不稳了，此刻萎靡到了极致。好多次它都想要奋起反抗，可一想到白小纯之前的目光，它就害怕，再次劝说自己忍。

直至吸走四成生机后，白小纯才停了下来，他没有理会哭笑鬼脸，拿着永夜伞飘然离去，找了个地方开始打坐吸收。

哭笑鬼脸终于松了口气，悲哀地看着整个世界，内心期待这三天尽快过去。

“白、小、纯！等我出去了，我一定要把你吸走的生机，数倍地吸回来，你居然想吃我，你还是人吗？我要吃了你！”

第 991 章

肉身半神！

在哭笑鬼脸发誓时，盘膝打坐的白小纯体内生机滔天，他的不死血正在扩散。

渐渐地，原本的八成不死血逐步接近九成……很快，一天过去，当第二天清晨到来时，白小纯双目蓦然睁开。

他的目中有血光一闪而过，他的身体更是在这一刹那传出砰砰之声，一股比之前还要强悍的气势，在他身上骤然散出。

整个世界都在颤抖，一股旺盛到了极致的气血之力，好似黑夜里的火焰，让天地震撼。

“九成！”白小纯神情激动，缓缓起身，目中带着狂喜，他感受了一下不死血的境界，此刻的他，体内血液虽是红色，但是骨头彻底成了金色。

不死卷中描述的天地灭而身躯不灭的话，浮现在白小纯的心头，白小纯呼吸更为急促，与此同时，他感受到此刻的自己不但肉身强悍，恢复力一样吓人。

“除非有人能瞬间将我击杀，否则的话，任何伤势，都可在最短的时间恢复！天啊，这也太强了。”白小纯心跳加速，对于十成不死血，更为期待了。

“九成已经这样，如果不死血大圆满的话……”白小纯想到这里，毫不迟疑地飞出，直奔哭笑鬼脸所在之地。

哭笑鬼脸原本以为噩梦已经结束，正在不断地诅咒，可很快，它就面色狂变，看着从天而降的白小纯，悲呼一声："不要！"

轰的一声，永夜伞戳入之后，哭笑鬼脸的悲呼变成了惨叫，它无法不惨叫，实在是生机被吸得太多了，而它又无法反抗，只能眼睁睁看着自己的生机被吸走，就连神魂也暗淡了许多。

第一次它还可以忍，如今白小纯再次到来，它实在忍不住了，偏偏还无法挣扎，只能惨叫。

"白小纯，我恨你！"

"我错了，白爷爷，我真的错了！"

"不要啊，好痛！"

白小纯眼睛一瞪，有些不满，直接一巴掌拍在哭笑鬼脸的头上。

"别闹！安静点，叫什么叫，昨天不好好的吗？不过一些生机而已，习惯就好了。"白小纯说着，不断吸收，哭笑鬼脸叫着叫着也没有了力气，只能躺在那里不断抽搐，呆呆地感受着自己的生机被吸走。

它又一次后悔，后悔离开鬼母，后悔没被天尊抓走，后悔来找白小纯，更不该自己送上门……

"我的命……怎么这么苦？这个杀千刀的白小纯，他怎么没有一点同情心！"哭笑鬼脸就差号啕大哭了。

"我发誓，我用我的生命发誓，我用我的修为发誓，我用我的一切发誓，只要我出去了，我一定要杀了白小纯，我要将他千刀万剐，折磨他一万年！"哭笑鬼脸疯狂发誓，生机还在流逝，渐渐地，它失去了意识，不知什么时候，居然昏了过去。

当它苏醒时，白小纯已经离开了，感受着自己好似被掏空的身体，它的生机已经不到一成。

要知道，它之前被白小纯那么折磨，也只是耗费了一成生机而已，而短短两天，它就失去八成生机，它有种生无可恋之感。

它的神魂也处于崩溃的边缘，看着好似被千军万马蹂躏过的身体，哭笑鬼脸又哭了。

“这种没有同情心的人，就不该让他出生！”哭笑鬼脸在心底咆哮。

实际上，它还是误会白小纯了。在它昏迷的时候，白小纯原本可以将它的生机全部吸走，可最后迟疑了一下，觉得那样太过残忍，于是放弃了这个打算。

“毕竟也是老家伙了，这两年我这么折磨它，也有了一些交情，罢了罢了，就让它慢慢恢复吧。”白小纯万分感慨，觉得自己实在太善良了，这才心满意足地离去，开始运转不死血，向着大圆满冲击。

吸收了足够的生机后，他的不死血不断扩散，渐渐地，最后一滴鲜血成了不死血，白小纯全身传出撼天之声。

不死血，十成！

轰轰巨响中，他气息沉重，身体突然感受到一阵剧痛，白小纯的眼睛充满血丝。

咔咔之声从他的身上传出，越来越响，越来越大，到了最后，他的身体竟出现了碎裂的痕迹，甚至能从那些裂缝中，看到有新的皮肤在生长，还能看到皮肤下的血液正在急速流动。

他好似蜕变一般，一具新的身体正在急速成长。

十多个呼吸后，白小纯发出一声嘶吼，身体枯萎，轰的一声，直接爆开！

爆开的不是他的全部身躯，而是裂缝处，接着，新的身体显露，晶莹剔透，好似玉石一般，这还没有结束，眨眼间，新的身躯再次碎裂，再次枯萎。

接着是第三次、第四次、第五次……

一次次蜕变，一次次爆炸，直至八次之后，新的身体才散出夺目的光芒，流光四溢，闭着眼睛的他，给人一种超凡之感，足以让所有人心神震撼。

他不是凡人了，超出了修士肉身的极限！

“肉身……半神！”白小纯缓缓抬头，双目露出日月之光，整个人在这一刻化作一尊神祇，降临世间！

“那么，还可以更进一步。”白小纯目露期待，他已经感受到了，人体的第五大桎梏，如同最后一座大山，压在身上。

“今天，我修炼了多年的不死卷将彻底大圆满！”白小纯双手抬起，猛地一挥，身体震颤，一股强悍之力爆发。

白小纯的声音，超越天雷，蓦然回荡。

“第五桎梏，开！”

轰轰轰！

那压在身上，看不见却能感受到的大山，在这一刻，直接崩溃，四分五裂，巨响传遍整个法宝世界，白小纯的身体再次碎裂，又一声巨响传出，他的身体第九次崩溃！

新的身躯完美无瑕，甚至充满了天道之意，引得法宝世界震动。

“这是什么气息？”哭笑鬼脸骇然失声。

苍穹上的女婴也被惊动了，缓缓地睁开了眼，看向白小纯时，她愣了一下，眼神复杂。

白小纯的突破，甚至影响了外界，此刻北脉的苍穹出现了巨大的旋涡，轰鸣之声传遍整个通天大陆！

就算是蛮荒中交战的双方，也都感受到了苍穹的变化，仔细看去，能看到苍穹上有一道道裂缝。

好似，天要崩！

第 992 章

重临冰原

仿佛，地要裂！

这一刻，交战的修士心神震动，隐隐地，有种世界要崩溃的预感。

“怎么回事？”

“天啊，苍穹怎么碎裂了？”修士们倒吸一口气，感到不可思议。

红尘女也在战场上，苍穹的变化让她措手不及，蛮荒所有人的第一反应，就是这种天变必定与天尊有关。

只有少数人才知道这一切的真相。魁皇城内，下三城中，一片废土区域里，盘膝打坐的守陵人此刻睁开了疲惫的双眼。

他苍老得格外明显，整个人都散发出腐朽之意，好似已经到了油尽灯枯之时。他慢慢地抬起头，浑浊的双目中凝聚出了一丝神采。

“不死卷终于大成，天尊的选择我已能想到，白小纯，希望你以后不要恨我，我必须这么做。这是我的使命，这是我存在的最后的意义。”

“师尊。”冥河内，这一代的冥皇白浩，站在那里，遥望天地。

整个蛮荒，除了他们两人外，还有一人，也在这一瞬，明悟了天变的根由，此人……就是当代魁皇！

哪怕被大天师压制，如同傀儡，但他毕竟是魁皇，流淌着皇族血脉，眼下在皇宫中，他坐在龙椅上，身体震动了一下。

那是一种来自同样功法的震动，那是来自血脉的震动，那是来自灵魂深处，魁皇一脉不死长生卷的震动！

“有人……继血祖之后，再次不死卷大圆满！”魁皇深吸一口气，原本已经绝望的眼中，慢慢出现了希望。

整个蛮荒，只有他们三人，感受到了天地巨变的原因，而在通天岛上，一股惊人的气息爆发出来。

“不死卷大圆满。”道宫内，天尊缓缓站起，仰天大笑，只是笑着笑着，他的眼中有泪水流下。

“我不愿使用的手段，此刻完美……这是注定的吗，守陵人？”

在这一瞬，逆河宗山门内，血祖身躯微不可查地颤动了一下，如果白小纯在这里，他一定可以再次听到，好似幻觉的呢喃之音。

“昨日之息，换来今日之醒！”

整个世界都在震动，久久不散。而在法宝世界内，白小纯深吸一口气，慢慢站起身，他的四周散落着无数碎片。随着他起身，整个法宝世界都在颤动，好似这片世界正在压制他。

这不是女婴的意愿，而是这片世界本能的一种压制！

“天人大圆满，不死卷大成。”白小纯闭上眼，感受着体内无穷无尽的生机，半晌之后，他双目睁开，展现的神采让法宝世界为之失色。

“该回家了。”白小纯轻声低语，抬头时，目光落在女婴的面孔上，与女婴对望时，他没有说话，一切都在不言中。

此刻的白小纯，也不害怕女婴再有什么他不知道的计划，强悍的修为，肉身惊人，白小纯有信心面对一切。

“恭喜你……不死卷大圆满。”女婴眼神复杂，许久，轻声开口。

“我将完成当初的承诺，你有生之年，可以动用北脉法宝三次，若你能斩杀天尊，从此你就是我的主人！”说完，女婴没有浪费时间，目中爆出幽光，刹那间，整个法宝世界轰然震动，大地碎裂，一座巨大的石门拔地而起！

石门升起的过程中，整个法宝世界的大地不断碎裂，最后只剩下这座惊人的石门！

“从这里出去，就是北脉冰原！”女婴缓缓开口。

看着石门，白小纯的气息微微一促，目中露出期待，他在这里太久了，对于外界的一切毫不知情，也有些担心。

“逆河宗不知如何，如今女婴苏醒，我修为突破，正是离去之时！”白小纯身体一晃，直奔石门而去，就要离开。

哭笑鬼脸呼吸急促，哪怕再虚弱，它也紧张到了极致，飘然飞起，死死地盯着石门，内心的渴望，比天尊想要离开通天大陆还要强烈。

只是八成生机被吸走，神魂虚弱，挪移秘法无法继续施展，一旦施展……那不是逃走，而是自杀。

“带我走！”哭笑鬼脸看向白小纯，哀求起来。

“你可以在我身上下禁制，我……我可以成为你的鬼奴。只要出去了，我的修为恢复，你就可以多一个准天尊的鬼奴！”

白小纯脚步一顿，看向哭笑鬼脸，对方的提议，他曾经想过，但还是放弃了，就算有奴役之法，白小纯也觉得不放心。

毕竟，没有了法宝压制，哭笑鬼脸的修为怕是很快就会恢复至巅峰，到了那个时候，稍微不小心，他就会多一个绝世大敌。

思来想去后，白小纯没理会哭笑鬼脸，继续向着大门走去。

“白小纯，带我走啊！”哭笑鬼脸着急了，立刻靠近，可它刚刚飞出，就被镇压，无法前行，只能眼睁睁地看着白小纯走向大门，即将消失。

“白小纯！”哭笑鬼脸声音凄厉。

“闭嘴！”白小纯皱起眉头，在石门旁转头看向哭笑鬼脸。

“你说什么我都不会相信，在这里等着吧，等我成为半神后，自然会把你叫出去。”

“我……你……”哭笑鬼脸快要崩溃了，它之前多次忍耐，就是为了出去，现在希望就在眼前，偏偏白小纯不理会自己，哭笑鬼脸绝望起来。

“杀千刀的白小纯，我诅咒你！”

白小纯轻咳一声，琢磨着傻子才会相信哭笑鬼脸的话，此刻想到自己修为突破，达到天人大圆满，已是肉身半神，他就意气风发。

“陈贺天，现在的我，一巴掌就能拍死你！还有北脉的那些家伙，包括半神在内，我白小纯已经不怕你们了！”白小纯想到这里，更为激动，他恨不能所有人立刻知晓自己的变化，直接踏入石门。

轰鸣之声回荡，石门震动，白小纯刹那消失。

再次出现时，白小纯赫然到了北脉冰原之上，温暖的风扑面而来，让人觉得很暖和。

白小纯精神一振，尤其是来自天地间的通天海的灵气，让白小纯很是享受，随后，他愣了一下。

“不对啊，这里应该是北脉吧……怎么风不寒了？”白小纯吸了口气，看向四周，眼珠子都要掉下来。

“寒门老祖不会给我送错地方了吧，这里是……北脉？”白小纯看着四周的丛林，放眼看去，整个大地似乎都成了绿洲。

尤其是在绿洲上，随处可见的月亮花，让白小纯的脸色不断变化。

“花花。”

第 993 章

焦急

有些茫然地飞了好久，白小纯终于确定了自己所在的地方，的的确确就是北脉，只是如今的北脉，变化之大，让白小纯始终觉得如同梦幻一般。

整个北脉，八成区域已经没有冰原，只有漆黑的泥土，还有丛林。

丛林内的植物，仔细看去，全部都是……月亮花。

白小纯额头有些冒汗，他觉得自己似乎有些玩大了……他知道月亮花很强悍，却没想到，十年间，月亮花竟然占据了北脉。

更让他诧异的是北脉居然任由月亮花扩散，没有清理。

白小纯不知道，不是北脉不想清理月亮花，实在是心有余而力不足。北脉的半神以及天人，无暇理会月亮花，全身心地投入了战事。

谁也没想到，短短几年，月亮花居然扩张到了如此程度，等北脉众人想要回头处理时，短时间内已无法做到。且蛮荒之战也到了关键时刻，半神也好，天人也罢，都无法抽身。

白小纯看着那些月亮花，迟疑着前行，直至远远地，看到了九天云雷宗……好在这里的变化不是很大，四周依旧是冰原，而此地也是整个北脉仅存的冰原。

无数月亮花已将九天云雷宗层层包围，九天云雷宗的两尊雕像也融化了不

少，已经看不清原先的样子，仿佛两根巨大的冰柱。

这一切让白小纯很是心虚，可想要回逆河宗，这九天云雷宗的传送阵最为方便，白小纯只能硬着头皮，缓缓靠近。

靠近之后，白小纯更为诧异，他发现整个九天云雷宗居然没有一个天人，半神也不在，甚至此地的修士少了七八成。

放眼看去，能看到的大都是筑基修士，还有凝气修士……偌大的宗门，看起来很是荒凉。

若仅仅如此也就罢了，九天云雷宗的修士，如今一个个都心神不宁，叹息之声，时而回荡。

这一切，让白小纯内心咯噔一声，有种不祥的预感，他没有迟疑，一晃之下直奔九天云雷宗。刚一靠近，此地护宗大阵蓦然浮现，要阻挡白小纯，与此同时，更有示警之音传遍整个宗门，引起了所有修士的注意。

"怎么回事？"

"敌袭！"

随着阵法的警示，整个宗门顿时慌乱起来。

九天云雷宗的阵法虽强悍，但对白小纯而言，不死禁下，一切阵法都是摆设，他没有停顿，迈步间，直接踏入九天云雷宗的阵法，再次出现时，已然在半空。

很快，有人认出了白小纯，失声惊呼。

"是白小纯！"

"天啊，他怎么来了，他不是失踪了吗？"

"该死，半神老祖与天人都在战场，白小纯突然杀来，他要干什么？"

阵阵惊呼带着颤音传出，白小纯内心的不祥之感越发强烈，此刻眼看四周大乱，他低吼一声。

"都给我闭嘴!!"

这声音超越天雷，直接炸开，九天云雷宗所有人瞬间安静下来。

“告诉我，为何你们这里少了大半修士？云雷子呢？半神老祖呢？都去什么地方了？”白小纯抬起右手指向一位筑基大圆满的修士，立刻问道。

被白小纯指着的修士身体一颤，赶紧恭敬拜见，不敢有半点隐瞒，急速开口。

“四大源头宗门与蛮荒开战，所有人都去了蛮荒战场……”

“什么?!”这句话落入白小纯耳中，顿时就化作了雷霆。白小纯呼吸急促无比，他没有听后面的话语，满脑子都是对方所说的……蛮荒与通天的战争！

对其他人来说，这场战争持续了数年，已经习惯，可对白小纯而言，这是首次听到，他心神不宁，想到了弟子白浩，想到了巨鬼王，想到了红尘女。他没时间浪费在北脉，一晃之下，直奔九天云雷宗的传送阵。

以他在九天云雷宗的名气，一句话，立刻让九天云雷宗的弟子如送瘟神一般，全力开启阵法，送他离开。阵法运转，白小纯消失，九天云雷宗的弟子纷纷松了口气。

源头宗门的传送阵，可以横跨整个通天海，将四大源头宗门连接在一起。随着阵法的开启，白小纯从北脉到了东脉，回到了星空道极宗！

星空道极宗的传送阵修建在蓝色彩虹上，此刻阵法震动，光芒骤现，星空道极宗的弟子心神震动，齐齐看去，只看到一个模糊的身影，出现在传送阵内。

许宝财也在人群中，以他的修为，此刻也应该在战场上，可他因为一次重伤，回来休整，按照军令，怕是再过一段时间，连同他在内的一些人，都要重新回到战场上去。

可他已经精疲力尽，这几年他在战场上，看到了太多人死亡，内心的恐惧早已消散，取而代之的是强烈的疲惫。他的伤势极为严重，当初若非对方认出他是逆河宗之人，收回了一些力道，他怕是早早地死在了战场上。

哪怕对方收回了力道，许宝财还是遭受重创，修为跌落到了筑基，就算现在恢复了一些，许宝财也明白，自己这一辈子难以达到巅峰了。

想到这里，许宝财心底惨淡，他不知道这场战争要持续到什么时候，无论是蛮荒还是通天大陆，死伤都极为惨重。

他也意识到，自己或许没有再回东脉的机会了，下一次去战场时，那里就是自己的埋骨之处。

传送阵的光芒引起了他的注意，可他没有太过在意，只是扫了一眼，就收回了目光。

还没等众人看清降临之人的样子，一股强悍的神识直接从传送阵上爆发开来，好似飓风，横扫星空道极宗。

所过之处，整个星空道极宗都被神识笼罩。

许宝财倒吸一口气，他在战场上见识过类似的神识，在他看来，这是超越天人的半神老祖才能形成的风暴。

“半神归来？”

许宝财还没反应过来，突然，他的耳边传来了熟悉的声音：“许宝财？”

“啊？”许宝财一愣，脑海一片空白，他所在的居所内，白小纯的身影从空中一步走出！

白小纯站在许宝财面前时，许宝财还没反应过来，直至白小纯眉头皱起，右手抬起一挥，一股柔和之力涌入许宝财体内，咔咔之声回荡，直接治愈了许宝财的所有伤势。

感受着体内的温暖，伤势眨眼间恢复，修为飞速攀升，要重新回到结丹，许宝财神情恍惚，失声惊呼：“白小纯……少祖！”

第 994 章

我一定可以阻止……

对于逆河宗的人来说，关于白小纯最后的消息，是他与杜凌菲被留在北脉，此后就再没有了白小纯的音讯。

直至战争爆发，蛮荒与通天之间战事频发，逆河宗众人已没有精力思索其他，每天想的就是战斗！

许宝财也是这样，只是偶尔，还是会想到少祖，想到两个人的曾经……在火灶房内，还有一些矛盾，自己似乎还对白小纯下过战书。

命运是最无法琢磨的，许宝财每次回忆起曾经，都很感慨，尤其是他重伤之后，这样的感慨更多了。

现在，他无比震惊。一方面是伤势刹那恢复，另一方面则是失踪的白小纯突然出现在自己面前。

尤其是此刻的白小纯，身上散出的修为波动让许宝财心神狂震。

他分辨不出白小纯如今是什么修为，他只知道，同样的深邃之感，他只从战场上的半神身上感受过。

“少祖……你……”许宝财结结巴巴的，脑海一片空白。

“这几年到底发生了什么事情，逆河宗的人呢？人呢……他们怎么样？”白小纯内心焦急，此刻也没时间叙旧，立刻开口问道。

看着白小纯目中逐渐浮现的血丝，许宝财吸了口气，稳定了下心神，同样明白如今不是寒暄之时，赶紧起身，急速开口。

“少祖，蛮荒与通天，开战了。”许宝财打探情报的能力，一向超乎常人，尤其是这场战争他还亲自参与了，所以对于整个战争的局势很是了解。

从他的口中，白小纯渐渐了解了大概，情绪越发起伏不定。

他知道了，自己进入法宝世界不久，天尊就下令，通天四大源头宗门以及麾下的所有宗门，向蛮荒发起了战争！

他知道了，这场战争惨烈无比。蛮荒逐渐处于弱势，丢失了四五成区域，战场不断收缩。天尊也加大了对蛮荒的镇压，调动了整个通天大陆所有宗门七八成的修士，使得这场战争的规模远超寻常战争。

他还知道，就在半年前，这场战争已经到了白热化的程度，天尊似耐心有限，不愿继续等下去，不惜代价，下达了决战的道命！

在天尊的命令下，四大源头宗门从四个方向，发起冲击，而蛮荒也背水一战，双方死伤无数、尸骸遍野！

在许宝财的口中，此刻的蛮荒大地已快变成血色，如今的天地亡魂，已多到无法形容，似轮回已崩，亡魂无法进入冥河，只能在战场上游走，随处可见！

同时，天人死亡不再罕见，时有发生，四大源头宗门至今为止，陨落了九位天人，而蛮荒那边的十大天公，也有六位形神俱灭！更不用说元婴修士以及蛮荒的天侯了，他们的死亡，甚至没有在战场上掀起太大的浪花，就被战争的洪流滚滚带过。

“蛮荒四大天王、通天源头四宗老祖，相互之间不知厮杀过多少次，最严重的一次，差点发生半神陨落之事！可以想象，早晚会有半神陨落，且不可能只有一个，怕是……此战之后，无论是蛮荒还是通天，都将损失惨重……”许宝财苦涩地开口。

“我们不想打了，真的不想了，不仅仅是我们，我听到很多其他宗门，甚至源头宗门的弟子也不愿继续，可没有用……停战权掌握在天尊手中，他老人家要战，我们只能听从。逆河宗也无法避开，随着星空道极宗一起，参战数年，而星空道极宗的对手……正是蛮荒四大天王中的巨鬼王麾下的巨鬼军团！”

白小纯听到这里，内心一震，他最不愿意面对的事情，终究还是发生了，巨鬼王与逆河宗之间，他不想看到任何一方受伤害。

这就如同当初的血溪宗与灵溪宗。

“好在巨鬼军团的统领红尘女，不知什么缘故，对逆河宗多次留情，否则的话，怕是逆河宗现在损失惨重。正因如此，逆河宗遭到星空道极宗不少人怀疑，以至于……星空道极宗的几个天人老祖下令让我逆河宗作为先锋……”说到这里，许宝财内心的憋屈忍不住爆发出来。

“少祖，三天前我们刚得到情报，星空道极宗所属的大军，正在与巨鬼军团在巨鬼城外进行最后的决战……我们该怎么办？”

听着许宝财的呐喊，白小纯内心颤抖，苦涩无比，外人不知晓红尘女为何对逆河宗留情，白小纯却明白原因。

他心中感动的同时，对于星空道极宗让逆河宗做先锋的做法，也升起了无尽的愤怒，可他明白，如今的自己，必须冷静下来。

“逆河宗是我的家，我不能让逆河宗受到伤害。巨鬼王与我有故交，还有紫陌……我也不能让他们受到伤害……我该怎么办，怎么办？”白小纯双目赤红，胸膛急剧起伏，许宝财的呐喊回荡在他的耳边，影响着他的心神。

蛮荒与通天的战争，虽然迟早都会发生，但是来得如此突然，让他措手不及。最重要的是他被困在法宝世界，已经耽误了最关键的数年，如今已是决战，白小纯不禁有些茫然无措。

“为什么……要打打杀杀？修仙是为了长生，为什么一定要分出生死?!”

白小纯握紧拳头，身体颤抖，闭上双眼。

“我……我当年可以阻止血溪宗与灵溪宗的战争，现在……我也可以阻止蛮荒与通天的战争！没错，以我与小肚肚的关系，还有天尊曾说，如果我到了半神，就允许我与小肚肚在一起……我还是浩儿的师尊，我一定可以阻止！一切的一切，都是因为天尊想要离开，他既然要走，就让他走好了。我去劝说守陵人，我去和浩儿沟通，打开世界之门，让他走！”

白小纯思绪万千，一团乱麻，抓住其中一条思绪后，他无心思索是否真的可行，猛地抬头，轰的一声，冲天而起。

“我要去阻止这场战争！”白小纯在内心咆哮，急速升空，云层被撕裂，轰的一声，白小纯已消失，直奔生命禁区而去！

他没时间乘坐骨舟，也没有时间浪费在去通天海的路上，最快地赶到战场的方式，就是走生命禁区，直接踏入蛮荒，冲向巨鬼城！

没有来得及计算时间，白小纯只有一个念头。

“快，再快一点！”

轰轰轰……

白小纯的身影穿梭在生命禁区，不知多久后，他踏入了……蛮荒境内！

第 995 章

最强天人

刚一踏入蛮荒，一股血腥气扑面而来，放眼看去，原本贫瘠的蛮荒如今更为惨淡，大地一片暗红。

不说处处都是术法残留的痕迹，可也相差无几，白小纯在蛮荒疾驰时，仅仅是小规模战场，就看到十多处。

原本就没有多少植被的蛮荒，此刻更是荒凉，大地上的一道道沟壑，此起彼伏，远处的山峰也崩塌了大半。

一只只食腐肉的飞禽，不断地啄着腐肉，白小纯的到来，使得这些飞禽被惊动，齐齐飞起。

成群成片的飞禽在天空中传出厉啸，一边盘旋，一边用灰色的眼睛惊恐地看向白小纯。

看着那些尸体，白小纯身体微微颤抖，他这一生，也算见过很多大场面，说起战争……他也经历过，无论是当年下游的四宗之战，又或者与中游宗门的战争，还有当初边城的生活，都让白小纯知道了战争的残酷。

可那些，都不如眼前的千里战场骇人。

毕竟，白小纯当初经历的战争，大都会清理战场上的尸体，而如今蛮荒与通天之战，没有人顾得上打扫战场。

白小纯默默地看着这一切，转身时，速度更快，直奔巨鬼城所在之地。

直至他离开，天空中的那些飞禽，才又慢慢落了下来。

时间飞逝，白小纯不知道过去了多久，他只知道自己没有浪费半点时间。

轰鸣间，他的速度越来越快，远远看去，像一道长虹，一闪即逝。

白小纯看到了一处又一处战场，他的内心也越发颤抖。

赶路的时候，白小纯看到了万里尸骸。他知道，这是他见过的最残酷的修罗场。

大地上，时而可见一处处深坑、一条条沟壑。原本是丛林的区域，如今好似被火焰焚烧，成了焦土。之前存在于蛮荒的土著部落，如今也成了废墟，那些高大的土著纷纷倒在地上。

“为什么？”白小纯喃喃，距离巨鬼城越来越近，他内心的焦躁与疯狂也越发强烈。

白小纯看到了一层散发金光的光幕，透露出通天海水的气息，好似一个巨大的罩子，将内部区域全部笼罩。

而这被笼罩的中心之地，正是巨鬼城！

显然，这光幕一方面是为了阻止可能会出现的外援，另一方面，则是为了将巨鬼城彻底困死，一旦通天之人失败，那么阵法将成为牢狱，阻止任何蛮荒之修逃脱。

天尊欲彻底灭去蛮荒之心，从这阵法光幕上，就可以看出一二。

在看到金色光幕的瞬间，白小纯眼中的血丝更多，他的速度轰然爆发，正要展开不死禁，强行穿梭光幕阵法，忽然，远处的金色光幕上，浮现出了三张巨大的面孔。

这三张面孔都是老者，其中一人眉心有金色的独角。三人散发出天人波动，撼动八方！

尤其是眉心有独角的老者，他的修为波动远超其他二人，散出比当初的陈

好松还要恐怖的大圆满气息。

他目光如电，蓦然看向呼啸而来的白小纯，很快就双目收缩，显然是看出了白小纯天人大圆满的修为，更看出了白小纯体内散出的天地灵气。

“不是蛮荒天公……可通天四脉大圆满的人中，没有此人……”老者喃喃，双目凌厉，淡淡开口。

“来者止步，老夫乃通天岛天人亲卫欧阳尘，奉天尊之命，布生绝大阵，不管你是哪个宗门的天人，速速离开，违者斩杀！”

这老者，以及另外两个天人后期强者，不属于四脉任何一个宗门，而是来自通天岛，是天尊麾下地位远超侍卫的亲卫！

这样的亲卫，都是被天尊从整个通天区域选拔出来的，随后以秘法成就天人，具体人数，就算是四脉的半神老祖也不知晓，可以说是天尊手中，一股威慑四脉的力量。

传说在亲卫之上，还有神卫！

此番通天与蛮荒开战，通天岛的侍卫、亲卫大都出动，他们没有参与到战争中，而是一方面负责斩杀余孽，另一方面如监军一般，布置生绝之阵。

在他们的心中，只有天尊，至于其他四脉，除了半神，其他人都不放在眼里，如白小纯这样的四脉宗门中的天人，他们平日里可以直接呵斥。

若是换了其他时候，白小纯还会客气一下，可如今他心中焦急，自从知道了巨鬼王与逆河宗还有通天东脉的战争后，他一路没有浪费时间，疾驰而来，心中焦虑到了极致，眼看就要到战场，却有人阻止，他没工夫开口，不但没有减速，反而更快。

他整个人直接化作一支箭，直奔金色光幕。

“不知死活！”眉心有独角的老者目带轻蔑，尽管此刻白小纯所表现出的修为是天人大圆满，可他依旧冷哼一声。

“杀了此人！”

他话语一出，阵法光幕上的另外两个天人后期的通天岛亲卫都冷笑一声，面孔骤然收缩，化作两道身影，飞出阵法，身上亮起金色光芒，竟有阵法辅助！

阵法光幕有惊人之力，凝聚在二人身上，使得二人战力提高了不少，无限接近天人大圆满。

显然，有阵法辅助才是独角老者以及这两位天人后期亲卫狂傲的原因所在。

“冲撞生绝大阵，不管你是谁，都触犯了天尊之法，受死！”那两个天人后期的亲卫，此刻声音如天雷。

眼看白小纯就要接近，这二人掐诀间，各自在身后幻化出了一只巨大的金色蝎子，直奔白小纯。

“给我滚开！”白小纯速度不减，在二人靠近的刹那，猛地一吼，直接撼动苍穹，形成一股无法形容的风暴，向着二人席卷而去。

这两人甚至来不及靠近白小纯，就被音浪冲击，全身震动的同时，鲜血喷出，好似被一座大山轰在了身上，他们身后幻化出的金色蝎子，直接崩溃！

“你……”

“他不是天人。”

这两人神情大变，内心骇惧。

这音浪蕴含了白小纯的修为与战力，展现出灭绝之力，爆发出……足以横扫一切天人的惊天意志！

可谓……最强天人！

（本册完）

更多精彩内容，敬请关注《一念永恒16》